CANDICE
PROCTOR

Trahisons dans les bayous

Traduit de l'américain
par Daniel Garcia

J'AI LU

Titre original
MIDNIGHT CONFESSIONS

Éditeur original
The Ballantine Publishing Group

Pour Tony

1

Juillet 1862, dans La Nouvelle-Orléans occupée

La journée avait été moite et oppressante, comme chaque fois que s'annonçait un orage. Le soir n'était pas encore tombé, pourtant le ciel se teintait déjà de reflets métalliques inquiétants. Un premier éclair zébra soudain l'horizon et Emmanuelle pressa le pas. Ils étaient presque arrivés. Tandis qu'ils longeaient les murs du vieux cimetière Saint-Louis, la jupe de sa robe noire de veuve ondulait contre le pantalon de l'homme à barbe blanche dont elle tenait le bras.

— Nous n'aurions peut-être pas dû venir, cette année, risqua le Dr Henri Santerre, alors qu'ils franchissaient le portail rouillé du cimetière. Du moins, nous aurions dû quitter l'hôpital plus tôt. Il y a trop de soldats dans les rues, à mon goût.

— Je refuse de me laisser intimider par cet odieux général Butler et sa vermine en tunique bleue, répliqua Emmanuelle, d'une voix déterminée, tandis qu'ils avançaient dans une allée bordée de sépultures. Rien ni personne ne m'empêchera de me recueillir sur la tombe de mes parents le jour anniversaire de leur mort.

Le vieux docteur tapota affectueusement la main de la jeune femme.

— Ma chère petite Emmanuelle, vous êtes trop emportée. On peut très bien détester un uniforme pour ce qu'il représente, sans être obligé de haïr en bloc tous ceux qui le portent.

Emmanuelle se tourna vers lui. Le parfum du bouquet de jasmin qu'elle tenait à la main se mêlait à l'humidité putride qui saturait l'air.

— Jusqu'à preuve du contraire, ce ne sont pas les uniformes qui pillent et qui tuent, mais les hommes qui les portent.

— Les crimes de guerre sont parfois aussi le fait des femmes.

La jeune femme éclata de rire, puis s'écarta.

— Parfois, répéta-t-elle.

Elle s'agenouilla devant les marches qui menaient à la crypte de la famille Maret et posa son bouquet sur le sol en marbre, avant d'ajouter :

— Mais pas ausi souvent.

Le vieil homme la rejoignit, mais se contenta de poser sa main déformée par l'arthrite sur son épaule. Emmanuelle savait qu'il ne prierait pas, même s'il était disposé à rester auprès d'elle aussi longtemps que nécessaire. Après quoi, ils iraient s'incliner devant la tombe de sa femme, à l'autre bout du cimetière.

Emmanuelle sortit son rosaire de sa poche et commença d'égrener ses prières. En général, elle récitait tout le rosaire, mais au premier coup de tonnerre un frisson d'appréhension la traversa. Elle était d'autant plus surprise que la chaleur était toujours aussi accablante, et que ce genre de crainte diffuse ne lui ressemblait guère. Le tonnerre gronda de nouveau sourdement et elle décida de mettre fin à ses prières.

— Votre mère serait fière de vous si elle vous voyait, assura le docteur, quand elle eut glissé son rosaire dans sa poche. Votre père aussi.

Emmanuelle détourna le regard. Elle avait soudain la gorge serrée.

— Vous croyez ? Je n'en suis pas si sûre.

— C'est parce que vous êtes trop exigeante avec vous-même.

La jeune femme secoua la tête, puis se redressa, un peu raide d'être restée agenouillée. Une bourrasque de vent s'engouffra si brutalement dans ses jupes qu'elle perdit l'équilibre et s'affala avec un petit cri devant la porte de la crypte.

Alors que le Dr Santerre se précipitait pour l'aider à se relever, Emmanuelle entendit comme un sifflement dans l'air, puis le vieil homme eut un étrange sursaut avant de s'écrouler sur le sol. Horrifiée, la jeune femme fixa la tache écarlate qui maculait sa veste, au niveau de la poitrine. Une expression incrédule peinte sur les traits, le vieillard contempla sa blessure, puis Emmanuelle.

— Mon Dieu... murmura celle-ci en tendant la main vers lui.

— Fuyez ! lui intima le vieillard dans un souffle.

Ce furent ses dernières paroles. Ses yeux se révulsèrent, son corps fut agité d'un ultime tremblement avant de s'immobiliser pour l'éternité.

Emmanuelle était déchirée entre son désir de venir en aide à cet homme qui avait été un père pour elle pendant tant d'années et son instinct de survie qui lui commandait de fuir. Mais elle savait reconnaître un mort quand elle en voyait un. Elle se redressa, rassembla ses jupes et s'enfuit à toutes jambes.

2

L'épaule appuyée à la porte-fenêtre ouverte du bureau du général Benjamin Butler, le major de cavalerie Zachary Cooper regardait l'orage s'abattre sur La Nouvelle-Orléans. La pluie tombait si dru qu'elle masquait la lumière des becs de gaz. Déjà les eaux bouillonnantes formaient des ruisseaux qui dévalaient à toute allure les rues pavées. Il y avait quelque chose de presque primitif dans la façon dont les éléments se déchaînaient dans cette ville, songeait Zach. À ses yeux, La Nouvelle-Orléans possédait la séduction vénéneuse de ces femmes qui défient ouvertement le péché.

Il entendit le colonel Andrew Butler se diriger vers la sortie d'un pas rendu hésitant par l'alcool, mais ne se retourna même pas pour le saluer. Moins il aurait de rapport avec le frère dévoyé du général, mieux il s'en porterait.

— Merci d'avoir attendu, Cooper. Vous pouvez venir.

Cette fois, Zach pivota et accepta le verre de cognac que lui tendait le général. Celui que les sudistes avaient baptisé « l'Antéchrist de La Nouvelle-Orléans » avait une allure presque comique, avec son corps replet et court sur pattes surmonté d'une grosse tête. Mais cette apparence un peu ridicule cachait une volonté implacable, comme n'avaient pas tardé à le découvrir les habitants de la ville.

— J'ai reçu un nouveau message de Washington, annonça Butler en contournant son imposant bureau en acajou.

Le meuble, comme la maison qui l'abritait, avait auparavant appartenu à un général sudiste. Butler n'avait pas son pareil pour s'approprier le bien des autres.

Prenant place dans le fauteuil du défunt général confédéré, il leva les yeux sur Zach et précisa :

— Il semblerait que le secrétaire d'État ait dû présenter ses excuses au gouvernement hollandais pour ce qu'il a appelé notre « rudesse » à l'égard de leur consul.

— Oh ! fit Zach tout en contemplant les reflets ambrés de son cognac à la lumière des chandelles. Si le consul hollandais voulait garder ses vêtements sur lui, il n'avait qu'à me tendre les clés quand je les lui ai demandées. Et qu'a dit notre secrétaire d'État des huit cent mille dollars en argent appartenant aux sudistes et que nous avons trouvés dans les caves du consulat ?

Butler se cala plus confortablement dans son siège avant de répondre avec un sourire entendu :

— Washington a bien sûr l'intention de garder l'argent. Mais je suis supposé veiller à ce que mes subordonnés ne molestent plus, à l'avenir, un quelconque ressortissant étranger. Encore moins s'il appartient au corps diplomatique. Considérez donc cela comme une mise en garde.

Zach goûta au cognac. C'était une excellente cuvée, mais l'alcool n'entama en rien sa détermination.

— En vérité, mon général, commença-t-il, s'efforçant de prendre un ton détaché, je souhaitais vous parler de…

— Non.

— Pardon ?

Butler sourit. Il savait que son sourire lui conférait un certain charme et il en usait largement.

— Il n'est pas question que je vous renvoie dans votre ancien régiment de cavalerie, major Cooper. J'ai besoin de vous ici.

Un coup de vent fit claquer l'un des battants de la porte-fenêtre contre le mur. Zach le coinça avec une chaise.

— Cette armée a besoin d'officiers entraînés, répliqua-t-il. Et particulièrement la cavalerie. Les sudistes nous sont supérieurs dans ce domaine.

C'était exact, mais ce n'était pas la vraie raison pour laquelle Zach était si impatient de réintégrer son cher régiment. Nombre d'officiers auraient considéré comme une faveur – pour ne pas dire une bénédiction – le poste de prévôt qu'il occupait actuellement auprès du général Butler. Loin des combats et des mitrailles, le temps s'écoulait agréablement entre la dégustation d'alcool d'importation et les sorties au théâtre ou à l'opéra. Mais Zach n'avait cure de cette vie confortable. Cela faisait bien longtemps qu'il avait appris à surmonter la peur et qu'il ne redoutait plus d'être fauché brutalement par une balle ou un boulet de canon. Non, ce qu'il craignait était tout autre, et s'il demeurait en ville plus longtemps, il devrait inévitablement l'affronter.

— Notre cavalerie a fait beaucoup de progrès, fit valoir Butler.

— Certes, mais elle pourrait en faire encore bien d'autres avec un entraînement approprié.

Butler balaya l'argument d'un revers de la main.

— Écoutez, Zach, je sais que vous êtes bon cavalier. Mais vous m'êtes infiniment plus utile ici, d'une part pour m'aider à contrôler la ville, et d'autre part pour calmer les loups qui hurlent à Washington et aimeraient me voir vider les lieux. Quoi qu'ils disent de vos méthodes, vous sortez de l'école de West Point et vos états de service ont toujours été irréprochables. Cela suffit à leur en imposer.

Butler hocha la tête, comme pour appuyer sa tirade. « Et ils savent que vous êtes honnête », semblait dire son regard. Mais, bien sûr, jamais il ne reconnaîtrait à haute voix combien son propre maintien en place en dépendait.

Comme beaucoup de généraux yankees, Butler était un ancien civil – très exactement un avocat – qui n'avait jamais mis les pieds sur un champ de bataille avant que Lincoln n'épingle l'étoile de l'Union sur son uniforme en lui recommandant d'emmener ses troupes à la victoire ou de périr avec elles. Mais, à présent, Butler était trop occupé à asseoir sa tyrannie sur La Nouvelle-Orléans pour chercher à déplacer le front de la guerre au-delà du Mississippi. Et ses officiers, à son exemple, s'enrichissaient tranquillement sur le dos des populations envahies.

— Avec tout le respect que je vous dois, mon général, je vous rappelle que ma mission ne devait durer que le temps que je me rétablisse de ma blessure.

Butler sourit de nouveau, sincèrement amusé.

— Vous pensez être guéri ?

— Oui.

— Vous ne direz peut-être plus la même chose après avoir passé toute une journée en selle.

— J'ai mis un point d'honneur à chevaucher un peu chaque jour, durant ma convalescence.

— Et vous avez un peu forcé, aujourd'hui, non ? Ma femme vous a trouvé fatigué au dîner.

— Monsieur…

Le général se leva brusquement.

— Ça suffit, major.

Zach serra les mâchoires.

— Bien, mon général.

Les deux hommes se fixèrent quelques instants en silence. Ce fut Butler qui détourna finalement le regard.

— Reprenez donc un peu de cognac.

Zach ouvrait la bouche pour répondre quand un coup fut frappé à la porte.

— Qu'est-ce que c'est ? demanda Butler en élevant la voix.

— Fletcher, mon général. Pour le major Cooper.

Un grand militaire élancé, à la belle chevelure d'un blond tirant sur le roux et aux splendides moustaches, s'encadra sur le seuil. De la pluie dégoulinait sur son visage, trempait son uniforme de capitaine et commençait déjà à former de petites flaques à ses pieds. Il tressaillit légèrement en voyant Zach. Le capitaine Hamish Fletcher savait pourquoi le major avait demandé une entrevue au général. Et il comprit à son regard que sa demande de transfert avait été refusée.

— Il y a eu un meurtre, annonça-t-il.

Zach sentit instantanément son estomac se nouer. Tel un écho cauchemardesque du passé une phrase se mit à résonner dans sa tête : « Encore un meurtre, monsieur. Un nouveau meurtre... » Il avait la gorge si sèche que ce fut Butler qui répondit à sa place.

— La racaille de cette ville passe son temps à s'entretuer. Il y a au moins quatre ou cinq meurtres par mois. La semaine dernière, c'était un Irlandais. La semaine prochaine, ce sera un Italien, ou un nègre... Allez-vous déranger le major Cooper chaque fois ?

— Non, mon général, fit Fletcher. Mais cette fois, la victime est inhabituelle, précisa-t-il. C'est un riche créole. Médecin de son état.

Butler était occupé à se resservir un verre de cognac.

— Un créole, répéta-t-il d'un ton railleur. Il serait grand temps que ces gens comprennent qu'ils ne sont plus aussi influents qu'autrefois.

Zach termina son verre et le reposa. Il s'était déjà ressaisi. Sa vieille angoisse était toujours là – elle ne le quitterait probablement jamais –, mais il était capable de la museler et de la tenir à distance. Butler avait raison, du reste. Les meurtres étaient monnaie courante, dans cette ville. Il n'y avait pas de raison pour que celui-ci soit différent des autres.

— Je te suis, lança-t-il au capitaine en récupérant son manteau. Où est le corps ?

— Au cimetière Saint-Louis, répondit Fletcher.

Et comme Zach haussait les sourcils, intrigué, il s'empressa d'expliquer :

— C'est là qu'il a été tué.

— Pratique, marmonna Zach en rajustant son sabre d'une main qui se refusait à trembler.

Il pleuvait toujours lorsqu'ils arrivèrent à la lisière de Basin Street.

— J'ai laissé quelques soldats en faction, expliqua le capitaine d'une voix qui sonnait soudain comme celle d'un policier, ce qui au fond n'était guère étonnant dans la mesure où, avant guerre, Hamish Fletcher était inspecteur à New York.

Zach ne comprendrait jamais comment un homme pouvait rêver de devenir policier, de se colleter jour après jour avec tout ce que l'humanité sécrétait de vice et d'abominations.

— Nous avons passé tout le cimetière au peigne fin, mais ça n'a rien donné, continua Fletcher. L'endroit se prête bien à une embuscade, avec toutes ces tombes et ces cryptes serrées les unes contre les autres.

Zach leva la tête pour examiner le mur du cimetière, pestant contre la pluie qui dégoulinait sur son visage et s'insinuait dans le col de son manteau. Il enfonça un peu plus son chapeau sur son crâne et poussa le portail. Le sol était détrempé et les flaques d'eau l'obligeaient à zigzaguer dans les allées. Il peinait à marcher, chaque pas provoquant un élancement qui partait de la cuisse gauche et remontait jusqu'à la hanche. Butler avait raison : il en avait trop fait, aujourd'hui. Parfois, la douleur était intolérable. Mais du moins,

Zach avait-il toujours sa jambe. Tous ceux qui avaient reçu une balle en pleine cuisse ne pouvaient pas en dire autant. Les médecins militaires étaient tellement débordés qu'il était souvent plus simple d'amputer un membre que de chercher à soigner la blessure. Zach avait sauvé sa jambe en menaçant de châtrer quiconque s'aventurerait à le charcuter.

— Qu'est-ce qu'un vieillard pouvait bien faire en un lieu pareil par ce temps ? demanda-t-il en criant presque pour couvrir le vacarme de la pluie.

— Se recueillir sur la tombe de sa femme, suggéra Fletcher, la voix pleine d'excitation.

Zach se tourna vers lui.

— On dirait que cette histoire te plaît, ou je me trompe ?

Fletcher hocha la tête.

— Quand un type se fait égorger du côté de Gallatin Street pour une poignée de dollars, c'est toujours triste, mais c'est presque de la routine. Tandis que ça... ça m'intrigue. On dirait une pièce de puzzle. C'est ce genre d'affaires qui fait tout le sel du métier de policier.

— Je n'aime pas les puzzles, rétorqua sèchement Zach.

Ce n'était pas tout à fait vrai. Autrefois, il les avait même beaucoup appréciés et s'était cru très doué pour les résoudre. Jusqu'à ce qu'un type s'ingénie à lui prouver qu'il n'était pas aussi fort qu'il le pensait. Rachel en était morte.

— Du reste, reprit-il, je ne suis qu'un officier de cavalerie. Pas un policier.

— Ah bon ? fit Fletcher, amusé. Je croyais pourtant que Butler t'avait nommé prévôt. Les pouvoirs de police sont entre tes mains. Consulte donc le règlement de l'armée, mon vieux.

Zach désigna le gardien du cimetière, qui se tenait près du portail et dansait d'un pied sur l'autre, une lanterne à la main.

— A-t-il vu quelque chose ?

Fletcher haussa les épaules.

— Difficile à dire. Ce type n'a pas l'air de connaître plus de dix mots d'anglais. Tu ne parles pas l'allemand, par hasard ?

Zach esquissa un sourire.

— Non.

— Dans ce cas, nous chercherons un interprète demain matin.

Zach fit signe à l'homme de s'approcher, lui prit sa lanterne des mains, puis le renvoya se mettre à l'abri dans sa guérite.

— *Danke schön*, lui cria-t-il.

Fletcher sursauta.

— Je croyais que tu ne parlais pas l'allemand ?

— Je ne le parle pas, confirma Zach, qui brandissait la lanterne à bout de bras pour éclairer les alentours.

Ils semblaient cernés par une profusion infinie de tombes et de cryptes sagement alignées le long des allées. La pluie ajoutait quelque chose d'irréel à la scène et un esprit influençable aurait imaginé sans peine que quelque créature maléfique allait soudain surgir de l'une de ces tombes au marbre craquelé.

— Que sait-on de la victime ? interrogea Zach.

— Il s'appelait Henri Santerre, expliqua Fletcher tandis qu'ils s'engageaient dans l'une des allées. Il dirigeait l'hôpital Santerre de Bienville, dans le quartier français. C'est le seul hôpital privé de la ville qui a réussi à rester ouvert malgré la guerre et l'occupation.

— Il avait de la famille ?

— Très peu. Il était veuf depuis plusieurs années et vivait avec sa sœur, Elise Santerre. C'est par là, ajouta-t-il en désignant deux tuniques bleues en faction devant une crypte.

Ils tournèrent à gauche. Alors qu'ils s'approchaient, Zach distingua, derrière les deux gardes, la silhouette d'une femme qu'il supposa être la sœur du défunt. Entièrement vêtue de noir, elle se tenait droite et raide, un peu à l'écart des soldats, comme si elle voulait éviter tout contact avec des tuniques bleues. Zach n'en fut pas surpris. De tous les habitants de cette ville, c'étaient les femmes qui s'étaient montrées, dès le début, les plus virulentes contre l'armée d'occupation.

Zach détourna son attention de la femme pour s'intéresser au corps qui gisait devant l'entrée d'une petite crypte au nom de la famille Maret, comme l'attestait l'inscription gravée dans la pierre au-dessus de la porte. La pluie ruisselait sur le visage du mort et diluait le sang qui maculait sa poitrine.

Sa lanterne toujours à la main, Zach s'accroupit près du cadavre. Une sorte de flèche de bois noir était encore fichée dans sa blessure. Le docteur avait les yeux fermés, comme s'il dormait paisiblement. Un subtil parfum de jasmin flottait dans l'air, se mêlant bizarrement à l'odeur de pluie et de sang.

— Vous êtes certains qu'il est mort ? demanda-t-il aux gardes après avoir touché le cou encore tiède de l'homme.

— Parce que vous croyez qu'on peut survivre à une flèche reçue en plein cœur ? lâcha froidement une voix de femme à l'accent français.

3

Zach leva les yeux vers la silhouette en noir. Malgré la pénombre, il distingua son visage aux traits fins et délicats, qui n'avaient pas encore subi les atteintes de l'âge. Ce ne pouvait donc être la sœur d'Henri Santerre.

Elle avait cette allure exquise qui n'appartient qu'aux Françaises: long cou gracieux, silhouette élancée, port de tête aristocratique. Mais l'impression de délicatesse, de fragilité même qui émanait d'elle au premier regard s'évanouissait dès qu'on croisait ses yeux sombres qui brillaient d'un éclat fier. En dépit de ses cheveux trempés plaqués sur son visage très pâle, elle inspirait le respect. Et l'admiration.

Zach se redressa lentement.

— J'ai déjà vu des hommes survivre un certain temps à des blessures mortelles.

— Nul doute que vous les leur aviez infligées vous-même, riposta-t-elle tandis que son regard s'attardait ostensiblement sur le sabre et le colt accrochés à la ceinture de Zach.

Ce dernier se tourna vers Fletcher.

— Que fait-elle là ?

Un sourire apparut sous les flamboyantes moustaches du capitaine.

— Permets-moi de te présenter Mme de Beauvais. Elle accompagnait le docteur lorsqu'il a été tué.

Zach reporta son attention sur la jeune femme.

— Vous avez donc assisté à son assassinat ?

— Oui.

Nombre de femmes témoins d'un meurtre se seraient évanouies, ou auraient fait une crise de nerfs – ou les deux. Mais pas celle-ci. Zach en fut impressionné. Mais aussi intrigué, pour ne pas dire soupçonneux.

— N'auriez-vous pu choisir une soirée plus agréable pour vous rendre au cimetière ?

La jeune femme cligna des yeux à cause de la pluie qui ruisselait sur son visage.

— La femme du Dr Santerre et ma mère sont mortes le même jour, pendant l'épidémie de fièvre jaune de 1849. Depuis, nous venons chaque année déposer des fleurs sur leur tombe le jour anniversaire de leur disparition.

Son regard s'était posé sur le jasmin répandu devant la crypte, mais si elle ressentait une quelconque émotion, elle n'en laissa rien paraître.

Zach en conclut qu'elle savait parfaitement se maîtriser.

— Avez-vous vu celui qui a fait cela ?

Elle le dévisagea un instant d'un œil froid, et répondit à sa question par une autre question :

— Pourquoi l'armée se mêle-t-elle de cette affaire ? N'aurait-il pas mieux valu la confier à la police de La Nouvelle-Orléans ?

Zach secoua la tête.

— Pour l'instant, il n'y a plus de policiers dans cette ville.

— Parce que vous les avez jetés en prison ! rétorqua la jeune femme avec véhémence, perdant momentanément son flegme.

— La plupart, en effet, confirma Zach.

Les pouces crochetés dans sa ceinture, il se pencha vers elle.

— À présent, si vous me racontiez enfin ce qui s'est passé ?

Fletcher avait sorti de sa poche un carnet et un crayon, pour prendre des notes. La jeune femme lui accorda un bref regard, avant de répondre :

— Nous commencions toujours par la tombe de ma mère. La crypte des Santerre est à l'autre extrémité du cimetière. D'habitude, je récite tout mon rosaire. Mais pas cette fois.

Zach avait deviné que ses efforts pour paraître calme n'étaient qu'une façade. Elle tremblait intérieurement, même si elle luttait pour le contrôler – et le dissimuler. C'était certes une réaction légitime. Après tout, à ses yeux, il était un ennemi, et personne ne souhaite se montrer faible en présence d'un ennemi. Mais Zach suspectait que cela allait plus loin encore. Cette femme devait détester révéler la moindre faiblesse devant quiconque, ennemi ou pas.

— Pourquoi vous êtes-vous interrompue dans vos prières ? demanda-t-il. Avez-vous vu quelqu'un ?

— Non, personne. Je me suis simplement dépêchée à cause de l'orage. Je venais juste de me redresser quand l'arbalète a tiré sa flèche.

— Une arbalète ? répéta Zach, étonné.

La jeune femme le dévisagea avec ce qui ressemblait étonnamment à du mépris.

— Parce qu'à votre avis, il s'agit de quoi ?

C'était sans doute une provocation délibérée, mais cela marcha. Zach s'accroupit pour inspecter de plus près le morceau de bois fiché dans la poitrine du docteur.

— Ça ne peut pas provenir d'une arbalète, décréta-t-il. C'est trop petit. Et c'est en bois.

Il attendit une autre remarque acerbe. Comme rien ne venait, il leva les yeux et s'aperçut qu'elle regardait au loin d'un air absent. La pluie continuait de dégouliner sur son visage. Tout à coup, elle semblait exténuée, et choquée par le drame qu'elle venait de vivre. La colère qu'elle avait réussi à provoquer chez Zach s'évapora sur-le-champ.

— Tenez, dit-il en ôtant son manteau. Prenez cela. Vous risquez d'attraper du mal.

Elle recula brutalement, comme si le vêtement qu'il lui tendait était empoisonné.

— Jamais ! siffla-t-elle, la voix vibrante de colère.

Ils se dévisagèrent mutuellement en silence.

— Comme vous voudrez, finit par répondre Zach. Où habitez-vous ?

— Dans la rue Dumaine, répondit-elle, après un instant d'hésitation. Entre les rues Royale et de Chartres.

— Le capitaine Fletcher va vous raccompagner chez vous.

— Merci, mais je n'ai pas besoin d'escorte.

Zach se permit un sourire froid.

— Je suis désolé, madame, mais je n'ai pour l'instant pas d'autre moyen de vérifier votre adresse et votre identité.

Les narines de la jeune femme frémirent.

— Je vois, lâcha-t-elle. Dans ce cas.

Zach soutint son regard furieux un interminable moment. Elle était sans doute veuve depuis peu de temps, à en juger par ses vêtements de deuil. Elle était venue prier sur la tombe de sa mère, mais ce moment de recueillement avait été souillé par la mort tragique d'un vieil ami. En toute logique, elle aurait dû paraître vulnérable. Et lui inspirer de la pitié, l'envie chevaleresque de la protéger. Au lieu de quoi, elle s'était montrée rétive. Et Zach se surprenait du coup à réagir avec une violence terriblement charnelle.

Il lui tourna abruptement le dos.

— Emmène-la, ordonna-t-il à Fletcher.

Elise, la sœur d'Henri Santerre, était âgée, sans doute plus que le défunt docteur, supposa Zach en regardant son hôtesse s'asseoir avec lenteur dans un fauteuil face à la cheminée où crépitait un bon feu.

Son crâne rose, nota-t-il, était visible sous l'impalpable nuage de cheveux blancs. Son visage était sillonné de rides, mais ses yeux pétillaient d'une intelligence intacte. Et le tremblement de sa voix était uniquement imputable au chagrin.

— C'est fort aimable à vous de vous être déplacé pour m'annoncer la triste nouvelle, major, chevrota-t-elle. Merci infiniment.

L'un comme l'autre savaient que si Zach s'était déplacé en personne, c'était uniquement parce que l'annonce du meurtre d'un vieux médecin respecté ne pouvait être confiée à un simple soldat.

Avant de s'asseoir, Zach avait eu le temps d'inspecter le salon du regard. C'était une vaste pièce, haute de plafond, aux fenêtres tendues de moustiquaires.

Au loin, la cloche de la cathédrale égrena sourdement les heures. Zach considéra qu'il était grand temps d'entrer dans le vif du sujet. Il se pencha vers son interlocutrice.

— Je suis désolé de vous demander cela, mais j'ai besoin de savoir si quelqu'un avait une bonne raison de souhaiter la mort de votre frère.

Elise Santerre s'était raidie sur son siège.

— Non, finit-elle par répondre en secouant la tête. Mais Emmanuelle pourra sans doute mieux répondre que moi à cette question.

— Emmanuelle ?

— Emmanuelle de Beauvais.

— Ah, fit Zach en baissant les yeux sur son chapeau posé sur ses genoux.

La simple mention de ce nom suffisait à éveiller en lui un intérêt qui n'avait que très peu de rapport avec l'enquête.

— Et pour quelle raison ? reprit-il.

— Elle l'aidait beaucoup à l'hôpital, répondit la vieille femme, qui avait elle aussi un accent français mélodieux, à la fois proche et différent de celui de

Mme de Beauvais. Cet hôpital avait été voulu par mon frère, mais ils étaient en réalité trois à le diriger. Henri, Jacques Maret, le père d'Emmanuelle, et son mari, Philippe de Beauvais.

— Son père et son mari sont également médecins ? questionna Zach.

Si tel était le cas, voilà qui expliquait le calme étonnant manifesté par la jeune femme devant la mort.

— Étaient, rectifia Elise. Jacques Maret est mort de fièvre jaune, durant l'épidémie de 1853.

Elle n'en dit pas plus et Zach comprit qu'elle attendait qu'il lui réclame la suite. Il s'exécuta bien volontiers.

— Et Philippe de Beauvais ?

— Philippe a été tué à la guerre. Il y a deux mois.

Deux mois. À présent, Zach comprenait mieux pourquoi la jeune veuve ressentait une telle haine envers l'uniforme qu'il portait. Mais il aurait juré que ce n'était pas là l'unique raison de son animosité.

— Emmanuelle a toujours rêvé de devenir elle-même médecin, poursuivit Elise Santerre. Mais ce n'est pas un métier permis aux femmes.

Il y avait comme de la nostalgie dans son ton, et Zach ne put s'empêcher de se demander si la vieille dame n'avait pas elle aussi nourri des rêves semblables.

Il posa d'autres questions, au sujet de l'hôpital, des fréquentations et des habitudes de la victime, mais ce n'est qu'au dernier moment, alors qu'il prenait congé, qu'Elise Santerre lâcha soudain, comme si elle ne pouvait se retenir davantage :

— Ne serait-il pas possible qu'Henri ait été tué par erreur ?

Zach était déjà sur le perron. Il fronça les sourcils.

— Qu'est-ce qui vous fait croire cela ? Pensez-vous que quelqu'un pourrait souhaiter la mort de Mme de Beauvais ?

— Non, non, bien sûr que non, s'empressa de répondre la vieille dame.

Mais pour la première fois depuis le début de leur entretien, Zach eut le sentiment qu'Elise Santerre ne lui avait pas tout dit.

Debout sur le seuil de la chambre de son fils, Emmanuelle écoutait sa respiration régulière.

— Dominic, chuchota-t-elle pour le simple plaisir de prononcer son nom.

Quelques instants plus tôt, elle avait éprouvé le besoin irrépressible d'ouvrir la porte qui communiquait avec sa propre chambre, pour s'assurer que son fils allait bien.

Que rien ne le menaçait.

Il semblait soudain si petit, dans son grand lit d'acajou drapé d'une moustiquaire. Curieux comme cela faisait longtemps qu'elle n'avait pensé à lui en ces termes. Il avait onze ans, et grandissait à vue d'œil. Et cependant, elle était consciente qu'un enfant de cet âge était encore terriblement vulnérable. Surtout dans une ville aussi dangereuse que La Nouvelle-Orléans. Déjà, avant guerre, la vie ici était précaire. Il fallait constamment se battre contre le climat oppressant, le typhus et la fièvre jaune. La mort pouvait vous faucher si facilement.

Emmanuelle couvait son fils du regard, le cœur gonflé d'un tel amour qu'elle dut se retenir pour ne pas aller lui caresser les cheveux, ce qui n'aurait pas manqué de le réveiller.

Elle se décida enfin à tourner les talons, dans l'intention de rejoindre son propre lit. Et alla finalement s'asseoir devant l'une des portes-fenêtres grandes ouvertes de sa chambre, dont le balcon surplombait la rue Dumaine, déserte à cette heure de la nuit. Il devait d'ailleurs être fort tard, car les rumeurs qui provenaient habituellement des cabarets bordant les quais s'étaient tues. Seul, le clapotis de l'eau contre les berges du fleuve rompait le silence.

L'air venu du large était encore chaud, et cependant la jeune femme se surprit à frissonner. Elle se sentait en proie à un mélange de chagrin, d'angoisse et de peur. Inlassablement, elle revoyait Henri Santerre s'effondrer sur le sol, près d'elle, se rappelait le sentiment d'horreur incrédule qui l'avait saisie.

Elle était pourtant habituée au sang et à la mort, depuis le temps qu'elle les côtoyait à l'hôpital. Mais c'était la soudaineté, la violence de cette agression qui l'avaient secouée, en plus de la perte de son vieil ami.

Elle songea à ce récent article sur la phlébotomie qu'Henri venait juste de commencer et qu'il ne terminerait jamais. À son projet d'ouvrir une maternité dès que la guerre serait terminée, qui ne verrait pas non plus le jour. Elle avait beau se persuader qu'il valait mieux qu'il soit mort en pleine activité plutôt que diminué par le grand âge, elle ne pouvait s'empêcher d'être attristée à l'idée que ses projets n'aboutiraient pas.

Et puis, bien sûr, il lui manquait déjà terriblement. D'un seul coup, elle avait perdu un ami proche, un mentor et un collègue de travail. À présent, Emmanuelle se retrouvait seule pour diriger l'hôpital en ces temps troublés.

— Mon Dieu ! s'exclama soudain une voix. Vous allez attraper la mort à rester ainsi le nez au vent, juste vêtue d'une robe de chambre !

La seconde d'après, Emmanuelle sentit un châle recouvrir ses épaules. Elle tourna la tête et sourit.

— Nous sommes en été, Rose ! Et il fait chaud.

— Peut-être. N'empêche que vous êtes gelée, rétorqua sa servante à la peau caramel. Après le choc que vous avez reçu, vous devriez être au lit, à dormir. Les choses semblent toujours pires la nuit qu'en plein jour.

— La situation est grave, Rose.

Rose, qui avait été autrefois esclave, avant de devenir la servante et l'amie d'Emmanuelle, exhala un soupir et se laissa tomber dans un fauteuil.

— Je sais.

Les deux femmes demeurèrent un moment silencieuses.

— Pourquoi quelqu'un aurait-il voulu tuer le bon docteur ? demanda Rose à brûle-pourpoint, posant la question qui les taraudait l'une et l'autre.

Emmanuelle haussa les épaules d'un air impuissant.

— Je n'en sais vraiment rien. J'ai eu beau passer en revue toutes les personnes qu'Henri connaissait – ses patients, ses confrères... –, je ne vois pas qui pouvait lui en vouloir au point de souhaiter sa mort. Surtout une pareille mort...

Emmanuelle se rappela soudain qu'Henri ne voulait pas venir au cimetière. C'était la première fois qu'il manifestait le désir de remettre leur traditionnelle visite et la jeune femme se demanda s'il ne pressentait pas quelque chose. Se pouvait-il qu'il ait su qu'une menace pesait sur sa tête ?

Elle regarda la pluie qui s'était transformée en une fine bruine. Son chagrin, à présent, se teintait de culpabilité.

— Je ne peux m'empêcher de penser qu'il vivrait encore si je n'avais pas insisté pour que nous allions au cimetière. Et si je n'avais pas récité la moitié de mon rosaire, nous serions partis plus tôt et...

— Ce qui devait arriver est arrivé, l'interrompit Rose. Cessez de vous torturer en vous imaginant coupable de quoi que ce soit.

Emmanuelle soupira. Tournant le regard vers la porte de la chambre où dormait tranquillement Dominic, elle se demanda soudain ce qu'il adviendrait de son fils si jamais elle disparaissait à son tour. La mort pouvait la cueillir à tout instant, elle aussi.

— Vous vous demandez si ce n'est pas vous qu'on visait, n'est-ce pas ? reprit soudain Rose, posant brutalement la question qu'Emmanuelle n'osait formuler.

La jeune femme se prit la tête entre les mains.

— Mon Dieu, Rose... C'est vrai, j'ai le sentiment qu'on n'en voulait pas à Henri, mais à moi. Si je n'avais pas trébuché, et s'il ne s'était pas précipité pour m'aider, c'est moi que la flèche aurait atteinte.

— En avez-vous parlé à ce major yankee qui vous a interrogée ?

Emmanuelle laissa ses mains retomber dans son giron et regarda son amie.

— Que je pense qu'Henri a été tué par erreur ? Non. Il ne m'aurait pas crue.

— Ce n'est pas si sûr. Et si quelqu'un veut vous supprimer...

— Que crois-tu que feraient les Yankees ? Hein ? Me protéger ?

Emmanuelle se leva et resserra le châle sur ses épaules.

— Ces gens ne sont pas des policiers, Rose. Ce sont des soldats. Des soldats ennemis. Ils sont capables d'arrêter n'importe qui – toi, moi, ou nos voisins – et de nous exécuter après une parodie de procès. Je suis persuadée que ce major me considère comme la principale suspecte.

Rose écarquilla les yeux.

— Vous ? Une suspecte ? Mais pourquoi, grands dieux ?

— Tu aurais dû voir la façon dont il me regardait, Rose. Comme s'il était convaincu que j'avais quelque chose à cacher.

— Mais c'est faux, bien sûr ?

— Bien sûr... répéta Emmanuelle dans un murmure.

La jeune femme ne parvenait pas à oublier le regard de cet homme. C'était comme s'il avait deviné quels terribles secrets pesaient sur sa conscience. Et maintenant, elle craignait qu'à force de patience il ne finisse par les exhumer.

À l'aube, la pluie cessa enfin.

Sa tasse de café à la main, Zach sortit sur la terrasse de la grande demeure de style colonial que le général Butler avait réquisitionnée pour installer son état-major. La pluie avait cessé, mais des gouttes d'eau continuaient de perler des branches des grands chênes et des bananiers. Les premiers rayons du soleil transformaient l'humidité ambiante en une vapeur qui charriait de lourdes et capiteuses odeurs.

S'absorbant dans la contemplation de cette végétation luxuriante, Zach se demandait ce qui le fascinait tant dans cette ville pourtant si éloignée de l'univers où il avait grandi. Les Cooper étaient une vieille famille de la Nouvelle-Angleterre – Rhode Island, pour être exact. Des gens durs à la tâche, intègres, et qui s'amusaient rarement. Sa mère en revanche venait d'un tout autre monde ; celui, exotique, de la Méditerranée. À quelques reprises, elle l'avait emmenée là-bas avec elle. Ils n'y étaient jamais restés longtemps, mais chaque fois Zach en était revenu avec la conviction qu'il était plus le fils de sa mère que de son père et que du sang castillan coulait dans ses veines. Et c'était ces racines un peu sauvages qu'il retrouvait ici, à la fois dans la ville, mais aussi à travers cette femme énigmatique qu'était Emmanuelle de Beauvais. Toutes deux – la ville comme la jeune femme vêtue de noir – semblaient faire écho à cette part sombre qu'il y avait en lui. Et il réalisait à présent que le meurtre du Dr Santerre représentait une menace – pour son équilibre, sa carrière et son avenir – plus grave qu'il ne l'avait d'abord imaginé.

Il se laissa tomber dans un fauteuil en bois et posa les jambes sur la balustrade de la terrasse pour siroter son café. C'est là qu'Hamish Fletcher le découvrit.

— Alors ? s'enquit le capitaine en tirant un fauteuil près de lui. As-tu appris quelque chose de la sœur d'Henri Santerre ?

Zach secoua la tête.

— Pas vraiment. Sinon que la femme de Santerre et la mère de Mme de Beauvais sont mortes le même jour, il y a treize ans de cela. Lors d'une épidémie de fièvre jaune.

Fletcher se lissa la moustache.

— Penses-tu qu'elle mentait ?

Il était inutile de préciser à qui ce « elle » faisait référence. Le souvenir de la jeune Française les hantait tous les deux.

— Je pense que Mme de Beauvais est parfaitement capable de mentir, répondit Zach. Elle me semble du reste capable de beaucoup de choses.

— Tu ne l'apprécies guère, on dirait ?

— Elle n'y a pas vraiment mis du sien, non ?

Fletcher éclata de rire.

— C'est un euphémisme ! Hier soir, elle n'a pas daigné ouvrir la bouche de tout le trajet jusqu'à la rue Dumaine. Et arrivée chez elle, elle m'a claqué la porte au nez pendant que je lui souhaitais poliment bonne nuit. J'ai bien peur qu'on ne puisse pas tirer grand-chose d'elle. La sœur du toubib n'aurait pas un suspect possible en tête ?

— Pas le moindre, répondit Zach. En revanche, nous avons cela, ajouta-t-il en s'emparant d'un petit objet posé sur la table à droite de son fauteuil. C'est le médecin de l'armée qui me l'a fait parvenir.

Le capitaine s'était penché pour examiner le projectile qui reposait dans la paume de Zach.

— Bon sang, la femme avait raison ! s'exclama-t-il

Ça provient bien d'une arbalète. Mais je n'avais encore jamais vu de flèche aussi petite.

Il fronça les sourcils.

— Et en quoi est l'extrémité ?

— C'est un alliage à base d'argent.

Fletcher se renversa contre son dossier.

— Bonté divine !

Zach hocha la tête.

— J'avoue que ce n'est pas une arme ordinaire. Mais pourquoi tuer quelqu'un au moyen d'une arbalète ?

Fletcher se lissa de nouveau la moustache, l'air songeur.

— Parce que ça ne fait pas de bruit, suggéra-t-il.

— Un coup de couteau non plus ne fait pas de bruit.

— Oui. Mais ça t'oblige à t'approcher de ta victime. C'est plus risqué. Et puis l'idée d'enfoncer une lame dans de la chair vivante peut en rebuter plus d'un.

— D'accord. L'arbalète présente plusieurs avantages. On peut tuer en silence. À distance. Sans se salir les mains et sans avoir à lutter avec sa victime.

Fletcher secoua la tête.

— Ce dernier point n'a pas dû entrer en ligne de compte. Santerre était âgé. Je le vois mal se battre.

Une grosse femme noire, la tête emprisonnée dans un fichu jaune, sortit pour étendre des chemises d'officier fraîchement lavées sur un fil. Zach savait que les domestiques qui les servaient étaient des esclaves et cela le mettait mal à l'aise, même si la guerre avait précisément pour but d'abolir l'esclavage.

— Moi aussi, admit-il, surtout si son agresseur est un homme en pleine possession de ses moyens physiques. Mais imagine quelqu'un de faible, ou qui souffrirait d'un quelconque handicap. L'arbalète serait l'arme idéale.

Fletcher haussa les sourcils.

— Tu penses à l'un des patients du docteur ?

— Ou à une femme.

Le capitaine avait également remarqué l'esclave. Il l'observa un moment du coin de l'œil, avant de reporter son attention sur Zach.

— Elle se tenait juste à côté de Santerre quand il a été touché, dit-il. Du moins, c'est ce qu'elle a prétendu.

— Oui. Mme de Beauvais pourrait planter un poignard dans le cœur d'un homme sans aucune difficulté, remarqua Zach, tout en tournant le projectile entre ses doigts. Si elle a préféré user d'une arbalète, c'est qu'elle avait une raison bien précise. Qu'il nous reste à découvrir.

Il tendit la flèche au capitaine.

— Un nom est gravé sur la pointe. *Dufour et Fils*. Vois si cette piste mène quelque part. En interrogeant celui qui a vendu l'arme, nous apprendrons peut-être le nom de celui ou celle qui l'a achetée.

Fletcher prit le projectile.

— Je crains que ce ne soit pas aussi simple. Ces Dufour ne sont probablement que les fabricants. Ces flèches se vendent sans doute n'importe où.

Zach reposa les pieds par terre et s'étira. La température avait encore monté d'un cran. D'ici midi, l'atmosphère serait carrément irrespirable.

— Je parie que la jeune veuve aurait des choses à nous dire à ce sujet. Rappelle-toi : elle avait deviné qu'il s'agissait d'une flèche d'arbalète. Je crois que je vais m'offrir une petite visite rue Dumaine.

— Elle n'y sera pas, l'avertit Fletcher. C'est la seule chose qu'elle m'ait dite hier soir. Que si tu la cherchais ce matin, tu la trouverais à l'hôpital Santerre.

4

Emmanuelle s'était doutée que le major yankee viendrait. Et cependant, elle ne put s'empêcher de tressaillir en l'apercevant de la fenêtre du second étage.

Ce Zachary Cooper commençait d'être aussi connu – et redouté – que le général Butler lui-même. C'était lui qui s'occupait des basses œuvres de son chef. Quand Butler ordonnait de saisir la maison d'un rebelle ou de jeter en prison un journaliste récalcitrant, Cooper s'en chargeait. Pour l'instant, il se tenait devant l'hôpital, la main négligemment posée sur la poignée de son sabre, les yeux plissés pour se protéger du soleil matinal tandis qu'il étudiait la façade du bâtiment. C'était un homme de belle stature. Grand, mince. Et jeune, réalisa-t-elle en découvrant son visage bronzé à la lumière du jour. Il ne devait pas avoir trente ans, décida-t-elle, alors que la veille au soir elle l'aurait dit un peu plus âgé. Cette découverte ne la rassura pas.

Il fit un pas en avant et un rayon de soleil se refléta dans la lame de son sabre. Instinctivement, Emmanuelle recula. Elle regretta aussitôt sa réaction en constatant que son mouvement avait attiré l'attention du Yankee. Leurs regards se croisèrent et la jeune femme se figea. Il la soupçonnait, elle le lisait dans ses yeux. Elle s'obligea cependant à soutenir son regard jusqu'à ce qu'il ait disparu sous le porche. Puis elle s'éloigna de la fenêtre et revint au chevet de son patient.

— Comment vous sentez-vous, ce matin, lieutenant? lui demanda-t-elle, tout en remettant de l'ordre dans sa literie malmenée par une nuit passablement agitée.

Le jeune homme sous les draps était maigre et hagard. Il respirait laborieusement, mais réussit tout de même à lui sourire.

— Oh, je serai bientôt assez solide pour aller festoyer avec mes camarades.

— Si vous n'êtes pas sage, je dirai à Mlle Latouche que vous n'aimez pas les bons petits plats qu'elle vous prépare, le gronda Emmanuelle.

Après l'avoir aidé à s'asseoir dans le lit, elle reprit, plus sérieusement :

— Comment va votre épaule ?

— Plutôt bien. C'est surtout mon bras droit qui m'empêche de dormir.

Le lieutenant avait dit cela en riant. C'était une plaisanterie particulièrement amère, car il n'avait plus de bras droit. Mais la douleur n'en était pas moins bien réelle.

— Laissez-moi regarder.

Emmanuelle commençait tout juste à ôter les bandages du lieutenant quand elle entendit un martèlement de bottes dans l'escalier. Après une seconde d'hésitation, les pas se dirigèrent vers la chambre. Et cessèrent sur le seuil.

— Le bureau du Dr Santerre est au rez-de-chaussée, dit-elle sans se retourner. Demandez à une infirmière de vous montrer le chemin.

Les bottes martelèrent à nouveau le sol dans son dos.

— En fait, c'est vous que je suis venu voir.

Emmanuelle lâcha ses ciseaux et fut obligée de se baisser pour les ramasser.

— Je suis occupée, major.

— Eh bien, je vais attendre.

Elle termina de retirer les bandages et aussitôt une infâme puanteur se répandit dans la pièce. Blessé et fait prisonnier, le lieutenant Emile Rouant n'avait pas été soigné en captivité. Enfin libéré, on l'avait conduit à l'hôpital Santerre où il avait été aussitôt amputé dans l'espoir qu'en sacrifiant son bras on réussirait à lui sauver la vie. Mais il était déjà trop tard. La gangrène se répandait à une vitesse effrayante. Le pauvre garçon ne survivrait sans doute pas plus de vingt-quatre heures.

« Tu as le cœur tendre, mais tu es forte et résistante », lui répétait souvent Philippe. Emmanuelle tenta de s'en convaincre. « Tu es forte, se dit-elle. Tu sais que la mort fait partie de la vie. » Mais ce lieutenant était si jeune ! Et si courageux, et si plein d'énergie ! Emmanuelle s'efforça pourtant de ne rien montrer de la tristesse qui l'étreignait.

— Je vais appliquer une compresse d'alcool sur votre plaie, annonça-t-elle.

Le lieutenant lui saisit la main.

— Ce n'est pas beau, n'est-ce pas ?

— Non, avoua la jeune femme, qui n'avait plus le cœur à mentir. Si vous souhaitez prévenir quelqu'un...

Il hocha la tête.

— Je vais demander à Mlle Latouche de venir, reprit-elle.

Le lieutenant se rallongea et ferma les yeux, tandis qu'Emmanuelle lavait sa blessure. Pendant tout ce temps, elle sentait la présence du major yankee dans son dos, bien qu'il demeurât silencieux et immobile. Elle ne se retourna qu'une fois ; il l'observait, adossé au mur, les bras croisés sur la poitrine. Elle ne lui accorda pas un autre regard.

Quand elle eut terminé, elle quitta la pièce, le pansement souillé du lieutenant sur un plateau. Le major lui emboîta le pas.

— Pourquoi faites-vous cela ? demanda-t-il dès qu'ils furent dans le couloir.

— Faire quoi ?

— Panser la blessure de cet homme.

Emmanuelle s'immobilisa et leva fièrement le menton.

— Vous trouvez que je m'y suis mal prise ?

— Pas du tout. Vous connaissez votre travail. Mais d'ordinaire, ce n'est pas le genre de tâche que l'on confie aux femmes dans un hôpital.

Elle aurait dû y être habituée, depuis le temps qu'elle entendait les gens douter des compétences féminines en médecine, et cependant, ça la révoltait toujours autant. Certains considéraient les femmes comme trop émotives pour être exposées aux horreurs qu'on voyait couramment dans les hôpitaux. D'autres les jugeaient incapables de faire preuve de cette rigueur intellectuelle qu'exigeaient des études scientifiques. Mais tout le monde s'accordait sur un point : il n'était pas convenable pour une femme – et encore moins pour une dame – de toucher des corps d'hommes. Même pour les soigner.

— De toute évidence, vous n'avez jamais entendu parler de Florence Nightingale, répliqua-t-elle, poursuivant son chemin. Ni des sœurs de la Charité. Croyez-le ou non, mais il existe des endroits – à Paris, ou à Philadelphie, par exemple – où des femmes sont reconnues comme médecins à part entière.

Et avec un regard de défi, elle ajouta :

— Ça vous choque ?

En vérité, il ne paraissait pas choqué le moins du monde. Contre toute attente, une lueur d'amusement éclaira même son regard. Emmanuelle remarqua qu'il avait des yeux très sombres, pour un Américain. Presque noirs. Ses traits altiers et sa peau hâlée lui évoquaient quelque gentilhomme castillan… ou quelque pirate espagnol.

— Non, je ne suis pas choqué, ni même surpris, répondit-il avec une esquisse de sourire. J'ai entendu parler de Florence Nightingale. Mais ici, nous ne sommes ni à Paris ni à Philadelphie. Et pour autant que je sache, les femmes qui travaillent dans nos hôpitaux ne s'occupent pas de soigner les blessés.

Ils avaient atteint l'escalier. Emmanuelle posa la main sur la rampe, ne sachant trop quoi répondre. Elle se demandait comment il réagirait si elle lui apprenait qu'elle avait amputé le lieutenant elle-même. Elle ne possédait aucun diplôme de chirurgie - et ne pouvait y prétendre puisqu'elle était une femme –, mais depuis la mort de Philippe, c'était elle qui se chargeait de la plupart des interventions délicates. Henri Santerre était un excellent praticien, mais l'âge avait rendu ses mains moins sûres. Aussi avait-il été soulagé de pouvoir s'en remettre à elle pour la chirurgie.

— Le lieutenant souffrait, répondit-elle. Il fallait s'occuper de sa blessure et j'étais la seule à pouvoir le faire.

— Dois-je comprendre qu'Henri Santerre était l'unique médecin de cet hôpital ?

— Non, mais le Dr Yardley n'est pas ce qu'on appelle un lève-tôt.

— Le Dr Yardley ?

— Charles Yardley, précisa-t-elle.

Comme ils arrivaient au bas des marches, elle se tourna vers lui et ajouta :

— N'avez-vous pas un carnet, pour noter toutes ces précieuses informations ?

Il eut un sourire taquin.

— Je laisse ce genre de tâche au capitaine Fletcher.

Emmanuelle bifurqua vers le fond du hall.

— Elise Santerre m'a appris que votre père était médecin, reprit-il en la suivant.

— C'est exact, répondit la jeune femme, déconcertée à l'idée qu'il ait pu parler d'elle avec Elise Santerre et donc qu'il ait posé des questions à son sujet, mais dans quel but ?

Elle vida le contenu de son plateau dans l'une des poubelles alignées contre le mur dont les fenêtres ouvraient sur la cour intérieure de l'hôpital.

— Elle m'a aussi dit que votre mari avait été également médecin.

Emmanuelle pivota brusquement pour lui faire face.

— Et vous a-t-elle expliqué comment il était mort ?

— Oui.

Il se tenait juste devant elle, si grand qu'il paraissait l'écraser. Sa proximité la mettait mal à l'aise, il lui semblait soudain qu'elle manquait d'air.

— Parlez-moi du Dr Santerre, enchaîna-t-il.

Emmanuelle fit quelques pas dans le couloir et ouvrit une porte.

— C'était son bureau. Vous pouvez le visiter.

Il ne jeta même pas un coup d'œil dans la pièce. Son regard restait rivé sur la jeune femme.

— Quand j'ai demandé à Elise Santerre si elle avait une idée de qui aurait pu vouloir éliminer son frère, elle m'a conseillé de vous poser la question. Pourquoi ? Avait-il des ennemis que vous auriez pu connaître ?

Avait-il des ennemis ? se demanda Emmanuelle. Et elle-même, en avait-elle ?

— Tout le monde a des ennemis, répliqua-t-elle d'une voix qui se voulait neutre.

— Mais tout le monde ne se fait pas assassiner.

Emmanuelle pénétra dans le bureau. C'était une toute petite pièce, aux murs tapissés d'étagères garnies de vieux livres reliés de cuir. Une table de travail faisait face à la fenêtre qui ouvrait sur la cour. Elle était en acajou, mais avait connu des jours meilleurs. De même que les deux fauteuils club à moitié défoncés qui lui faisaient face. Alors que partout ailleurs la propreté était la règle, le bureau, lui, était en désordre et poussiéreux. Comme si, l'âge venant, Henri Santerre avait consacré l'énergie qui lui restait à soigner ses malades.

Emmanuelle s'approcha de la fenêtre et aperçut un petit garçon blond qui jouait dans la cour avec un chat. Dominic. En proie soudain à une culpabilité toute maternelle, elle se demanda depuis combien de temps son fils l'attendait.

— Madame ? fit le major, qui ne semblait pas décidé à la lâcher.

Emmanuelle se retourna vers lui.

— Henri était passionné par son travail, commença-t-elle, choisissant soigneusement ses mots. Et comme tous les passionnés, il pouvait formuler des avis très tranchés, qui n'étaient pas toujours du goût de tout le monde.

— Aurait-il pu fâcher certaines personnes au point qu'elles souhaitent le tuer ? Sa mort pourrait-elle résulter d'une querelle professionnelle ?

— Cette ville possède deux écoles de médecine, l'une française et l'autre américaine, qui ont chacune leurs règles et leur mode de pensée. La rivalité entre les deux est parfois très vive.

Il s'approcha des étagères et déchiffra quelques titres.

— Je pensais que vous étiez tous Américains, désormais ?

— Pour l'état civil, oui. Mais les différences de culture demeurent. Les médecins français considèrent que leur rôle est d'assister la nature, pas de la combattre. Les Américains, quant à eux, pratiquent ce qu'ils appellent la « médecine héroïque ». Ils empoisonnent le corps de leurs patients à l'aide de doses massives de médicaments, puis les purgent et les saignent jusqu'à leur faire perdre conscience. Le

Dr Santerre ne s'était pas gêné pour qualifier ces procédés de stupides et de dangereux.

Le visage indéchiffrable, le major s'adossa aux étagères et dévisagea la jeune femme.

— Et que pouvez-vous me dire de ses patients ? L'un d'eux l'aurait-il menacé ? Un soldat, par exemple ? Quelqu'un qui aurait perdu un bras ou une jambe sur sa table d'opération et lui en aurait voulu à mort.

Emmanuelle avait déjà envisagé cette hypothèse, mais de l'entendre formuler par ce Yankee, de percevoir le mépris dans sa voix lui fit monter le sang au visage.

— Henri Santerre était un médecin d'exception et un excellent chirurgien !

— Sans doute. Mais je ne connais pas un médecin qui n'ait pas tendance à recourir trop facilement à l'amputation.

C'était une accusation hélas ! courante, mais parfaitement injuste. La plupart des gens ne comprenaient pas que l'amputation était le meilleur moyen de prévenir une septicémie en cas de blessure importante.

— Bien souvent, quand on n'ampute pas dans les vingt-quatre heures, la mort est inévitable, répondit la jeune femme en s'efforçant de prendre un ton professionnel.

— Je suis pourtant toujours vivant.

— Vous avez eu plus de chance que vous ne le pensez, major. Les cimetières sont remplis d'hommes qui ont menacé de tuer – ou de châtrer – tout chirurgien qui s'approcherait un peu trop près.

Il éclata de rire. Un rire spontané, inattendu, et terriblement séduisant.

— Comment avez-vous su ?

— Vous n'auriez pas gardé votre jambe, autrement. Mais vous avez raison. Parfois, ceux dont nous avons ainsi sauvé la vie en tiennent rigueur au chirurgien.

Et si ce n'est pas eux, c'est un membre de leur famille. Si vous le souhaitez, je pourrai vous communiquer la liste de tous les patients du Dr Santerre au cours des dernières années.

La liste serait si longue qu'elle occuperait sans doute le major jusqu'à ce que les confédérés aient repris possession de la ville...

— Je mettrai quelques-uns de mes hommes dessus, déclara-t-il, avec un sourire destiné à lui faire comprendre qu'il avait deviné son stratagème. À présent, si vous me disiez qui vous suspectez ?

Il était intelligent. Très intelligent. Emmanuelle se promit de ne plus le sous-estimer à l'avenir.

— Par exemple, reprit-il, qui savait que vous aviez prévu de vous rendre au cimetière, hier soir ?

La jeune femme secoua la tête.

— Si vous pensez circonscrire la liste des suspects de cette manière, vous faites fausse route. Voilà des années que nous allons au cimetière à la même date. Des tas de gens le savent.

— D'accord. Essayons une autre piste. Qui héritera de l'hôpital, maintenant que le Dr Santerre est mort ? Vous ? Elise Santerre ? Ou ce Dr Yardley ?

C'était la question qu'Emmanuelle redoutait pardessus tout.

— Moi, répondit-elle, en soutenant son regard. Le Dr Yardley n'est qu'un externe. Il a son propre cabinet en ville.

Il y eut un petit silence inquiétant.

— Je vois.

— Je n'en suis pas si sûre. Surtout si vous vous imaginez que je vais hériter d'une fortune. Par les temps qui courent, bien peu de nos patients sont en état de nous payer. Et nous avons été obligés d'hypothéquer l'immeuble pour nous acquitter de la rançon que votre général Butler impose à tous ceux qui soutiennent les confédérés. À ce rythme, j'ai bien peur de ne pas pouvoir conserver l'hôpital plus de six mois.

— Dans ce cas, pourquoi ne pas le fermer sur-le-champ ?

— Parce que les citoyens de cette ville ont besoin de nous. Parce qu'Henri Santerre était mon ami et que cet hôpital était toute sa vie. Je ne laisserai pas celui qui a tué Henri tuer aussi cet hôpital. Pas si je peux l'en empêcher.

Une lueur d'intérêt s'était allumée dans les yeux sombres du major.

— C'est peut-être pour cela qu'il a été tué. Pour qu'on ferme son hôpital.

La jeune femme secoua la tête.

— C'est la guerre qui le fermera. La guerre, et votre occupation. Les habitants de La Nouvelle-Orléans n'auront bientôt plus les moyens de s'offrir des soins médicaux.

Il s'était soudain raidi et son visage s'était fermé.

— Ils auraient dû penser à cela avant de faire sécession, répliqua-t-il.

Ils se défièrent du regard, et l'air entre eux parut littéralement vibrer tant ils étaient tendus. Puis une porte s'ouvrit au loin.

— Emmanuelle ? appela une voix féminine. Où es-tu ? Qu'est-ce que je viens d'apprendre à propos du docteur ? Les Yankees l'auraient-ils... Oh !

Une élégante jeune femme blonde venait d'apparaître sur le seuil de la pièce. Elle s'interrompit net en voyant le major.

— Mlle Latouche est une infirmière bénévole, expliqua Emmanuelle tandis qu'elle récupérait ses gants et son réticule dans le tiroir du bureau où elle les rangeait habituellement. Elle pourra répondre à toutes vos questions. Quant à moi, si vous le permettez, major, je vais vous quitter.

Et se dirigeant vers la porte, elle ajouta en saisissant son chapeau accroché à une patère :

— J'ai promis à mon fils de l'emmener chez ses grands-parents et nous sommes déjà très en retard.

— Bien sûr, madame. Nous reprendrons cette conversation plus tard.

Sa réponse désarçonna Emmanuelle. Elle n'avait aucune envie de reprendre quelque conversation que ce soit avec lui. Pour tout dire, elle souhaitait ne plus jamais le revoir. Tout en nouant le ruban de son chapeau sous son menton, elle s'adressa à Claire :

— Pourriez-vous monter voir le lieutenant Rouant ? Il souhaiterait vous dicter une lettre.

— Comment va-t-il ? s'enquit Claire Latouche, le regard plein de sollicitude.

— Mal. Il ne passera pas la nuit.

— Mon Dieu...

Emmanuelle était déjà dans le hall, la main sur la poignée de la porte de la cour, quand la voix du major l'arrêta :

— Encore une chose, madame.

Elle se retourna. Il était sorti dans le couloir et la regardait.

— Oui ?

— Comment saviez-vous que le Dr Santerre avait été tué par une flèche provenant d'une arbalète ?

Il l'avait interrogée d'un ton détaché, comme si cette question venait tout juste de lui traverser l'esprit. Mais Emmanuelle se doutait qu'il n'en était rien et qu'il avait choisi à dessein ce moment pour la lui poser, dans l'espoir qu'elle serait prise de court. Il était décidément retors.

— Ça m'a semblé logique, répondit-elle le plus naturellement du monde. Ce ne pouvait être une balle, puisque je n'avais pas entendu de détonation.

— Et saviez-vous que la pointe de la flèche était en argent ?

Emmanuelle sentit un frisson de terreur lui vriller l'échine. Elle était soudain incapable de dire un mot.

— Madame ? insista-t-il, sans la quitter des yeux.

— Non, je l'ignorais, réussit-elle enfin à articuler. Comment aurais-je pu le savoir, du reste ? Ce... c'est très étrange.

Elle regardait par la porte-fenêtre. Dominic avait déniché un bout de ficelle qu'il tirait sur les pavés de la cour, pour la plus grande joie du chat.

— Excusez-moi, monsieur, reprit-elle. Mon fils m'attend.

Et elle poussa le battant sans rien ajouter. Mais une voix criait dans sa tête : « Non, c'est impossible ! Impossible ! »

— Maman !

Dominic lâcha sa ficelle pour se précipiter vers la jeune femme. Emmanuelle crut un instant qu'il allait se jeter dans ses jupes, comme lorsqu'il était petit. Mais c'était un grand garçon, à présent, et il se contenta de se planter devant elle en affichant un sourire radieux.

— Te voilà enfin ! J'ai cru que tu avais oublié que nous avions promis à papy et à mamie d'aller les voir aujourd'hui.

— Bien sûr que non, je n'avais pas oublié, répondit-elle en ébouriffant doucement les boucles blondes de son fils, qui lui rappelaient tant celles de Philippe.

Il s'écarta, avec une grimace, ce qui la fit éclater de rire.

— Nous y allons tout de suite, reprit-elle. Je dois juste faire un petit détour par la maison.

Le garçonnet la suivit vers la porte cochère.

— Tu es vraiment obligée ? On est déjà très en retard. Tu sais bien que mamie n'aime pas ça.

— Ce ne sera pas long. Il faut simplement que je vérifie quelque chose.

— Quoi ?

— Ne t'inquiète pas, cela ne te concerne pas.
— Allez, dis-moi, insista le garçonnet.
Sa mère se contenta de secouer la tête en souriant. Il eut beau la supplier durant tout le trajet, elle resta muette.

5

Ce garçon ne lui ressemblait pas du tout, songeait Zach, tandis qu'il regardait la mère et le fils se diriger vers le porche. Ce n'était pas seulement ses boucles blondes ou sa taille – on voyait bien qu'il ne tarderait pas à dépasser sa mère d'une bonne tête –, ses traits aussi étaient différents. Et le regard bleu du garçonnet était plus rêveur que celui de sa mère.

— J'ai l'impression que chaque jour qui passe, Dominic ressemble un peu plus à Philippe, commenta Claire Latouche, qui avait rejoint Zach.

Il se tourna vers elle et s'aperçut qu'elle le fixait. Elle était sensiblement plus jeune que Mme de Beauvais et ne devait probablement même pas avoir vingt ans. Mais si sa silhouette mince évoquait encore un peu l'enfance, il n'y avait plus rien d'enfantin dans sa façon de regarder un homme.

— Vous avez connu Philippe de Beauvais ?

— Bien sûr ! Nous étions des cousins éloignés, dit-elle, avec une soudaine tristesse dans le regard. Ma mère est une Beauvais.

Zach n'en fut pas réellement surpris. Depuis qu'il était arrivé dans cette ville, il n'avait cessé d'être frappé par l'importance des liens tissés entre les familles.

— Est-ce la raison qui vous a poussée à vous proposer comme bénévole dans cet hôpital ?

Un sourire étira les lèvres de la jeune fille.

— Pas du tout. Tout est la faute d'Antoine.

— Antoine ?

— Mon frère. Peu après le début de la guerre, nous étions à un dîner ensemble – Antoine, Philippe, Emmanuelle et moi. Emmanuelle nous a parlé d'un groupe de soldats blessés qui venaient d'arriver de Virginie. J'ai commis l'erreur de dire que j'aimerais me rendre utile, comme elle. Antoine m'a prise au mot et a lancé : « Qu'est-ce qui t'en empêche ? »

— En d'autres termes, vous êtes devenue infirmière par défi.

Claire éclata de rire.

— Oui, on peut résumer cela ainsi.

Sur ce, la jeune fille ouvrit à son tour la porte et sortit dans la cour qu'elle traversa pour pénétrer dans le bâtiment de brique qui servait de cuisine. Zach la suivit et l'attendit tandis qu'elle conversait avec la cuisinière tout en remplissant des verres de citronnade qu'elle déposait sur un plateau. Sans qu'il sache exactement en quoi, Claire Latouche lui rappelait Rachel ; cela allait au-delà de sa blondeur ou de cette assurance innée due à la naissance. C'était la deuxième fois, en moins de vingt-quatre heures qu'il repensait à Rachel et cela le troublait.

— Y a-t-il d'autres infirmières bénévoles ? demanda-t-il quand Claire eut terminé de remplir les verres.

— Pas vraiment, répondit-elle, soulevant sans effort le plateau. La plupart des gens trouvent choquante l'idée d'exposer des jeunes femmes raffinées aux horreurs de la guerre.

Zach lui prit le plateau des mains et ils retraversèrent la cour en sens inverse.

— Mais vos parents n'ont pas fait d'objection ?

Elle passa devant lui, pour lui ouvrir la porte de l'hôpital.

— Oh, ma mère, si !

— Cela ne vous a pas arrêtée, visiblement.

Elle lui coula un regard par-dessus son épaule.

— Cela aurait dû ?

Zach dut faire un effort pour entrer de nouveau dans le bâtiment principal. L'hôpital Santerre était propre et aéré. Sans comparaison aucune avec la tente de campagne où il avait souffert le martyre durant des semaines. Mais les odeurs étaient les mêmes, et la même atmosphère oppressante semblait sourdre de partout. En fait, Zach détestait tous les hôpitaux.

— Parlez-moi d'Henri Santerre, dit-il à Claire.

La jeune fille haussa les épaules.

— Que pourrais-je vous dire sur son compte ? À part que c'était un vieil homme.

— Vous ne voyez vraiment rien d'autre à ajouter ?

Elle haussa de nouveau les épaules.

— Les Santerre sont une famille respectable. Pas une « grande » famille de La Nouvelle-Orléans, précisa-t-elle, avec cette fierté inconsciente de ceux qui sont sûrs de leurs origines. Mais une vieille famille tout à fait respectable.

La famille, encore et toujours ! songea Zach, qui se rappelait la petite crypte devant laquelle Emmanuelle de Beauvais était venue prier et où le Dr Santerre avait trouvé la mort. Il avait lu le nom de Maret gravé dans la pierre. Mais à en juger par les épitaphes, la crypte n'abritait que deux tombes. Preuve que les Maret étaient arrivés ici récemment. Dans une ville où la famille était tout, comment se situaient-ils ?

Zach demeura à l'entrée de la grande salle, suivant du regard Claire Latouche pendant que celle-ci faisait la tournée des malades, leur offrant à chacun un verre de citronnade. Elle en profitait pour remettre les literies en ordre et palper le front de ceux qui semblaient fiévreux. Les tâches les plus pénibles – changer les lits, laver les malades... – étaient effectuées par les infirmiers, deux Noirs et un jeune blanc. Mais le travail de la jeune femme n'était quand même pas facile et Zach sentit sa gorge se serrer en la voyant faire boire un jeune soldat qui avait perdu ses deux mains. Elle réussissait à ne pas se départir de son sourire et offrit au jeune homme quelques paroles de réconfort. Mais dès qu'elle s'éloigna, Zach s'aperçut qu'elle retenait ses larmes et il n'en admira que plus son courage. Elle était peut-être entrée dans cet hôpital par défi, mais ce n'était sûrement plus pour cette raison qu'elle endurait et soulageait toute cette souffrance depuis plus d'un an.

Ces femmes du Sud n'étaient décidément pas ordinaires, songea-t-il. Fragiles et délicates à l'extérieur, mais fortes et indomptables à l'intérieur. Telles des fleurs qui auraient poussé sur du granit. Une fois de plus, Zach se surprit à penser à Emmanuelle de Beauvais. Elle avait dû vivre des moments difficiles, dans un tel environnement.

— Émouvant spectacle que celui de cette jeune fille se penchant tendrement sur les héros blessés de la nation, n'est-ce pas ?

La voix qui avait prononcé cette phrase était nonchalante, l'accent indubitablement anglais. Pas celui de la Nouvelle-Angleterre, mais bien l'anglais que l'on parlait de l'autre côté de l'Atlantique, à Oxford ou à Eton.

Zach pivota sur ses talons. Un homme refermait la porte du hall ; une bouffée de la chaleur déjà étouffante du dehors entra avec lui. Il était mince, de taille moyenne et devait avoir à peine plus de trente ans. Sa démarche était aussi nonchalante que sa voix.

— Vous devez être le docteur Yardley, devina Zach en venant à sa rencontre.

— Ainsi les Yankees ont décidé d'enquêter sur le meurtre d'Henri ? répliqua le médecin, qui ôta son chapeau de paille pour éponger son front moite.

Ses cheveux blonds, qu'il portait longs, encadraient un visage singulièrement émacié à la peau si pâle et transparente qu'on devinait presque la forme des os qu'elle recouvrait. Ses yeux noisette étaient injectés de sang et soulignés de larges cernes. Il n'avait pas dû beaucoup dormir cette nuit, en conclut Zach.

— J'ai besoin de café, lâcha Yardley dans un soupir. Il me faut toujours au moins trois tasses pour émerger, le matin. Et pour l'instant, je n'en ai bu que deux.

— Et vos patients ?

Le médecin se raidit imperceptiblement, avant de se détendre et d'esquisser un sourire.

— Connaissant Mme de Beauvais, je suis certain qu'elle leur a déjà rendu visite. Elle aurait fait un excellent docteur... si elle avait été un homme, bien sûr.

Ils allèrent s'asseoir à une petite table en fer forgé installée à l'ombre du grand bananier qui se dressait dans la cour intérieure pour déguster un café noir bien serré.

— Mme de Beauvais m'a laissé entendre que l'hôpital était au bord de la faillite, attaqua Zach. C'est vrai ?

Yardley fit la grimace.

— Hélas, oui ! La plupart de nos patients ne sont pas en mesure de nous régler. Santerre était trop généreux de son talent. Et sur ce point, Emmanuelle lui ressemble.

— J'ai cru comprendre que c'était un homme de bien.

— Certes, certes. Mais il était aussi borné, irascible et orgueilleux.

— Pourquoi aurait-on voulu le tuer selon vous ?

Yardley s'adossa à sa chaise dans une pose arrogante.

— Franchement, major, je pensais vous avoir épargné la peine de me poser cette question. Vous vous doutez bien que quiconque est irascible, borné et orgueilleux s'attire son lot d'ennemis.

Zach but une gorgée de café avant de poursuivre son interrogatoire.

— S'était-il querellé récemment avec quelqu'un en particulier ?

— Pas que je sache.

— Comment vous entendiez-vous avec lui ?

Yardley se pencha par-dessus la table et agita l'index en signe de dénégation.

— Oh, non, major Cooper. Vous ne me prendrez pas en défaut sur ce sujet. J'ai passé la soirée d'hier avec un vieil ami.

— Les vieux amis sont souvent les plus disposés à mentir.

Yardley eut le même sourire qu'un peu plus tôt ; un sourire qui ne signifiait rien.

— C'est vrai. Et c'est bien pratique, n'est-ce pas ?

— Pourquoi avez-vous quitté l'Angleterre ? demanda Zach brusquement.

Sourire inaltérable.

— Je n'aimais pas le climat.

Zach lui désigna le bananier, au-dessus de leurs têtes.

— Et vous aimez celui-ci ?

Yardley éclata de rire. Cette fois, son amusement était sincère.

— J'ai grandi en Inde. La chaleur ne me dérange pas.

— Il n'empêche que c'est surprenant de vous voir travailler dans un hôpital français.

— Ah, je vois que vous avez déjà abordé le sujet avec notre chère Mme de Beauvais. Elle n'affiche que mépris pour les médecins qui ne sont pas sortis des facultés de Paris ou de Montpellier. Mais il se trouve que je ne partage pas vraiment l'approche de vos médecins yankees. Et que Santerre était moins radical, sur ce point, qu'Emmanuelle. Elle pense que le mercure est un poison, et elle est persuadée que ces organismes minuscules que certains chercheurs prétendent avoir découverts sont à l'origine de toutes les maladies.

— Les microbes, commenta Zach d'un ton détaché.
Yardley écarquilla les yeux de stupeur.

— Bonté divine ! Que savez-vous au juste des microbes ?

— Rappelez-vous, je suis le prévôt de cette ville. L'une de mes missions consiste à essayer d'empêcher les épidémies de fièvre jaune qui la frappent chaque été de se développer.

— Et vous pensez y parvenir en lavant les rues à grande eau ? Notez que je ne vais pas m'en plaindre. Depuis votre arrivée, on s'amuse beaucoup moins, mais l'air est plus respirable.

Zach sourit à son tour.

— Je vous ferai remarquer que, pour l'instant, aucune épidémie de fièvre jaune n'a encore éclaté.

Yardley balaya l'argument d'un revers de main.

— Pure coïncidence. Disons que vous avez beaucoup de chance. À votre avis, combien de vos soldats en réchapperont si la fièvre éclate ?

— Contrairement aux habitants de cette ville, j'espère ne pas avoir à faire ce genre de comptes.

Yardley éclata à nouveau de rire. Il était en effet notoire que les habitants de La Nouvelle-Orléans commençaient à se désoler que la fièvre jaune n'ait pas encore commis de ravages cette année. Car tout le monde savait que ceux qui n'étaient pas habitués au climat en étaient toujours les premières victimes. On comptait donc sur l'épidémie pour se débarrasser des envahisseurs en tunique bleue.

Zach promenait le bout de l'index sur le bord de sa tasse, l'air songeur.

— Vous ne m'avez toujours pas expliqué comment vous vous étiez retrouvé à travailler pour cet hôpital en particulier, alors qu'il en existe tant d'autres en ville ?

— Ah, ça, c'est à cause de Philippe. Philippe était...

Yardley laissa un instant sa phrase en suspens.

Zach lui jeta un coup d'œil, mais le docteur semblait perdu dans ses pensées.

— Philippe était mon meilleur ami, lâcha-t-il finalement.

— Et Henri Santerre ?

Yardley soutint le regard de Zach.

— Nous étions collègues, pas amis. Franchement, j'ignore qui aurait pu vouloir sa mort, et pourquoi. Henri n'avait rien d'un taciturne. Il était plutôt ouvert. S'il avait des secrets, il les cachait bien. Parce que je ne les connais pas. Et je l'ai pourtant côtoyé pendant des années.

Zach repoussa sa chaise, qui racla désagréablement le sol, et se leva.

— Même si vous les connaissiez, vous ne me les diriez pas, de toute façon.

Yardley haussa les épaules.

— Je pense qu'un homme doit savoir garder les secrets qu'on lui confie. Pas vous ?

— Pas s'ils sont liés à un meurtre.

Zach s'éloignait déjà, quand le médecin lança :

— Pourquoi vous soucier de cette histoire, major ? En quoi cela vous dérange-t-il qu'un vieux médecin créole ait rejoint sa tombe avec un ou deux ans d'avance ?

Zach se retourna lentement.

— Je suis chargé de maintenir l'ordre dans cette ville. Les meurtres me concernent donc au premier chef.

Yardley secoua la tête d'un air amusé.

— Des meurtres, il y en a tous les jours, à La Nouvelle-Orléans. Je suis sûr qu'autre chose vous intéresse dans cette affaire.

Zach savait que l'Anglais n'attendait pas vraiment de réponse, aussi ne fit-il aucun effort pour lui en fournir une. Il tournait les talons quand Yardley ajouta dans son dos :

— Quel dommage que vous n'ayez pas connu le Dr Santerre de son vivant, major. Je suis convaincu que vous vous seriez très bien entendus, tous les deux.

Emmanuelle poussa la porte de l'appartement qui avait servi de chambre à son mari pendant les dix dernières années de leur mariage. Baptisée « la garçonnière », il occupait l'étage au-dessus des cuisines, dans une aile à part de la maison de la rue Dumaine. La porte-fenêtre ouvrait sur une galerie couverte reliée à l'autre aile. Ce genre de pièce était d'ordinaire réservé aux fils de famille. Dès qu'ils atteignaient l'adolescence, ils héritaient d'une chambre à part, où ils pouvaient aller et venir à leur gré, de jour comme de nuit. La plupart des gens s'imaginaient que Philippe avait gardé sa garçonnière comme chambre après son mariage pour ne pas réveiller Emmanuelle les soirs où il rentrait tard de ses visites auprès des malades. Mais la vérité, c'est qu'il y avait passé toutes ses nuits – du moins lorsqu'il dormait à la maison.

Emmanuelle n'y était entrée qu'une seule fois depuis la mort de son mari. Elle était venue avec Rose pour emballer les quelques effets personnels de son mari qu'elle souhaitait conserver pour les transmettre plus tard à Dominic. Elle n'avait pas touché au reste.

Immobile sur le seuil, la jeune femme était frappée de ce que la présence de son mari était encore palpable dans la pièce. Sa cravache d'équitation était posée en travers du bureau – là où il l'avait laissée la dernière fois qu'il s'en était servi – à côté de sa pipe. Un livre ouvert était abandonné sur le sol, près de son lit.

Philippe avait beau être mort, Emmanuelle se faisait l'impression d'être une intruse dans cet univers si typiquement masculin. Son malaise était encore accru non par ce qu'elle redoutait de trouver, mais bien plutôt de ne *pas* trouver.

Prenant son courage à deux mains, la jeune femme se dirigea droit vers l'armoire en cèdre où Philippe avait coutume de ranger ses effets les plus personnels. Elle tourna la clé. La porte grinça sur ses gonds rouillés et s'ouvrit, libérant un mélange d'odeurs, certaines connues, d'autres qu'elle préférait ne pas chercher à identifier.

Elle savait exactement ce qu'elle cherchait. C'était une boîte en chêne, longue d'une soixantaine de centimètres et large d'une trentaine. Elle renfermait un « nécessaire anti-vampires », qui se composait d'une petite arbalète, de quatre flèches à embout d'argent ciselé, d'une fiole d'eau bénite et d'une croix en bois. C'était le genre d'objet étrange et curieux qui ravissait Philippe. Il lui avait été offert pour son dernier anniversaire par le frère de Claire, Antoine Latouche. Philippe l'avait rangé dans cette armoire. Emmanuelle le savait, car elle l'y avait vu le jour où elle était venue prendre quelques-unes des affaires de son défunt mari.

À présent, seule demeurait son empreinte sur la poussière de l'étagère.

6

Le souffle coupé, Emmanuelle s'effondra sur le tapis qui recouvrait le parquet. Pendant quelques instants, une terreur sans nom la submergea. Sa bouche se dessécha d'un coup, ses oreilles se mirent à bourdonner. Elle avait envoyé Dominic en éclaireur chez ses grands-parents, sur Esplanade Avenue. Il était probablement déjà arrivé et attendait avec impatience qu'elle le rejoigne. La jeune femme s'exhortait à se ressaisir, et cependant, elle restait prostrée sur le tapis, la main encore agrippée à la porte grande ouverte de l'armoire.

Un bruit de pas résonna soudain sur la galerie, puis une silhouette se matérialisa devant la porte-fenêtre. Emmanuelle s'obligea à se relever.

— Tu savais que la boîte avait disparu, Rose ? demanda-t-elle à sa servante.

Celle-ci hocha la tête.

— Je suis venue vérifier dès que j'ai su comment était mort ce pauvre Dr Santerre.

Emmanuelle ne perdit pas de temps à lui demander comment elle l'avait appris. La Nouvelle-Orléans avait beau compter plus de 170 000 habitants, cette ville fonctionnait toujours comme un village. Tout finissait par se savoir.

— Selon vous, combien de personnes avaient connaissance de cette boîte ? reprit Rose.

Emmanuelle repoussa une mèche de cheveux de son front et s'aperçut, avec un étrange détachement, qu'elle était en nage.

— Elle fascinait Philippe. Il a dû la montrer à des tas de gens. Et il n'était pas difficile de deviner où il la rangeait.

Les deux femmes se regardèrent en silence, prenant l'une et l'autre la mesure de leur horrible découverte. Celui qui avait attendu Henri et Emmanuelle au cimetière s'était d'abord introduit ici, à leur insu. Il y avait volé l'arme du crime. Ce qui signifiait donc qu'il connaissait parfaitement cette maison.

— Vos ennuis ne font que commencer, j'en ai peur, lâcha Rose, quand Emmanuelle se décida à refermer l'armoire. Il y a dans la rue un officier yankee qui observe la maison comme s'il était persuadé que nous y cachons quelque chose.

Emmanuelle sortit par la porte-fenêtre et gagna la chambre de son fils, puis de là sa propre chambre, qui donnait sur la rue. Elle écarta légèrement le rideau et jeta un coup d'œil en bas.

Zachary Cooper était posté sur le trottoir d'en face, appuyé à un poteau, les bras croisés.

— Mon Dieu, murmura-t-elle, avant d'ajouter à l'intention de Rose qui l'avait rejointe : C'est celui dont je t'ai parlé. Le major Cooper.

Rose s'approcha à son tour du rideau.

— Hmm, fit-elle, le regard rivé sur l'homme en faction. Il m'a l'air dangereux. Séduisant, mais dangereux.

Emmanuelle quitta la fenêtre pour récupérer son chapeau et ses gants, posés sur le lit. Rose se retourna.

— Vous allez lui parler de la boîte ?

Emmanuelle coiffa son chapeau.

— Pour lui dire quoi ? Que l'arme du crime était un cadeau offert par l'un de mes plus chers amis à mon défunt mari ? Antoine et moi nous retrouverons emprisonnés avant d'avoir eu le temps de dire ouf !

Rose suivit la jeune femme qui dévalait déjà l'escalier. Elle s'arrêta en haut des marches, les poings calés sur les hanches.

— Et si vous vous trompiez au sujet de ce Yankee? lança-t-elle. Lui dire la vérité serait probablement le plus sûr moyen de l'aider à mettre la main sur l'assassin. Un type qui a réussi à s'introduire dans cette maison, sans doute pendant que Dominic et vous dormiez, ça ne vous inquiète pas? Vous devriez peut-être y réfléchir…

Emmanuelle se retourna au bas des marches.

— Nous fermerons les portes à double tour chaque soir, répliqua-t-elle, avant de sortir dans la rue.

Zach ne bougea pas de son poste d'observation et laissa Mme de Beauvais venir à lui. Elle s'immobilisa abruptement devant lui dans un froissement de soie et redressa orgueilleusement la tête, si bien que le soleil l'éclaira en pleine face. Zach fut surpris de la trouver si pâle et comme en proie à une sourde inquiétude. Intrigué, il se demanda ce qui avait bien pu effrayer cette femme pourtant admirable de sang-froid.

— Que faites-vous devant chez moi, major? s'enquit-elle d'un ton impérieux.

Il se redressa et sourit avec nonchalance. Mais cet apparent détachement était un mensonge, car son sang s'échauffait déjà dangereusement dans ses veines. Cette femme lui faisait décidément un effet incroyable.

— Je croyais que vous deviez rendre visite aux grands-parents de votre fils?

— J'y vais de ce pas. Et je suis en retard.

— Nous pourrions peut-être discuter en chemin? suggéra Zach.

Elle le dévisagea une seconde, l'air excédé, comme si elle projetait de lui cracher à la figure qu'elle n'avait aucune envie de marcher avec lui. Mais, bien sûr, elle n'en fit rien, et gagna cette bataille silencieuse qu'elle venait de livrer contre elle-même. Cette Mme de Beauvais était décidément une femme passionnée, et qui luttait farouchement pour garder le contrôle de ses émotions. Il devait pourtant bien exister des circonstances où ses passions prenaient le dessus...

Sans un mot, elle tourna les talons pour se diriger vers la rue de Chartres, lui laissant le choix de la suivre ou non. Au loin, les cloches de la cathédrale sonnèrent l'angélus.

— Puisque vous ne vous attendiez pas à me trouver chez moi, pourquoi êtes-vous venu ? demanda-t-elle quand il fut parvenu à sa hauteur, se gardant bien de lui adresser le moindre regard.

— Pour parler à votre servante.

Le pas de la jeune femme se fit tout à coup plus raide, trahissant sa nervosité. Mais elle se reprit bien vite.

— Rose se trouve justement à la maison. Je ne voudrais surtout pas vous empêcher de la voir.

Il secoua la tête.

— Je m'en occuperai plus tard. Figurez-vous que certains détails m'intriguent dans cette affaire.

— Quels détails ?

— Eh bien, par exemple, pourquoi avez-vous abandonné Henri Santerre, alors qu'il était blessé ? N'importe qui aurait été chercher de l'aide. Pas vous.

Ils remontaient à présent la rue de Chartres, vers Esplanade Avenue. Les trottoirs étaient bordés de maisons étroites aux façades en stuc délavées. Une odeur de pralines flottait dans l'air. Zach commençait à désespérer d'obtenir la moindre réponse, quand Emmanuelle murmura d'une voix rauque :

— En fait, il était déjà mort. Je ne pouvais plus rien pour lui. Il m'avait enjoint de m'enfuir, c'est ce que j'ai fait. J'étais terrifiée. Je n'en suis pas fière, aujourd'hui. J'aurais dû rester auprès de lui.

Ils s'arrêtèrent au coin de la rue pour laisser passer une charrette tirée par une mule.

— Il ne vous a pas effleuré l'esprit que Santerre avait été peut-être tué par erreur ? demanda Zach d'un ton neutre. Qu'en réalité, c'était vous que l'assassin visait ?

Ils traversaient la rue et Emmanuelle faillit glisser dans une flaque laissée par l'orage de la veille. Il la retint par le bras.

S'il l'avait trouvée pâle quelques instants auparavant, elle était à présent carrément livide.

— Je n'ai pas d'ennemis, monsieur, souffla-t-elle d'une voix étranglée.

Zach soutint son regard. Il avait d'abord cru qu'elle avait les yeux bruns, mais il réalisait qu'ils étaient verts – un vert profond et mystérieux.

— Tout le monde a des ennemis. Vous l'avez dit vous-même.

— Je ne vois personne qui pourrait souhaiter ma mort, si c'est ce que vous pensez.

Zach s'aperçut tout à coup qu'ils étaient pratiquement l'un contre l'autre. Il lâcha le bras de la jeune femme et recula d'un pas.

— À l'évidence, quelqu'un a cherché à tuer l'un de vous deux.

Tout en disant cela, Zach savait qu'il n'était pas forcément dans le vrai. Parfois, les victimes ne connaissaient pas leur assassin. Certains criminels étaient capables de tuer sans raison. Juste pour le « plaisir ». Ou pour des motifs qui n'avaient que peu à voir avec leur victime. Il était bien placé pour le savoir…

— Monsieur ?

La voix d'Emmanuelle le fit sursauter. Il cligna des yeux et aperçut un cocher qui hurlait. Ils étaient toujours au milieu de la rue. Ils se remirent en route en silence en direction d'Esplanade Avenue et de ses grands sycomores.

Au bout de quelques mètres, cependant, la jeune femme s'immobilisa de nouveau en avisant un faire-part de décès placardé sur un panneau d'annonces.

— Je constate que vous avez rendu le corps d'Henri à sa famille, remarqua-t-elle.

Zach s'était arrêté juste à côté d'elle.

— Je ne voyais pas la nécessité de le garder plus longtemps, surtout par cette chaleur.

Elle hocha la tête. Zach laissa son regard s'attarder sur la courbe douce de sa joue, ses cils épais, ses lèvres pleines et bien dessinées, et se sentit profondément troublé. Cette femme lui était pourtant aussi étrangère que cette ville étouffante qui pratiquait l'esclavage et le culte vaudou, et se livrait chaque année à une débauche effrénée lors du Mardi gras. Mais à l'image de sa ville, Emmanuelle de Beauvais était un mélange complexe de sombre beauté, de séduction et de mystère. Zach était convaincu qu'elle lui cachait des choses et il n'aurait pas été étonné d'apprendre qu'elle était responsable de la mort d'Henri Santerre. Et pourtant, elle ne cessait de le fasciner, de l'attirer. Il avait beau s'en défendre, il éprouvait pour elle l'ardente brûlure du désir.

Elle repartit en pressant le pas.

— Un autre détail m'intrigue, reprit-il, alors qu'ils débouchaient sur Esplanade Avenue.

L'artère méritait bien son nom, car elle était deux fois plus large que la rue qu'ils venaient de quitter.

— Lequel ? demanda-t-elle en suivant des yeux l'omnibus qui n'allait pas tarder à les doubler pour prendre la direction du fleuve.

— Si vous aimiez autant Henri Santerre que vous le prétendez, pourquoi ne m'aidez-vous pas à trouver son assassin ?

Elle s'arrêta de nouveau et le regarda droit dans les yeux. Zach comprit qu'elle ne chercherait même pas à nier son accusation et à lui faire croire qu'elle était toute disposée à coopérer avec lui.

— Si Henri avait été tué par une balle yankee pendant qu'il s'efforçait de soigner des blessés sur le champ de bataille, sa mort ne vous aurait pas préoccupé plus que cela, répliqua-t-elle. Et pourtant, ç'aurait été pareillement un meurtre.

Zach crispa les mâchoires.

— Mais pas aussi délibéré. Ni aussi cruel.

Elle secoua la tête.

— Toutes les guerres sont cruelles. Celle-ci ne fait pas exception à la règle.

— Je ne suis pas d'accord.

— Je m'en serais doutée.

Elle fit mine de repartir, mais Zach la retint par le bras.

— Vous n'avez pas répondu à ma question.

Elle baissa les yeux et fixa la main de Zach sur sa manche. Il ne l'enleva pas.

— Ne vous méprenez pas, major Cooper, répondit-elle, en relevant finalement la tête, le regard étincelant de toute la haine de l'ennemi. Henri Santerre était comme un deuxième père, pour moi. Mais ce n'est pas la pendaison d'un innocent qui le ramènera à la vie.

Zach se décida à la lâcher.

— Qu'est-ce qui vous fait croire que nous arrêterons un innocent ?

— Depuis que vous occupez cette ville, on ne peut pas dire que vous vous soyez fait une réputation d'intégrité dans le domaine de la loi et de la justice, répliqua-t-elle.

Bien que son « vous » fût adressé aux Yankees en général, et pas seulement à Zach, il n'en fut pas moins blessé, car il savait qu'elle n'avait pas totalement tort.

L'omnibus était arrivé à leur hauteur. La jeune femme fit signe au cocher et l'attelage s'immobilisa un court instant, le temps qu'elle grimpe sur la plateforme. Tout se passa si vite que Zach, pris de court, ne put tendre la main pour l'aider.

Il s'écarta. La jeune femme comprit qu'il ne chercherait pas à la suivre. Elle parut à la fois soulagée et méfiante.

— Vous allez rebrousser chemin pour interroger Rose, devina-t-elle.

Il sourit.

— Oui.

— Vous perdez votre temps. Elle ne vous apprendra rien.

Il secoua la tête.

— Les gens vous apprennent toujours des choses, même lorsqu'ils n'en ont pas l'intention.

Il recula encore d'un pas.

— Je vous retrouverai à la veillée mortuaire, madame.

L'attelage était déjà reparti, mais Zach eut le temps de voir la surprise et la consternation se peindre sur les traits de la jeune femme.

7

Rose prit son temps pour ouvrir la porte, qu'elle se contenta d'ailleurs d'entrebâiller.

C'était une grande femme, mince et solide avec un long cou et un port de tête altier. Sa peau café au lait trahissait son métissage, même si ses traits penchaient plutôt du côté de l'Afrique : des lèvres pleines et épaisses, des pommettes saillantes et un nez légèrement épaté.

— Madame est sortie et vous le savez parfaitement, déclara-t-elle, sans dissimuler son hostilité. Pourquoi êtes-vous revenu frapper à cette porte ?

Zach fut déconcerté. Elle parlait un anglais aussi teinté d'accent français que sa maîtresse, et affichait le même mépris souverain. Si Butler avait eu affaire à elle, il aurait probablement ordonné de l'arrêter sur-le-champ, pour la punir de son insolence. Zach se contenta d'ôter poliment son chapeau.

— J'aurais souhaité vous poser quelques questions, dit-il.

Elle hésita. Mais personne dans cette ville, homme ou femme, Blanc ou Noir, ne pouvait se permettre de dire non à une tunique bleue. Elle s'écarta à contrecœur, pour ouvrir la porte en grand.

— Je suis occupée. Si vous voulez me parler, vous le ferez pendant que je travaille.

Elle précéda Zach dans un petit couloir qui menait à une cour intérieure qu'égayaient des lauriers en pots et un seringa. Une lessiveuse posée sur des braises rougeoyantes laissait échapper une vapeur parfumée.

— Je ne vois pas ce que je pourrais vous raconter, continua-t-elle, tout en touillant sa lessive avec une grande spatule en bois. Je connaissais à peine le Dr Henri.

Zach prit place sur un banc installé dans une niche du mur. Du lierre et du jasmin retombaient tout autour.

— Mais vous connaissez bien Mme de Beauvais, répliqua-t-il. Elle n'est pas née ici, n'est-ce pas ?

La femme lui coula un regard suspicieux. Puis parut conclure qu'il n'y avait pas de mal à répondre à cette question.

— Elle est arrivée avec ses parents. Ils venaient de France. C'était il y a quatorze ans.

En 1848, compta Zach. Autrement dit, l'année de la Révolution qui avait chassé le roi Louis-Philippe du pouvoir. Il était peu probable que les Maret aient décidé de quitter la France précisément cette année-là par pure coïncidence.

— Vous êtes à son service depuis longtemps ?

— Ils m'ont achetée alors qu'ils venaient à peine de débarquer du bateau. J'avais seize ans. Le même âge que Mme Emmanuelle. Je ne l'ai pas quittée depuis.

Zach s'efforça de ne pas montrer son impatience, même s'il commençait franchement à douter de pouvoir tirer quelque chose de cette femme. La loyauté implacable que certains esclaves portaient à leurs maîtres lui était toujours un sujet d'étonnement. Et à cet instant précis, il s'en voulait d'éprouver de l'attirance pour une femme qui n'avait aucun scrupule à être propriétaire d'un être humain comme s'il s'agissait d'un vulgaire objet.

— C'est le Dr Maret qui vous a donnée à sa fille ?

Rose abandonna sa spatule dans la lessive pour se tourner vers Zach, les mains sur les hanches.

— Qu'est-ce que vous vous imaginez ? Que je suis encore esclave ? Figurez-vous que je suis aussi libre que vous. Les Maret m'ont achetée uniquement pour me sauver de mon ancien maître. Quand ils sont descendus du bateau, on était en train de me battre à coups de canne sur le quai. Les Maret ont payé la somme que mon maître réclamait, et m'ont aussitôt rendu ma liberté. Je les ai remboursés de ce que je leur avais coûté en prenant sur mes gages, mois après mois.

Elle reprit sa spatule et recommença à touiller le linge.

— Vous connaissez bien mal Mme Emmanuelle, si vous pensez qu'elle pourrait posséder un esclave, reprit-elle sans regarder Zach. Avec la médecine, c'était l'un des deux points sur lesquels elle partageait complètement l'avis du Dr Henri. Tous deux considéraient l'esclavage comme une abomination.

— À vous entendre, on jurerait qu'ils n'étaient pas souvent d'accord.

Elle coula furtivement un regard vers lui, les lèvres pincées.

— Je n'ai pas dit ça.

Zach comprit qu'il n'obtiendrait rien de plus sur ce sujet. Après un soupir, il se risqua sur une autre piste.

— Parlez-moi de Jacques Maret et de sa femme.

— Je veux un rapport sur toutes les personnes ayant fréquenté cet hôpital, ordonna Zach au capitaine Fletcher, tandis que les deux hommes déjeunaient sur le pouce dans un petit restaurant italien près de leur quartier général.

Fletcher leva les yeux de son plat de spaghettis.

— Toutes ?

— Oui. Mets deux hommes sur l'enquête. Je veux qu'on interroge les familles des patients qui sont morts ou ont été amputés ces dernières années à l'hôpital Santerre.

— Tu crois vraiment que c'est dans cette direction qu'il faut orienter les recherches ? objecta Fletcher. Une vengeance d'ancien patient ?

— Non. Mais je ne veux négliger aucune piste. Toi, tu vas te concentrer sur les gens avec qui Santerre a travaillé. En particulier cet Anglais, le Dr Yardley. Vois ce que tu peux découvrir sur son compte. Il prétend qu'il a passé la soirée d'hier avec un ami. Retrouve cet ami et essaie de dénicher quelqu'un qui pourrait confirmer qu'ils étaient ensemble. Yardley assure qu'il ne s'est jamais querellé avec Santerre, mais j'ai le sentiment qu'il cache quelque chose et j'aimerais bien savoir quoi.

Le capitaine avait tiré son carnet de sa poche et il inscrivait tout, avec des hochements de tête.

— Il y a aussi cette jeune fille, reprit Zach, Claire Latouche. Elle est bénévole, mais je n'ai pas le sentiment qu'elle s'entendait très bien avec Santerre. Essaie de savoir pourquoi.

Fletcher leva les yeux, son crayon suspendu en l'air.

— Et Mme de Beauvais ?

— Je m'en occupe personnellement.

Fletcher haussa les sourcils.

— Tu la suspectes ?

— Pourquoi pas ?

— Eh bien... euh... d'abord parce que c'est une femme.

— Hé ! Tu voudrais me faire croire que les femmes ne commettent jamais de crimes ?

Le capitaine secoua la tête.

— Pas ce genre de femme, en tout cas.

Zach avait terminé son assiette. Il replia sa serviette et se leva.

— Ah oui ? Le problème, c'est que nous n'avons pas la moindre idée de qui est vraiment Mme de Beauvais.

Envoie quelqu'un à la veillée funèbre de ce soir. Je veux savoir qui est venu. Et surtout, qui n'est pas venu.

Lui-même avait un rendez-vous avec le général Butler qui risquait de se prolonger fort tard, sinon il s'y serait rendu en personne.

— J'irai moi-même, déclara Fletcher. Et ne t'inquiète pas, je consignerai tout, ajouta-t-il en tapotant son carnet.

Voyant que Zach souriait, il fronça les sourcils.

— Qu'y a-t-il de si drôle ?

Mais Zach se contenta d'éclater de rire en tournant les talons.

— À présent, vous allez peut-être entendre raison, lâcha Marie-Thérèse de Beauvais, qui s'éventait délicatement dans son fauteuil. Il est impératif que Dominic vienne avec nous à Beau Lac. Au moins pour les deux mois à venir.

Emmanuelle et la mère de Philippe étaient installées sur la galerie du premier étage de la maison des Beauvais, une splendide demeure de style colonial. De leur poste d'observation, elles pouvaient voir Dominic et son grand-père, Jean-Lambert, lancer des fers à cheval sur un piquet planté dans la pelouse. Malgré ses soixante-six ans, ses cheveux blancs et les séquelles de sa récente fracture à la jambe, Jean-Lambert était encore capable de s'amuser comme un collégien.

Autrefois, les Beauvais habitaient dans la rue Ursuline, au cœur du quartier historique de la ville. Mais lorsque cette dernière, sous l'afflux des nouveaux immigrants, s'était beaucoup développée, ils avaient emménagé sur Esplanade Avenue, où venaient d'être construites une série de demeures huppées.

Les Beauvais étaient l'une des plus anciennes familles de La Nouvelle-Orléans, ainsi que l'une des plus fortunées et des plus respectées. Au fil des générations, ils avaient réussi à éviter le plupart des vices qui avaient ruiné tant d'autres familles d'origine créole: l'alcool, le jeu et la débauche. L'origine de la fortune des Beauvais provenait de Beau Lac, une immense plantation de canne à sucre qu'ils possédaient dans la région des bayous. Mais la famille avait depuis longtemps diversifié ses ressources dans le commerce, la banque, les transports maritimes et même l'industrie. L'occupation de la Louisiane par les troupes de l'Union leur avait coûté cher, comme aux autres grandes fortunes de la région, mais cette fois encore, ils avaient su se garder de la ruine. Jean-Lambert avait beau détester les Yankees et leurs idées, quand il s'agissait d'affaires, il savait se montrer pragmatique.

Accoudée à la balustrade de la galerie, Emmanuelle s'amusait de voir son fils préparer chaque lancer avec une extrême concentration. Mais les paroles de sa belle-mère lui ôtèrent soudain toute envie de sourire. Elle se retourna.

— C'est bien trop dangereux. N'avez-vous pas entendu parler de ces patrouilles de Yankees qui pillent les plantations ? Même si les gens en rajoutent probablement, je préfère que Dominic reste ici avec moi, en sécurité.

— En sécurité ? Ici ? répéta Marie-Thérèse, sceptique.

Elle était plus jeune que son mari d'une bonne douzaine d'années et demeurait encore très séduisante, malgré ses cheveux qui commençaient à grisonner.

— Quand la fièvre jaune va se déclarer, vous pensez qu'il sera encore en sécurité ?

D'ordinaire, tous ceux qui en avaient les moyens avaient déjà rejoint leurs résidences secondaires pour échapper aux miasmes qui s'abattaient sur la ville durant l'été. Mais cette année, la présence de patrouilles incontrôlées de Yankees rendait la campagne encore plus dangereuse que la ville. D'autant que, pour l'instant, la fièvre jaune n'avait pas encore fait parler d'elle.

Emmanuelle secoua la tête.

— Je pense qu'elle ne se déclarera pas cette année.

Sa belle-mère eut une moue dédaigneuse.

— Peuh ! Parce qu'on a lavé les trottoirs à grande eau et curé les caniveaux ? Balivernes !

Emmanuelle crispa les doigts sur la rambarde. Elles avaient déjà eu cette discussion et Marie-Thérèse ne changerait pas d'avis. De toute façon, elle ne changeait jamais d'avis sur rien.

— Les Yankees se sont lancés dans cette campagne d'assainissement par pur intérêt, enchaîna Marie-Thérèse. Ils savent très bien que si la fièvre éclatait, ils seraient les premiers à en être victimes.

Emmanuelle s'écarta de la rambarde.

— Les premiers, mais pas les seuls.

Sa belle-mère haussa les épaules.

— Ce sont les faibles qui meurent.

C'était un peu rude d'assener un tel commentaire devant une jeune femme qui avait vu mourir sa mère, puis son père de la fièvre. Mais après tout, Marie-Thérèse avait aussi perdu trois de ses fils de la fièvre.

— Pas seulement les faibles, remarqua Emmanuelle d'une voix rauque d'émotion.

La partie de fer à cheval était terminée. Dominic avait gagné les écuries, de l'autre côté de la maison, tandis que Jean-Lambert gravissait prudemment l'escalier de la galerie en s'appuyant au bras de Baptiste, son esclave mulâtre.

Marie-Thérèse reposa son éventail. Ses bagues firent un bruit métallique en touchant la table.

— C'est vrai, ce que nous a dit Dominic ? demanda-t-elle. Que des Yankees sont venus à l'hôpital, à cause de ce désagrément ?

Ce désagrément ? Il fallut quelques secondes avant qu'Emmanuelle comprenne que Marie-Thérèse faisait allusion au meurtre d'Henri Santerre.

— Pas *des* Yankees, un seul, rectifia-t-elle, au moment où Jean-Lambert atteignait la galerie. Le major Cooper. Il a été chargé par Butler du maintien de l'ordre.

— Je doute qu'il revienne vous embêter, fit Jean-Lambert, qui s'était arrêté pour reprendre son souffle. Butler se moque bien de savoir qui a pu assassiner un sudiste. Ses troupes en tuent déjà tellement...

Il se laissa choir dans l'un des fauteuils en rotin.

— Merci, Baptiste, dit-il.

Ce dernier hocha la tête et s'éloigna.

— Je ne pense pas que le major Cooper laisse tomber l'affaire, répliqua Emmanuelle d'une voix étrangement tendue.

Avec cette lenteur qui caractérisait ses gestes depuis sa chute, le vieil homme posa sa canne en travers de ses genoux, puis fouilla dans les poches de sa veste pour en sortir sa pipe et sa blague à tabac.

— Vous le croyez orgueilleux ?

Emmanuelle secoua la tête.

— Pas si vous entendez par là vaniteux.

Jean-Lambert avait commencé de bourrer sa pipe. Il releva un bref instant la tête et la jeune femme crut lire de l'amusement dans ses yeux bleus. Philippe avait les mêmes yeux. Dominic aussi. « Des yeux de Viking », aimait à dire son beau-père.

— J'en conclus que c'est un homme d'honneur, fit-il. Il veut découvrir l'assassin parce qu'il a le sens du devoir. Bien, bien, bien. C'est très intéressant tout cela.

Emmanuelle ne dit rien. Cependant, elle commençait à penser que la détermination du major Cooper dans cette affaire dépassait le seul sens du devoir. Certes, il avait été chargé par Butler du maintien de l'ordre. Qu'il soit venu la veille au cimetière pour voir le corps était donc normal. Mais qu'il s'investisse personnellement dans l'enquête était plus inattendu.

— Devoir, honneur ? répéta Marie-Thérèse, sarcastique. De la part d'un Yankee ? Permettez-moi d'en douter. Si Henri n'était pas mort d'une façon aussi sensationnelle – et ridicule –, personne ne se serait intéressé à l'incident.

Jean-Lambert s'apprêtait à craquer une allumette. Il suspendit son geste pour décocher à sa femme l'un de ces regards hostiles qui n'étaient pas rares entre eux.

— On peut difficilement tenir rigueur à Henri du choix de sa mort, observa-t-il. Il n'y est pour rien, le pauvre.

Une moue dédaigneuse plissa les lèvres de Marie-Thérèse.

— Bien sûr que si, répliqua-t-elle froidement. Avec la vie qu'il menait et les gens qu'il fréquentait, rien d'étonnant qu'il ait connu une fin pareille. Cela devait arriver tôt ou tard.

Jean-Lambert se décida à allumer sa pipe. Il en tira une bouffée sans plus rien dire.

Marie-Thérèse se tourna vers Emmanuelle.

— J'imagine que vous allez fermer l'hôpital, à présent ?

La jeune femme secoua la tête.

— Non. Pas tant que je n'y serai pas absolument forcée.

Son beau-père acquiesça en silence. Mais Marie-Thérèse fit de nouveau la moue. Elle n'avait jamais considéré comme respectable qu'une Beauvais travaille – même dans un hôpital.

Le silence s'éternisant, Marie-Thérèse s'adressa de nouveau à sa belle-fille :

— J'ai prévu une nouvelle séance de couture mardi prochain. Nous confectionnerons des chemises pour les prisonniers confédérés retenus sur Ship Island. Vous joindrez-vous à nous ?

Une fois par mois, Marie-Thérèse organisait ces séances de couture collectives. Chaque fois, elle invitait Emmanuelle et chaque fois, celle-ci se voyait obligée de la décevoir en se dérobant à la dernière minute.

— J'essaierai de venir, promit-elle. Mais maintenant qu'Henri n'est plus là, mon travail à l'hôpital sera encore plus prenant.

— Raison de plus pour le fermer, répliqua sa belle-mère.

Emmanuelle préféra ne pas répondre.

Jean-Lambert se racla la gorge.

— La veillée mortuaire est pour ce soir, n'est-ce pas? dit-il, le regard rivé sur sa pipe. Vous croyez qu'il y sera, ce major dont vous nous parliez tout à l'heure?

— Sûrement pas, intervint sa femme. Il n'oserait quand même pas s'imposer dans un moment pareil? Même les Yankees ont un minimum de décence.

Emmanuelle s'était tournée vers le jardin. Des nuages cotonneux commençaient d'investir l'azur.

— Il sera là, murmura-t-elle.

Le soir tombait déjà quand Emmanuelle s'engagea dans la rue Conti. Un parfum de caroubiers flottait dans l'air saturé d'humidité. L'orage avait éclaté peu de temps après que la jeune femme eut quitté la maison d'Esplanade Avenue pour rejoindre l'hôpital. Depuis, le ciel était redevenu clair et la lune montante, presque pleine, brillait déjà dans le firmament.

On était samedi soir. Emmanuelle percevait le tumulte provenant des nombreux cabarets établis sur les quais. Ni la guerre ni l'occupation n'avaient suffi à vider ces tavernes de leurs habitués. Mais la rue Conti, plus résidentielle, était parfaitement calme et la jeune femme éprouva soudain un étrange sentiment de solitude. Elle se sentait comme une enfant effrayée par l'obscurité, faible et vulnérable. Malgré ses efforts pour raisonner, l'impression persistait, et c'est avec soulagement qu'elle arriva à l'angle de Burgundy Street et aperçut la maison qu'Henri Santerre avait partagée avec sa sœur, Elise.

C'était une demeure étroite de trois étages. Une volée de marches conduisait au perron. La porte était ouverte. Emmanuelle entra et constata que les pièces du rez-de-chaussée étaient déjà pleines d'une foule habillée de sombre, qui devisait à voix basse par petits groupes. Les miroirs avaient été tournés, face contre le mur, et des chandeliers ornés de crêpe noir encadraient le défunt. La jeune femme dut s'armer de courage pour s'approcher du corps sans vie d'Henri Santerre. Elle avait beau être familiarisée avec la mort, cela demeurait une épreuve que de voir un proche ainsi rigide et glacé.

Comme le voulait la coutume, le défunt avait été couché sur une table recouverte d'un drap noir et placée devant les fenêtres du salon, les mains croisées sur la poitrine. Emmanuelle sentit un frisson la parcourir. Pourtant, ce soir, Henri portait une chemise immaculée. Et sa veste était repassée de frais. Cependant, sa posture rappelait à la jeune femme l'horrible scène du cimetière.

Le cœur chaviré, elle préféra se concentrer sur le visage de son ami. Il semblait dormir paisiblement les yeux clos, les lèvres scellées. « C'est lui, et ce n'est pas lui », songea-t-elle. Il lui paraissait à la fois familier et totalement étranger, comme si le corps qu'elle avait sous les yeux n'était plus qu'une coquille vide ayant contenu l'essence de son ami. Puis une autre pensée, autrement plus effrayante, la frappa soudain. Elle ferma les yeux. Et si c'était *elle*, qu'on avait visée ? Dans ce cas, Henri était mort pour rien. « Ô mon Dieu, murmura-t-elle, silencieusement. Pardonnez-moi, Henri, du mal que je vous ai peut-être fait. »

Quand elle rouvrit les yeux, elle aperçut Elise Santerre, le visage ravagé par le chagrin, mais le dos droit et la tête haute, visiblement déterminée à faire face jusqu'au bout. Emmanuelle se précipita pour lui étreindre chaleureusement les mains et lui murmurer les phrases qu'on réservait à ce genre d'occasions.

Dans cette ville, la mort n'avait rien de rare. Au point que les rituels du deuil faisaient pour ainsi dire partie de la vie quotidienne. Autour d'Emmanuelle, les gens mangeaient, buvaient du sherry dans des verres en cristal et se retrouvaient presque « joyeusement » entre amis ou oncles et tantes qui ne s'étaient pas vus depuis Noël ou la dernière veillée mortuaire. Ici, les enterrements assuraient autant la cohésion familiale et sociale que les baptêmes ou les mariages.

D'ordinaire en pareille circonstance, les conversations étaient même beaucoup plus enjouées. Mais pas ce soir. Tout le monde parlait d'une voix feutrée, coulant de temps à autre un regard nerveux en direction de l'homme en tunique bleue qui s'était retranché dans un coin de la pièce. Ses cheveux d'un blond tirant sur le roux encadraient un visage orné d'une imposante moustache. Emmanuelle se rappela son nom : Fletcher. Elle s'attendait à voir le major Cooper et fut très troublée de constater qu'elle était déçue par son absence.

— Que s'imagine-t-il ? chuchota soudain une voix railleuse à l'oreille de la jeune femme. Que l'assassin se trouve parmi nous ce soir ? Et qu'il va se trahir par sa nervosité ? Ou qu'il se sentira tellement coupable en revoyant sa victime qu'il va s'agenouiller pour se confesser en public ?

— Antoine ! s'exclama Emmanuelle, ravie.

Antoine Latouche était grand et mince, et plutôt bel homme. Il avait trente-cinq ans, presque deux fois l'âge de sa sœur, Claire, mais les épreuves l'avaient vieilli prématurément. Il était vêtu d'un costume de cérémonie en satin noir et tout dans son allure trahissait le planteur : un air patricien, une odeur de tabac de luxe dans son sillage, et des chaussures parfaitement vernies. Ou plutôt, *une* chaussure, puisque la jambe gauche d'Antoine s'arrêtait à mi-cuisse. Il avait servi dans la cavalerie confédérée pendant quelques mois, avant de recevoir une balle dans le genou à la bataille de Pea Ridge. Philippe, Emmanuelle et Henri s'étaient acharnés pour sauver sa jambe, mais les risques de gangrène étaient tels qu'ils s'étaient finalement résolus à l'amputer. Cependant, c'était son autre blessure – ce coup de baïonnette qu'il avait reçu dans le ventre – qui finirait tôt ou tard par le tuer. Il vivrait sans doute encore deux ou trois ans, peut-être cinq, mais Antoine Latouche ne serait jamais un vieillard.

— Antoine, répéta Emmanuelle en lui étreignant le bras gauche – celui qui s'agrippait à la béquille –, il faut que je vous parle.

Il parut surpris, puis esquissa un sourire.

— Avec grand plaisir, ma chère.

Désignant Fletcher qui prenait des notes dans son carnet, il ajouta :

— Mais si c'est important, nous ferions peut-être mieux d'aller dehors.

Ils traversèrent le salon et la salle à manger, et sortirent sur la galerie située à l'arrière de la maison. La nuit était tout à fait tombée et dans le ciel d'encre la lune et les étoiles brillaient doucement. L'air embaumait le jasmin et le chèvrefeuille.

Antoine tira un cigarillo de sa poche et l'alluma, cependant qu'Emmanuelle, les mains posées sur la balustrade, contemplait le jardin éclairé par la lune.

— Comment vous sentez-vous, Emmanuelle ? s'enquit-il en venant se placer à côté d'elle. Cela a dû être terrible, d'assister à sa mort...

Sa sollicitude fit à la jeune femme l'effet d'une moelleuse couverture qu'on aurait posée sur ses épaules. Elle se tourna vers lui et lui sourit tristement.

— Ça va, merci.

De tous les amis de Philippe, Antoine avait toujours été son préféré. Peut-être parce qu'elle avait deviné que son extravagance apparente n'était que le signe d'un profond ennui et non d'un quelconque vice. Antoine avait été longtemps fils unique. Son éducation était irréprochable, mais on l'avait aussi élevé dans l'idée qu'il n'aurait rien d'autre à faire que d'hériter un jour de la plantation familiale. Plantation qui, pour l'heure, était toujours dirigée par son père d'une main de fer.

— Quelque chose ne va pas, insista-t-il en la dévisageant.

La jeune femme hocha la tête.

— Le major Cooper est-il venu vous interroger ?

Antoine haussa les sourcils. Le bout de son cigarillo rougeoyait dans la pénombre.

— Non. Pourquoi l'aurait-il fait ? À moins, bien sûr, que…

Il fronça les sourcils.

— Alors, c'est donc vrai, ce qu'on raconte ? Henri a été tué par une flèche miniature à embout d'argent ? Mon Dieu… Les Yankees sont au courant ?

— De votre cadeau à Philippe ? Non, je ne pense pas. Mais…

Emmanuelle laissa sa phrase en suspens. Elle venait d'apercevoir une silhouette passer derrière une porte-fenêtre.

Antoine posa brièvement l'index sur les lèvres de la jeune femme, pour la mettre en garde.

— Nous ne devrions pas parler de cela ici.

Elle acquiesça.

— Pourriez-vous venir à l'hôpital demain matin ?

— Oui, sans problème.

Elle désigna l'intérieur de la maison.

— Je n'ai pas vu Claire. Elle n'est pas venue ?

Antoine secoua la tête avec lassitude.

— Vous savez comment elle est.

— Elle se trouvait à l'hôpital, ce matin, quand le major est passé. Elle lui a peut-être dit quelque chose.

— Ça m'étonnerait, fit-il, avant d'ajouter avec un léger sourire : Ce major m'a l'air un type intéressant. Différent, en tout cas, de Butler et de sa bande de charognards.

Emmanuelle s'était adossée à la balustrade de la galerie.

— Différent ? En quoi ?

Antoine exhala une bouffée de fumée bleutée.

— Pour commencer, c'est un officier de cavalerie formé à West Point. Ces gens-là ne sont pas des sauvages. À mon avis, s'il s'est retrouvé ici, c'est qu'il a été blessé.

— Oui, à la jambe.

Comme Antoine haussait les sourcils, elle s'empressa d'expliquer :

— Il boite. C'est ainsi que je m'en suis aperçue. Cela dit, je ne pense pas qu'il ait beaucoup d'expérience en matière de meurtre.

— Je crains que si, au contraire.

La jeune femme écarquilla les yeux.

— Comment cela ?

— Il a passé quelques mois en garnison dans un fort, plus à l'Ouest, où ont eu lieu plusieurs meurtres étranges. Fort McKenna. C'est Cooper qui a découvert l'assassin. L'affaire a fait grand bruit. C'était dans les journaux d'il y a deux ans.

Au loin, la cloche de la cathédrale sonna neuf coups.

— Je n'avais jamais entendu parler de cette histoire, avoua Emmanuelle d'une voix blanche.

Antoine lui sourit.

— C'est parce que vous prêtez rarement attention à ce qui n'a pas trait à la médecine, ma chère.

Les prières commencèrent une demi-heure plus tard.

Henri Santerre était né catholique, mais il avait perdu la foi depuis bien longtemps. Tandis qu'elle égrenait son rosaire, Emmanuelle se demanda ce que le vieil homme en penserait s'il pouvait les voir ainsi assemblés devant sa dépouille, à réciter des prières. Sans doute les comprendrait-il. Après tout, les rites funéraires étaient davantage destinés à réconforter les vivants qu'à venir en aide aux défunts.

Soudain, la jeune femme entendit un bruit de pas dans l'escalier. L'instant d'après, le major Cooper apparaissait sur le seuil du salon et faisait signe à Fletcher de le rejoindre, pour converser en aparté.

Ainsi, il était venu, songea Emmanuelle, dont le souffle s'était soudain accéléré. Elle se reprocha aussitôt sa réaction. Cet homme était son ennemi. Et il la suspectait probablement de complicité de meurtre. S'il le voulait, il pouvait l'emprisonner ce soir même. Et la condamner sans autre forme de procès. Cependant, tout ce qu'elle avait éprouvé en le voyant était une sorte de soulagement mêlé d'une indéniable excitation. Comme si son attente était enfin comblée.

8

— Le concierge du cimetière n'a vu personne, expliqua Zach au capitaine.

Les deux hommes s'étaient repliés sur la galerie. Le bourdonnement des prières, à l'intérieur, brisait à peine le silence de la nuit. N'importe qui aurait pu deviner que cette ville était en guerre, simplement en contemplant l'assistance. Il y avait des femmes de tous âges, beaucoup moins d'hommes, la plupart très âgés ou très jeunes. De temps à autre, un regard courroucé se tournait en direction des portes-fenêtres, mais la plupart des personnes présentes essayaient d'ignorer les deux tuniques bleues qui s'étaient invitées à la cérémonie.

Fletcher porta un cigare à ses lèvres.

— Tu as fini par trouver quelqu'un qui parlait l'allemand ?

Zach hocha la tête. À l'intérieur, les prières étaient à présent terminées et il vit un homme qui s'appuyait sur une béquille murmurer quelque chose à Mme de Beauvais.

— Le gardien s'appelle Kessler, précisa-t-il, le regard rivé sur la jeune femme. Il vient de Prusse. Selon lui, avant le Dr Santerre et Mme de Beauvais, seuls deux serviteurs noirs venus nettoyer la crypte de leurs maîtres sont entrés dans le cimetière. Il n'a vu personne d'autre. Je suis convaincu qu'il n'a pas menti.

Le capitaine fouillait dans ses poches à la recherche d'une boîte d'allumettes.

— Le type à l'arbalète aura donc escaladé le mur, en conclut-il. Ce qui signifie que l'arme du crime n'a pas été choisie pour pallier une quelconque faiblesse physique de l'assassin. Voilà une de nos hypothèses qui tombe à l'eau.

Zach sortit des allumettes de sa poche, en gratta une et l'approcha du cigare de son ami.

— Tu as pu découvrir quelque chose à propos de ces flèches à embout d'argent ?

Fletcher tira sur son cigare. L'odeur du tabac les environna aussitôt.

— Rien du tout, hélas ! Mais plus j'en apprends sur cette ville et plus je me demande si elle fait vraiment partie des États-Unis. C'est à croire que tout le monde ici ne jure que par les gris-gris, le vaudou et les superstitions de toutes sortes. Je ne suis pas mécontent d'être presbytérien et d'avoir la tête sur les épaules.

Zach contempla la nuit d'un air songeur. Lui aussi trouvait étrange cette ville si pleine de soupirs, d'odeurs, de traditions mystérieuses, mais cela ne faisait qu'ajouter à son charme lui semblait-il.

— Et sur le reste, tu as avancé ?

— J'ai mis deux hommes pour enquêter du côté des anciens patients de Santerre, comme tu me l'avais demandé. Mais, pour l'instant, eux non plus n'ont rien trouvé.

Zach désigna l'intérieur du salon.

— Qui est ce type avec une béquille ?

Fletcher suivit son regard.

— Ah. C'est le héros du quartier. (Tirant son carnet de sa poche, il précisa :) Antoine Latouche. Il a perdu sa jambe à la bataille de Pea Ridge. C'est le frère aîné de l'infirmière bénévole que tu as rencontrée ce matin à l'hôpital Santerre.

Zach hocha la tête.

— Claire Latouche.

Il parcourut l'assistance du regard.

— Elle n'est pas là ?

— Il paraît qu'elle n'aime pas les veillées mortuaires. Remarque, je la comprends. Mais, à sa place, je serais venu quand même. Ne serait-ce que pour éviter qu'on jase à mon sujet.

Un moustique s'approcha de la tempe de Zach, qui se flanqua une tape d'un air distrait.

— Je ne vois pas non plus le Dr Yardley.

Fletcher tira de nouveau sur son cigare, avant de répondre :

— L'Anglais ? Il est venu, mais n'est pas resté longtemps. Après son départ, ils ont tous parlé de lui. Pendant au moins un bon quart d'heure.

Zach se tourna vers son ami.

— Et alors ?

Fletcher esquissa un sourire.

— Il semblerait qu'il ne s'intéresse pas beaucoup aux femmes, si tu vois ce que je veux dire. Du moins, c'est ce que tout le monde pense. Mais par ici, ils n'aiment pas beaucoup les Anglais. Ni les Écossais, ajouta-t-il avec une moue dégoûtée.

Zach détourna la tête, pour dissimuler un sourire qui s'évanouit presque instantanément. Mme de Beauvais semblait beaucoup apprécier la compagnie d'Antoine Latouche. Elle riait, à présent. Pas à gorge déployée, bien sûr, mais enfin c'était plus qu'un sourire.

— Et que disent-ils sur elle ? voulut-il savoir.

Le capitaine se gratta le front.

— Pas grand-chose, en fait. J'ai l'impression qu'ils s'en méfient un peu. Comme si elle n'était pas vraiment l'une des leurs.

— C'est le cas.

Fletcher parut d'abord surpris. Puis il comprit.

— Elle est française !

— Exactement.

Zach s'approcha d'une des portes-fenêtres. En face de lui, à l'autre bout de la pièce, Mme de Beauvais s'apprêtait à porter un verre de sherry à ses lèvres. Leurs regards se croisèrent, elle suspendit son geste avec un sourire qui semblait dire : « Essayez donc de m'attraper, si vous le pouvez. » Il avait compris qu'elle redoutait ce qu'il pourrait découvrir sur elle, mais qu'elle ne le craignait pas *lui*. Elle jouait avec lui à une sorte de jeu à la fois cérébral et sensuel, et qui pouvait se révéler dangereux.

— Oui, elle est française, reprit-il. Et eux ne veulent plus l'être. Même s'ils refusent de l'admettre publiquement.

— Tu penses qu'elle est impliquée dans l'histoire ?

— Je ne le pense pas. J'en suis sûr. Et j'ai bien l'intention de le prouver.

— Ce n'est pas bon pour la santé, ce que fait votre collègue, déclara-t-elle, alors qu'il la rejoignait. Les hommes ont tort de fumer. Cela peut les tuer aussi sûrement qu'une balle ou que le fil d'une épée.

Zach s'immobilisa si près d'elle que le pommeau de son épée frôlait ses jupes.

— Vous vous souciez donc de notre santé, madame ? Vous m'en voyez flatté.

Elle sourit avec dédain, mais Zach vit à la manière dont sa poitrine se soulevait, que sa respiration s'était accélérée.

— Avez-vous déjà vu les poumons d'un fumeur ? demanda-t-elle. Un poumon sain est rose et gonflé. Alors que les poumons de votre collègue doivent déjà être noirs et desséchés. Quand il sera mort, vous lui ouvrirez la poitrine et vous verrez !

L'image était crue. Et pénible. Cependant, Zach réussit à rendre son sourire à la jeune femme.

— Je comprends mieux pourquoi il ne peut plus courir plus de deux cents mètres sans souffler comme une locomotive.

Elle le surprit en éclatant d'un rire franc, qui illumina un instant son visage, lui offrant tout à coup un aspect d'elle-même qu'il ne connaissait pas. Décidément, cette femme l'intriguait.

— Vous le faites exprès, n'est-ce pas ? reprit-il.

— Quoi donc, major ?

— Tenir les gens à distance. Et leur faire croire que vous êtes bizarre.

Son sourire s'évanouit aussitôt. À présent, elle semblait vulnérable et plus du tout sûre d'elle. Mais pas moins séduisante.

— Je suis bizarre.

Zach secoua la tête.

— Vous êtes différente. Ce n'est pas la même chose.

— Pour la plupart des gens ça l'est.

Leurs regards se soudèrent d'une façon presque intime qui rendit ce moment particulièrement troublant. Zach refusait de laisser quoi que ce soit qui puisse ressembler à une affinité, une communion de pensées s'établir entre eux. Aussi détourna-t-il le regard le premier, pour désigner du menton Antoine Latouche, qui conversait à présent avec Elise Santerre.

— Je crois savoir que les Latouche sont une très ancienne famille de la ville. Très respectée. Mais quand même pas aussi ancienne et riche que les Beauvais.

— Vous vous êtes donc renseigné à notre sujet, monsieur ?

— Je n'ai pas passé l'après-midi à me tourner les pouces.

— Et qu'avez-vous appris ?

— Pour commencer, que le Dr Jacques Maret est arrivé à La Nouvelle-Orléans en 1848.

Un domestique noir passa près d'eux avec un plateau

chargé de verres. Zach en prit un et murmura un remerciement.

— La date n'est pas innocente, enchaîna-t-il. La France a connu cette année-là une révolution... qui a avorté.

La jeune femme leva son verre, pour porter un toast.

— Une révolution qui se voulait fidèle aux échos de 1789. Liberté, Égalité, Fraternité.

Zach porta son verre à ses lèvres. Le sherry était délicieusement rafraîchissant.

— Vos parents devaient former un couple intéressant, observa-t-il. Et passablement original. Un Parisien révolutionnaire et la petite-fille d'un aristocrate bourguignon mort sur la guillotine.

La jeune femme but à son tour une gorgée de sherry, le regard légèrement interrogateur.

— Et vous, madame ? reprit-il, voyant qu'elle ne répondait rien. De quel côté penchez-vous ? L'aristocrate, ou le révolutionnaire ?

Le sherry avait humidifié ses lèvres, qui semblaient encore plus sensuelles.

— Je me sens parfois les deux. Ou ni l'un ni l'autre. Mais quel rapport tout cela peut-il bien avoir avec le meurtre d'Henri Santerre, major ? Hmm ?

Zach soutint son regard où se lisait clairement du défi.

— J'ai aussi enquêté du côté des autres médecins de la ville. Il semblerait qu'aucun d'eux ne se soit sérieusement querellé avec Henri Santerre.

Elle écarquilla exagérément les yeux, feignant une surprise moqueuse.

— Parce que vous vous imaginez qu'ils vous l'avoueraient si c'était le cas ?

— Pourquoi pas ? Sur quoi, exactement, travaillait le Dr Santerre quand il est mort ?

La jeune femme haussa les épaules d'un air faussement détaché. Mais Zach ne se laissa pas abuser.

— Il a longtemps travaillé sur la phlébotomie. Mais depuis le blocus imposé par vos troupes, il était gêné pour s'approvisionner en matériel de recherche. Ces derniers temps, il s'intéressait plutôt aux vertus curatives des plantes locales.

— Les plantes locales ?

— Oui. Il y a un vieil Africain qui vit dans les bayous. On l'appelle Papa John. Il a une réputation de roi vaudou, mais ses compétences en médecine ne sont pas fantaisistes. Henri lui rendait souvent visite.

Zach but une nouvelle gorgée de sherry, sans quitter des yeux le beau visage si calme et en même temps si insincère d'Emmanuelle de Beauvais.

— Pourquoi me racontez-vous cela ?

Elle haussa de nouveau les épaules et rendit son verre vide à un autre domestique qui passait.

— Cela pourrait vous être utile.

Il secoua la tête.

— Vous ne cherchez pas à m'aider. Vous voudriez au contraire m'éloigner. Qu'espérez-vous ? Que ce Papa John me jettera un sort ?

Elle rit.

— Peut-être.

Puis, redevenant sérieuse, elle ajouta :

— On prétend qu'il peut lire dans les esprits. Et prédire l'avenir.

— L'avez-vous déjà rencontré ?

Elle porta furtivement la main au camée fixé près de son col, avant d'éloigner ses doigts, comme si elle avait peur de s'être trahie par ce geste instinctif.

— Je ne souhaite pas connaître mon avenir, répondit-elle. Personne ne peut tout voir. Et n'en savoir qu'une partie me semble… dangereux.

— En tout cas, votre Papa John n'a pas dû prédire son avenir au Dr Santerre. Sinon, il aurait évité de se rendre au cimetière Saint-Louis. Mais peut-être que Santerre n'y croyait pas ?

— Henri ne croyait pas à beaucoup de choses. Mais il croyait en Papa John.

— Je peux encore rester, Zach, si tu penses que c'est nécessaire, proposa Fletcher, alors que les deux hommes s'apprêtaient à s'en aller, une quinzaine de minutes plus tard.

Zach secoua la tête.

— Je crois que nous n'apprendrons rien de plus pour ce soir.

À peine se retrouvèrent-ils sur le trottoir que la chaleur nocturne les enveloppa de sa moiteur. Mais l'odeur entêtante du jasmin flottait toujours dans l'air, comme si toute la ville en était imprégnée.

— En outre, reprit Zach, il n'est pas mauvais de les laisser enfin libres de parler de nous.

Fletcher éclata d'un rire sonore qui résonna dans le silence de la nuit.

Le capitaine s'éloigna par Canal Street, pour rejoindre les quartiers résidentiels où Butler et son état-major s'étaient installés, confisquant quelques-unes des plus belles demeures. Zach, quant à lui, se dirigea vers le fleuve et ses bars où des hommes de toutes conditions, de toutes couleurs et de toutes nationalités se retrouvaient pour jouer et boire. Les endroits de ce genre étaient toujours source d'informations utiles.

La plupart des tavernes donnaient directement sur les quais. Mais on trouvait aussi quelques établissements dans des petites rues parallèles au fleuve, telle Bourbon Street. C'étaient surtout là que se trouvaient les tripots.

Zach traversait la rue Dauphine quand il aperçut un groupe de tuniques bleues, un peu plus loin. Leurs uniformes paraissaient presque noirs à la lumière des becs de gaz. Ils parlaient fort et leur allure prouvait qu'ils avaient bu. En s'approchant, Zach vit qu'ils formaient cercle autour d'un Noir entre deux âges, tiré à quatre épingles tel un homme d'affaires.

L'un des soldats – un imposant sergent blond qui parlait avec l'accent des paysans de l'Ohio – assena sur l'épaule de l'homme une claque qui aurait pu assommer un bœuf.

— Tu crois p't-être que tu vaux aussi bien qu'un Blanc, hein, mon gars ? disait-il d'une voix pâteuse en se penchant vers l'homme. Tout ça, parce que le proprio de ta mère lui a rendu sa liberté après l'avoir engrossée ? Mais tu t'imagines que ça te donne le droit de mettre ces beaux habits, comme un Blanc ? Et tu t'imagines aussi que ça te donne le droit de marcher sur le trottoir, comme un Blanc ? Ta place est dans le caniveau, avec tes frères de race.

L'homme demeurait impassible. Ils étaient quelques milliers comme lui, à La Nouvelle-Orléans. Des hommes et des femmes de couleur libres, certains parfois depuis deux ou trois générations. Ils avaient étudié et exerçaient souvent des professions lucratives.

Le sergent le secoua de nouveau.

— Hé, j'te parle, négro !

— Laissez-le tranquille, intervint Zach d'une voix forte et la main sur la poignée de son sabre.

Les soldats se retournèrent d'un bloc. Leurs yeux étaient injectés de sang.

— Tiens, tiens, fanfaronna le sergent, voilà t-y pas un officier qui aime les négros !

Il s'avança, un méchant sourire aux lèvres. Zach sentit son haleine qui empestait l'alcool, il vit ses poings se crisper, mais il ne s'attendait pas vraiment à ce qu'il le frappe. Pas lui, un officier.

Il se trompait. Cependant, le coup fut si lent et si maladroit que Zach n'eut aucune peine à l'éviter, tandis qu'il écrasait son poing sur le nez de l'insolent. Un jet de sang gicla. Le sergent recula d'un pas, incrédule, et porta les mains à son nez brisé. Les soldats qui l'accompagnaient se figèrent un instant. Puis, contre toute attente, ils se jetèrent sur Zach.

En jouant des poings et des pieds, Zach aurait pu affronter trois ou quatre adversaires. Mais là, ils étaient une bonne demi-douzaine. Et sachant qu'un soldat pouvait être exécuté pour s'en être pris à un officier, ils ne comptaient certainement pas lui laisser la moindre chance de les déférer en cour martiale.

D'un coup de pied, il réussit à repousser le premier adversaire, qui alla buter contre un autre, ce qui donna le temps à Zach de tirer son sabre de son fourreau. Il espérait que ce geste allait les inciter à s'enfuir, mais ils étaient trop soûls pour réaliser que la confrontation risquait de tourner à leur désavantage.

L'homme que Zach venait de repousser se jeta à nouveau sur lui avec un ricanement mauvais. Sans hésiter, Zach lui assena un coup de sabre qui le décapita à moitié, puis, dans la foulée, s'en prit à un autre, qu'il éventra proprement.

Les trois autres soldats assistèrent à la scène, horrifiés, avant de battre en retraite précipitamment. Mais le sergent, en dépit de son nez cassé, revint à l'assaut. Un coutelas apparut dans sa main tandis qu'il se ruait sur Zach. Ce dernier entendit soudain un bruit de pas précipités dans son dos. Fletcher ! Le capitaine était cependant trop loin pour lui prêter main-forte. Zach décida donc de tenir le sergent à distance en faisant des moulinets avec son sabre. Toutefois, le pavé était si humide de sang qu'il dérapa et faillit tomber.

Il se rétablit presque instantanément, mais pas assez vite pour empêcher le sergent de lui enfoncer son coutelas dans le flanc. Furieux, Zach chargea son adversaire, se servant de son sabre comme d'une baïonnette. La lame le traversa de part en part.

— Et merde ! marmonna-t-il en retirant son sabre du cadavre.

— Bonté divine ! s'exclama Fletcher, incrédule, en découvrant la scène. Je t'abandonne deux minutes et tu en profites pour transformer le quartier en abattoir !

Courbé en avant, Zach essuyait sa lame maculée de sang sur l'uniforme d'une de ses victimes.

— Tu en as mis du temps ! grommela-t-il.

— Votre estimation était encore trop généreuse, fit une voix féminine. Il ne peut pas courir plus de cent mètres sans être essoufflé.

Zach se redressa. L'homme que les soldats importunaient avait disparu. Les riverains de la rue Dauphine avaient observé la querelle à l'abri de leurs jalousies, puis, voyant que la scène tournait au carnage, s'étaient empressés de rentrer à l'intérieur. Mais Mme de Beauvais, qui se rendait à l'hôpital supposa Zach, n'avait pas hésité à accourir.

Il remit son sabre dans son fourreau, le souffle court.

— Vous ne devriez pas sortir seule dans les rues à une heure pareille, observa-t-il.

La jeune femme examina les corps.

— Était-il vraiment nécessaire de les tuer tous les trois ?

Le spectacle n'était pas beau à voir et il aurait préféré ne pas le lui infliger. Mais elle était habituée à soigner des blessés de guerre, et devait avoir déjà vu bien pire.

— Je ne les ai pas tous tués. Les autres ont pu s'enfuir.

— Ils n'iront pas loin, grogna Fletcher.

— Ce sont des artilleurs, précisa Zach. Probablement viennent-ils tous du même régiment. Il ne sera pas difficile de les retrouver.

Alors qu'il leur expliquait brièvement la raison de cette rixe, il sentit une douleur au côté et, baissant les yeux, s'aperçut que son uniforme était sombre et gluant.

— Nom d'un chien ! s'écria Fletcher. Tu saignes comme un bœuf.

— Vous êtes blessé ! s'exclama à son tour la jeune femme. Je m'en doutais.

— Ce n'est rien, se défendit Zach.

Elle s'approcha de lui.

— Ce n'est rien, bien sûr, dit-elle ironiquement. C'est pour cela que vous avez le flanc couvert de sang.

Elle sortit un épais mouchoir de sa poche et le lui tendit.

— Plaquez cela fermement sur votre blessure, lui ordonna-t-elle. Cela empêchera le sang de couler le temps que nous arrivions à l'hôpital.

Zach s'attendait à lire de l'hostilité et du mépris dans ses yeux. Il n'en fut que plus surpris de constater qu'elle semblait sincèrement inquiète à son sujet. Cette découverte le déconcerta.

— Ce n'est pas profond, marmonna-t-il. Je m'en occuperai plus tard.

— Ne soyez pas stupide. L'hôpital Santerre n'est qu'à deux minutes à pied.

— Va avec elle, Zach, conseilla Fletcher. Je m'occuperai plus sereinement de la situation ici, si je n'ai pas à m'inquiéter de te voir te vider de ton sang sur moi.

La jeune femme décocha à Zach l'un de ces sourires de défi qui commençaient à lui être familiers.

— Vous ne me croyez peut-être pas capable de vous soigner ? lança-t-elle en glissant le bras autour de sa taille pour le soutenir.

Il ne répondit pas, se contentant de s'appuyer sur son épaule, qui se révéla plus solide qu'il n'aurait cru.

9

Emmanuelle fit faire demi-tour au major et prit la direction de la rue Bienville. La brise nocturne charriait des parfums de jasmin et de chèvrefeuille, le murmure d'une fontaine toute proche se mêlait aux rares bruits de la ville endormie. Des bruits très ordinaires, pour une situation qui ne l'était pas.

— Pourquoi faites-vous cela ? demanda Zach au bout de quelques minutes.

Emmanuelle gardait les yeux rivés devant elle.

— Parce que je suis bien placée pour savoir que même une blessure bénigne peut très rapidement s'infecter sous ce climat. Et parce que je sais aussi que les hommes manquent totalement de prudence quand ils ne se croient pas sévèrement touchés.

— Je suis flatté de voir que vous vous souciez de ma santé.

— Il n'y a pas de quoi l'être, répliqua-t-elle. J'ai aussi pour habitude de donner de la nourriture aux chiens errants.

Il fut secoué d'un rire silencieux et elle prit soudain conscience de son corps tout proche, des muscles durs sous l'uniforme haï, de cette énergie virile qui émanait de lui. Elle sentit son propre corps répondre involontairement. Qu'elle pût réagir ainsi à la simple présence d'un homme la consternait. Mais que ce fût *cet homme-là*, voilà qui la remplissait de honte et d'effroi.

— C'était une bonne action, remarqua-t-elle, que de venir en aide à cet homme.

— Pourquoi ? Parce que c'était un Noir ?

— Ce n'est pas ce que j'ai voulu dire et vous le savez. Ces soldats contre lesquels vous vous êtes battu ne pouvaient visiblement pas accepter l'idée qu'un homme de couleur puisse être éduqué et bien habillé. Pourtant, il y en a beaucoup comme lui, dans cette ville. Aussi libres que n'importe quel Blanc.

— Sauf qu'ils n'ont toujours pas le droit de vote.

— Moi non plus, je n'ai pas le droit de vote.

— Je pense également que c'est injuste.

Cela avait été dit si simplement, comme s'il s'agissait d'une évidence, qu'Emmanuelle eut du mal à cacher sa surprise. La plupart des hommes – et même certaines femmes – se récriaient à l'idée qu'on puisse accorder le droit de vote aux femmes. Mais pas lui.

Passer ainsi le bras autour de sa taille avait été une erreur, songea-t-elle. De même qu'elle n'aurait jamais dû lui offrir son aide, ni marcher avec lui dans la nuit, l'un contre l'autre, comme s'ils étaient amants et non ennemis.

— Vous aimez cela, n'est-ce pas ? lâcha-t-elle soudain. Je veux dire, tuer.

Il garda si longtemps le silence qu'elle crut qu'il ne répondrait pas. Finalement, il laissa échapper un soupir las.

— Non, je n'aime pas cela, murmura-t-il d'une voix chargée de regrets.

Emmanuelle se remémora la scène à laquelle elle venait d'assister. Zach, un sourire effrayant aux lèvres, usant de son sabre contre ses assaillants. Même le meurtre d'Henri Santerre, pourtant si soudain et cruel, ne l'avait pas préparée à affronter ces quelques minutes de pure sauvagerie.

— Vous souriiez, l'accusa-t-elle.

— J'étais surtout fou de rage. Je n'aime pas qu'on essaie de me tuer.

Emmanuelle coula un regard vers son profil sombre qui se découpait à la lumière d'un bec de gaz.

— C'est pourtant cela, la guerre. Des hommes qui s'entre-tuent.

— Cette histoire n'a rien à voir avec la guerre. C'étaient juste des types ivres et bornés.

— Donc, vous n'aimez que la guerre ?

— Je n'ai pas dit cela.

Ils avaient atteint l'entrée de l'hôpital. Emmanuelle tira la cloche de sa main libre.

— Vous devez pourtant bien aimer cela, puisque vous en avez fait votre métier.

Il laissa retomber le bras posé sur l'épaule de la jeune femme et lui fit face.

— Vous auriez voulu devenir médecin. Cela signifie-t-il pour autant que vous aimez la mort ?

Emmanuelle n'eut pas le temps de répondre. La porte s'ouvrait déjà sur le gardien de nuit, un jeune homme appuyé sur une béquille. Il écarquilla les yeux de stupeur en découvrant le major ensanglanté qui accompagnait la jeune femme. Hans Spears n'avait que dix-neuf ans. Il était arrivé en Amérique un peu moins de cinq ans plus tôt, avec sa mère et ses quatre frères qui tous avaient fui les troubles en Allemagne. Hans avait eu la malchance de tomber sur une patrouille de tuniques bleues dans les bayous. Il avait reçu une balle dans le pied gauche et il avait fallu l'amputer.

— Voulez-vous que je vous aide ? demanda-t-il à Emmanuelle avec un fort accent allemand.

— Je me débrouillerai, merci, assura-t-elle en allumant l'une des lanternes qui se trouvaient sur une longue table dans le hall. Mais j'aurais besoin d'un peu d'eau chaude.

— Je vous en apporte tout de suite.

La jeune femme précéda Zach dans un long couloir.

— Qui est-ce ? demanda celui-ci tandis que le jeune Allemand s'éloignait.

— Hans ? Il veille sur les patients pendant la nuit.

— En se déplaçant avec une béquille ?

— Et où croyez-vous qu'il aurait pu trouver du travail, dans son état ?

Elle ouvrit la porte de l'infirmerie, posa sa lanterne et ôta ses gants et son chapeau.

— Enlevez votre veste et votre chemise, ordonna-t-elle. Et votre sabre, aussi, bien sûr.

Elle avait prononcé ces mots sans le regarder, comme si elle était soudain intimidée, ou même embarrassée. Comme si elle n'avait jamais vu un corps d'homme nu auparavant.

Tandis qu'il se débarrassait de ses vêtements, elle alla se laver les mains à la pompe installée au-dessus de l'évier.

— Continuez de presser le mouchoir sur votre blessure, lui recommanda-t-elle.

— Ça fait longtemps qu'il est là ?

— Qui ? fit-elle sans se retourner.

— Hans.

— Bientôt trois ans. Il était infirmier, avant d'être blessé.

— Sa blessure remonte à quand ?

— Au mois de mai.

Elle s'empara d'une pile de linges propres sur une étagère et pivota.

— Je vais d'abord nettoyer votre blessure avant de la panser. Vous…

La jeune femme laissa sa phrase en suspens. Zachary Cooper se tenait tranquillement appuyé à la table, une main posée sur le rebord tandis que l'autre pressait le mouchoir ensanglanté sur sa blessure. Il était mince et musclé, avec un torse magnifique dont la peau bronzée brillait doucement à la lumière de la lampe. Il était si beau qu'Emmanuelle en resta un instant interdite. Autour d'eux, tout semblait s'être figé dans le silence de la nuit.

— Votre eau, madame, annonça Hans du seuil de la pièce.

Emmanuelle se précipita pour lui prendre la bassine d'eau chaude des mains et referma la porte derrière lui en murmurant un remerciement. Puis elle demeura quelques instants immobile, une main appuyée au battant de la porte, l'autre pressant la bassine contre sa hanche, en se demandant ce qui lui arrivait. Depuis le temps qu'elle travaillait dans cet hôpital, elle était aussi habituée à l'anatomie masculine que n'importe quelle fille de joie des maisons closes qui bordaient le fleuve. Alors pourquoi une telle réaction devant la semi-nudité de cet officier yankee ? C'était ridicule ! Cette excessive nervosité était sans doute le résultat des épreuves de ces derniers jours, se dit-elle pour se rassurer.

— Je ne fume pas, lâcha-t-il dans son dos.

Emmanuelle se retourna si brusquement qu'elle faillit lâcher sa bassine.

— Pardon ?

Elle croisa son regard et y lut de l'amusement, mais aussi autre chose, qu'il cherchait soigneusement à dissimuler.

— Je disais cela au cas où vous auriez été tentée d'inspecter mes poumons.

Emmanuelle s'approcha et posa la bassine sur la table.

— En général, ce n'est pas moi qui tue les gens que je dissèque.

— Voilà qui me rassure.

Elle écarta la main qui maintenait le mouchoir en place.

— Laissez-moi regarder.

La lame du coutelas avait provoqué une vilaine entaille, heureusement peu profonde. Le sang se remit à couler dès qu'il n'y eut plus le mouchoir pour le contenir.

— Vous avez perdu pas mal de sang, mais il semblerait que les côtes aient empêché la lame de faire trop de dégâts. Seul le muscle a été touché.

Elle posa la main contre son flanc, juste au-dessus de la blessure.

— Ça fait mal ?

Il eut un rire rauque.

— Pas vraiment.

— Cela ne va pas tarder.

Elle trempa un linge dans la bassine, ne l'essora qu'à moitié, puis commença à nettoyer la plaie en insistant sur les bords. Elle avait beau se concentrer sur sa tâche, elle était à nouveau consciente du silence de la nuit qui les enveloppait, du léger bruit de leurs deux respirations.

— Où avez-vous appris à faire cela ? demanda-t-il, brisant ce moment d'intense intimité.

Emmanuelle alla chercher une bouteille d'alcool dans un placard.

— À faire quoi ?

— Ça, reprit-il, quand elle revint se pencher sur sa blessure. Aucune école de médecine de cette ville n'accepte les femmes. J'ai vérifié.

— Non, bien entendu.

Elle humecta un linge avec de l'alcool, et le plaqua sur la plaie. Zach serra les dents pour endurer la brûlure.

— Pourquoi les accepterait-on quand les femmes ne sont bonnes qu'à être des épouses.

— Alors où avez-vous étudié ? À Paris ?

Elle se raidit imperceptiblement.

— J'ai toujours rêvé de retourner à Paris pour y faire des études, expliqua-t-elle tout en rebouchant la bouteille d'alcool.

— Mais vous ne l'avez pas fait.

Elle sortit d'un tiroir le fil et l'aiguille dont elle se servirait pour recoudre la plaie.

— Non.

— Pourquoi ?

Elle se planta devant lui, l'aiguille dans une main, le fil dans l'autre.

— Je ne vois vraiment pas en quoi cela vous regarde, major.

Zach la fixa droit dans les yeux.

— Le meurtre d'Henri Santerre me regarde. Et vous étiez avec lui lorsqu'il a été tué.

Elle s'inclina de nouveau sur sa blessure et en rapprocha les bords de sa main libre.

— Et cela vous donne le droit de m'interroger sur ma vie privée ?

— Oui.

Sans prévenir, elle enfonça l'aiguille dans la peau et ne put se retenir de sourire en le voyant tressaillir.

— Je vois que vous prenez plaisir à ce petit exercice, observa-t-il. Mais vous n'avez toujours pas répondu à ma question.

— Laquelle ? Vous m'en avez posé tellement.

Elle s'absorba dans sa tâche, prenant bien soin de tirer sur le fil pour souder les bords de la plaie. Ce travail minutieux l'obligeait à se tenir si près de Zach que sa hanche frôlait les muscles durs de sa cuisse. Ce contact l'égarait et la distrayait dangereusement, d'autant qu'elle n'avait jamais été très habile aux travaux d'aiguille, comparée à la plupart des femmes. Ce qui n'empêchait que ses sutures avaient toujours été plus nettes que celles d'Henri ou de Philippe.

— Où avez-vous appris la médecine ?

Elle haussa les épaules.

— Officiellement, comme vous l'avez constaté, les écoles de La Nouvelle-Orléans n'acceptent que les hommes. Mais quiconque a les moyens de payer au professeur vingt dollars le cours est autorisé à y assister. Même les femmes.

Elle fit un nœud avec le fil, le coupa, puis attrapa un bandage.

— Cela dit, j'ai appris bien plus de choses en regardant travailler mon père ou Henri, qu'en allant à ces cours.

— Et votre mari ? Il ne vous a rien appris ?

— Tenez ça, ordonna-t-elle avec brusquerie en appliquant une compresse sur sa blessure.

— Ce n'est pas courant, n'est-ce pas, reprit-il, la main droite plaquée sur la compresse, que le rejeton d'une famille aussi riche devienne médecin ?

Emmanuelle commença d'enrouler le bandage autour de son torse.

— Ça s'est déjà vu. D'autres planteurs sont médecins.

— Les Beauvais sont beaucoup plus que des planteurs.

Elle haussa de nouveau les épaules.

— Philippe était leur quatrième fils. Il n'espérait pas hériter de quoi que ce soit.

Elle noua les extrémités du bandage et se redressa. Il demeura immobile. La blancheur du pansement offrait un contraste étonnant avec sa peau naturellement hâlée de méditerranéen. Une fois de plus, elle éprouva un trouble étrange à la pensée qu'elle était seule avec lui. Elle se sentait attirée par ce corps nu, dangereusement fascinée par cet homme qui n'aurait dû susciter en elle que du rejet.

— Connaissez-vous quelqu'un sachant se servir d'une arbalète ? demanda-t-il.

Emmanuelle s'attendait si peu à cette question qu'elle sursauta.

— Pardon ?

— Ce n'est pas une arme courante, expliqua-t-il en la sondant du regard. Et cependant, vous n'avez pas hésité à affirmer qu'Henri Santerre avait été tué par une flèche d'arbalète.

Emmanuelle savait qu'il était impossible de le nier. Elle se souvenait de ses paroles, au cimetière. Mais il était tout aussi impossible d'avouer la vérité – du moins, l'entière vérité.

Le major avait récupéré sa chemise et commençait à se rhabiller. Ses mouvements étaient lents et la jeune femme le vit grimacer. Elle savait que si sa blessure ne l'avait pas fait souffrir jusqu'à présent, ce n'était plus le cas. C'eût été n'importe quel autre patient, elle l'aurait aidé. Mais elle ne bougea pas.

— Philippe... dit-elle enfin, les mains crispées dans ses jupes, Philippe chassait souvent avec une arbalète. Cela... cela l'amusait.

Beaucoup de choses amusaient Philippe, surtout lorsqu'elles étaient bizarres ou incongrues. Mais, bien sûr, elle se garda de le préciser.

Zach fronça les sourcils.

— Votre mari ?

— Oui.

Il termina de boutonner sa chemise puis se leva.

— Êtes-vous certaine qu'il soit mort ?

C'était une question de pure routine, mais elle fit à la jeune femme l'effet d'un coup de poing dans le ventre. Toute la journée, elle n'avait cessé de se poser la même et unique question : *Qui ?* Si Henri avait été atteint par erreur, la question demeurait. Il ne s'agissait plus de savoir qui avait voulu se débarrasser d'Henri, mais qui avait voulu la tuer, elle ? Or, tout à coup, elle réalisait que Philippe aurait pu considérer qu'il avait une bonne raison de souhaiter sa mort.

Mais Philippe était déjà mort.

Le regard de la jeune femme tomba sur le sabre du major, qui gisait sur le sol, avec son ceinturon. Elle se pencha pour le ramasser.

— Philippe est mort dans les bayous. Si vous voulez savoir si j'ai vu son cadavre, la réponse est non. Demandez plutôt à vos amis.

Elle lui rendit son sabre avec un regard chargé de tout le dégoût et le mépris que lui inspiraient son uniforme et celui qui le portait.

— Philippe a été tué par des Yankees. Et ce sont eux qui l'ont enterré.

10

Emmanuelle ne commença à trembler que lorsque le major fut sorti en compagnie de Hans pour aller prendre un fiacre.

Elle grimpait l'escalier pour rendre visite à Emile Rouant, le jeune lieutenant récemment amputé, lorsqu'elle fut saisie d'un tremblement si violent qu'elle fut obligée de s'adosser au mur. Les yeux fermés, elle s'avoua enfin ce qu'elle pressentait depuis le début: Henri Santerre était mort à sa place. À présent, elle était intimement convaincue que quelqu'un voulait la supprimer. Quelqu'un qui savait non seulement se servir d'une arbalète, mais aussi où s'en procurer une.

Emmanuelle ne voyait que deux suspects répondant à ces critères. Antoine Latouche, qui chassait dans les bayous avec son cousin Philippe depuis l'enfance – et avait offert à ce dernier l'arbalète et les flèches à pointe d'argent. Et Philippe lui-même. Mais Antoine n'avait aucune raison de vouloir sa mort. Quant à Philippe...

Non! se tança la jeune femme en reprenant son ascension, furieuse de nourrir de pareils soupçons. Antoine était tout aussi incapable que Philippe de tuer quelqu'un de sang-froid. Et Philippe était mort.

Emmanuelle trouva le lieutenant Rouant brûlant de fièvre. Dans son délire, il implorait la terre entière de soulager ses souffrances. La jeune femme passa des heures, avec l'aide de Hans, à le baigner dans de l'eau vinaigrée pour faire tomber la fièvre, avant de lui administrer un peu d'opium. À 4 heures du matin, Rudolph, le grand Sénégalais qui travaillait depuis plus de dix ans à l'hôpital comme infirmier, vint prendre la relève. Elle en profita pour regagner la rue Dumaine et s'accorder quelques heures de sommeil. Puis elle prit son petit déjeuner avec Dominic et revint à l'hôpital vers 10 heures, juste après les funérailles d'Henri. Entre-temps, le jeune lieutenant avait sombré dans un sommeil qui n'en était déjà plus un, et la jeune femme comprit qu'il ne rouvrirait plus les yeux.

Elle était assise derrière le bureau d'Henri, contemplant d'un regard absent la verdure exubérante de la cour, quand une voix toute proche murmura soudain :

— Le sommeil n'est pas un luxe, ma chère. Et vous semblez en avoir été privée.

Emmanuelle tourna vivement la tête.

— Antoine ! s'exclama-t-elle.

Elle se leva aussitôt pour l'embrasser sur les deux joues, comme le voulait la coutume française entre amis. Elle n'avait jamais compris que les Américains ne se montrent pas plus chaleureux avec leurs proches qu'avec des étrangers, dont ils se contentaient de serrer la main.

— Merci d'être venu, ajouta-t-elle.

Il souriait, mais son regard exprimait une inquiétude sincère, et elle eut honte de l'avoir soupçonné, ne serait-ce que fugitivement.

— Qu'est-ce qui ne va pas ? s'enquit-il.

— L'un de nos blessés se meurt, fit-elle avec un lourd soupir.

Il lui caressa tendrement la joue.

— Vous ne devriez pas prendre chaque mort si à cœur, ma chère. Les temps sont trop durs.

— Avez-vous parlé à Claire ?

Il grimaça. Emmanuelle savait qu'Antoine et sa sœur n'avaient jamais été très proches.

— Elle ne dira pas un mot au major au sujet du coffret, si c'est ce qui vous tracasse. Cela dit, je ne pense pas qu'il y ait des raisons de se faire du souci. Même si les arbalètes ne courent pas les rues, je doute que ce coffret soit un exemplaire unique. Il doit en exister d'autres exactement semblables.

Il rit.

— En tout cas au moins un, puisqu'on s'est servi du même genre de flèche pour tuer Henri.

Emmanuelle secoua la tête, l'estomac noué.

— Le coffret que vous aviez offert à Philippe a disparu, Antoine. Quelqu'un l'a volé.

— Mon Dieu !

Il s'approcha de la fenêtre et se mit à tambouriner sur la vitre.

— Je comprends, maintenant, pourquoi vous ne vouliez surtout pas que ce Yankee apprenne son existence.

— Où vous l'étiez-vous procurée ?

Il lui jeta un regard amusé par-dessus son épaule.

— Vous n'êtes pas obligé de me le dire, s'empressa-t-elle d'ajouter. Mais le vendeur savait-il qui vous étiez ? Pourrait-il parler ?

— Je n'en sais rien. Vous le connaissez probablement mieux que moi.

Emmanuelle haussa les sourcils, intriguée.

— Qui est-ce ?

— Papa John.

Elle se figea, tandis que son sang se mettait à bourdonner furieusement à ses tempes.

— Que se passe-t-il ? s'inquiéta Antoine en s'approchant.

— Hier soir, j'ai parlé au major Cooper des visites d'Henri à Papa John.

— *Quoi ?*

— J'ignorais que l'arbalète venait de chez lui, se justifia-t-elle. Je voulais seulement donner au Yankee un os à ronger pour l'éloigner de l'hôpital.

Et d'elle-même, songea-t-elle.

— Je ne pouvais vraiment pas me douter…

Antoine lui étreignit la main pour la rassurer.

— Ne vous inquiétez pas, Papa John ne parlera pas. Enfin… j'espère.

Zach s'était attablé au *Café del Aquila*, un petit bar au coin des rues Sainte-Anne et de Chartres. Tout en buvant son café, il observait deux vieux créoles qui jouaient aux dominos à une table voisine, quand une voix à l'accent new-yorkais le fit sursauter.

— Alors, vieux frère, on ne t'a jamais dit qu'une blessure nécessitait du repos ?

— Je me repose, répliqua Zach avec un sourire. Du reste, c'était juste une égratignure.

Fletcher s'assit avec un soupir accablé. La chaleur était déjà suffocante.

— Une égratignure, vraiment ? Je connais trois gars de l'Ohio qui auraient aimé que ce ne soit que ça.

— Tu les as retrouvés ?

— Oui, répondit le capitaine en s'éventant avec son chapeau. J'ai aussi causé avec « l'ami » de l'Anglais. Un ami très particulier, si tu vois ce que je veux dire. Il semblerait que Yardley soit un joueur acharné, connu dans tous les tripots de la ville. Mais le soir du crime, l'ami jure qu'ils étaient ensemble. Seuls. Personne ne peut donc cautionner leur alibi.

Zach fit signe au serveur d'apporter deux cafés.

— Penses-tu que Yardley pourrait avoir des dettes ?

— Je vais aller fouiller de ce côté-là. En tout cas, pour un médecin, il a plutôt de mauvaises fréquentations. Ces tripots sont les repères de la canaille. D'ailleurs, Santerre ne paraissait pas beaucoup l'apprécier.

— Yardley m'a aussi raconté qu'il était *très ami* avec Philippe de Beauvais, reprit Zach.

Le serveur posa les deux cafés devant eux avec une moue dédaigneuse. La clientèle yankee n'était pas vraiment appréciée des commerçants de la ville, cependant aucun établissement ne pouvait s'offrir le luxe de ne pas la servir. Un mois plus tôt, un cordonnier avait refusé une paire de bottes à un soldat de l'Union. Le général Butler avait aussitôt ordonné que son magasin soit saisi et vendu aux enchères.

Fletcher se pencha par-dessus la table.

— Ce qui signifie ?

— Je n'en sais trop rien, pour l'instant, avoua Zach. Mais je voudrais que tu ajoutes un autre nom à ta liste.

Il s'interrompit, le temps que Fletcher sorte son carnet, avant de reprendre :

— Un jeune Allemand dénommé Hans Spears, qui travaille la nuit à l'hôpital Santerre. D'après Mme de Beauvais, il aurait été blessé en mai, probablement à la guerre. Vois ce que tu peux dénicher sur lui.

Le capitaine griffonna quelques mots, puis releva la tête, le regard brillant.

— Tu ne me demandes rien au sujet de l'arbalète ?

Zach avala une gorgée de café.

— Bon sang, tu n'as pas perdu ton temps !

— Tu peux le dire. J'ai trouvé un type répondant au nom de La Barre qui m'a expliqué avoir possédé un petit coffret en bois contenant tout ce qu'il faut pour se débarrasser des vampires. Une sorte de « nécessaire anti-vampires ».

— Un nécessaire anti-vampires ?

La moustache du capitaine frémit d'excitation.

— Oui. La boîte contient tout ce qu'il faut pour anéantir un vampire, si l'on en croise un à l'occasion. Il y a donc, je cite : une croix en bois, de l'eau bénite et une arbalète miniature qui tire des flèches à embout d'argent ciselé.

— Et qu'est-il arrivé à cette boîte ?

— La Barre prétend qu'il l'aurait donnée à quelque roi vaudou, en paiement d'un sortilège amoureux. C'était au printemps dernier.

— Le sortilège a-t-il rempli son office ?

Fletcher haussa les épaules.

— Ça, il ne me l'a pas précisé. En revanche, il m'a laissé le nom de ce roi vaudou, un vieux Noir du nom de Papa John. Il vit dans les bayous.

— J'ai déjà entendu parler de lui, confia Zach.

Fletcher haussa les sourcils.

— À quelle occasion ?

— D'après Mme de Beauvais, Henri Santerre lui rendait souvent visite.

— Sans blague ? Et qu'est-ce qu'un honnête docteur aurait été faire chez un roi vaudou ?

Zach jeta quelques pièces de monnaie sur la table et se leva.

— Apparemment, ils partageaient le même intérêt pour les plantes locales et leurs supposées vertus curatives.

Fletcher observa le ciel par la fenêtre.

— Nous n'aurons jamais le temps d'aller là-bas et d'être de retour en ville avant la nuit.

Zach sourit.

— C'est la pleine lune.

Le capitaine repoussa sa chaise avec un bruit métallique.

— Voilà qui me rassure ! Nous allons devoir traverser des marais infestés d'alligators pour rencontrer un dangereux sorcier païen et je devrais me réjouir que ce soit la pleine lune ?

Le soleil était déjà bas à l'horizon quand ils quittèrent les faubourgs de la ville.

Au début, la campagne se révéla plutôt riante : une succession de petits bois agréables et de prairies verdoyantes où broutaient paisiblement des vaches. Mais peu à peu, la route se transforma en piste, puis la piste en un simple sentier qui serpentait au milieu d'une végétation de plus en plus haute et luxuriante qui plongeait ses racines dans une eau noire. C'était le début de ces marais humides qu'on appelait les bayous. Le crépuscule les rendait encore plus inquiétants.

— Je savais que j'aurais mieux fait d'attendre demain matin avant de te parler de ce roi vaudou, maugréa Fletcher.

— Il nous attend aujourd'hui, objecta Zach.

— Que me chantes-tu là ? Comment veux-tu qu'il nous attende ?

Zach sourit.

— Si tu connais son existence, cela signifie que désormais il connaît la tienne. Et qu'il sait ce que tu sais sur lui.

— C'est ça, fit le capitaine. Au moins, il semblerait que nous tenions enfin un suspect.

— Je n'en suis pas si sûr, riposta Zach en observant les grosses mouches qui voletaient autour d'eux.

Fletcher se tourna vers lui, intrigué.

— Comment cela ? Puisque c'est lui qui avait l'arbalète ?

— Justement. Je le vois mal commettre un meurtre en recourant à la seule arme qui risquait de nous mener tout droit à lui. S'il avait voulu tuer Henri Santerre, il se serait plutôt servi d'une quelconque herbe vénéneuse.

— Parce que tu crois que le poison ne nous aurait pas menés à lui ?

— Non, parce que dans cette contrée des tas de gens connaissent les plantes, bonnes ou mauvaises.

Zach ralentit sa monture en apercevant une construction en forme de champignon se matérialiser au milieu du sous-bois. Il s'attendait à une cabane rudimentaire, aussi fut-il surpris de découvrir une hutte en rondins, coiffée d'un toit conique, aux proportions et à l'allure élégantes. Elle était posée sur pilotis et se dressait au centre d'une clairière bordée de cyprès. La petite demeure insolite semblait tout droit sortie de la jungle africaine.

— Je ne suis pas sûr que ce soit exactement ainsi là-bas, mais ça s'en rapproche, lança le grand vieillard noir qui se tenait dans l'encadrement de la porte.

— À quel âge en êtes-vous parti ? demanda Zach en poussant sa monture jusqu'au centre de la clairière.

— À douze ans, répondit le vieil homme.

— Mais de quoi parlez-vous, à la fin ? s'impatienta Fletcher, dont le regard allait de l'un à l'autre.

— De cette maison, expliqua Zach, mettant pied à terre pour attacher son cheval à un arbre. Et de l'Afrique.

Puis, s'adressant de nouveau au vieil homme, il ajouta :

— Allez-vous descendre, ou devons-nous monter ?

Papa John leur fit signe de le rejoindre.

— Je vous en prie, entrez donc dans mon humble demeure.

Fletcher fit la grimace, mais Zach le poussa vers l'échelle de rondins qui tenait lieu d'escalier. Le vieil homme sourit, découvrant une rangée de dents régulières jaunies par l'âge.

Sa peau avait la couleur de l'ébène, comme tout vrai natif d'Afrique, et des tatouages tribaux, à la fois inquiétants et envoûtants, ornaient son visage sillonné de rides. Le contraste entre sa peau noire et la blancheur de sa chemise était saisissant. Il devait avoir au moins quatre-vingts ans et se tenait cependant droit comme un i.

La hutte se composait d'une grande pièce, parfaitement entretenue et sommairement meublée d'un lit, d'une table et de chaises en rondins. Près du lit, il y avait un coffre en bois sculpté, assez joli. Des plantes séchées étaient accrochées aux chevrons et leur parfum se mêlait à d'autres odeurs flottant dans l'air : celle de l'huile brûlant dans la lampe, du bois et du marais.

Excepté les plantes, rien ne laissait deviner dans ce décor l'occupation du maître des lieux. Mais un rideau rouge, accroché au plafond, masquait l'un des murs de la hutte. Fletcher l'écarta, révélant des étagères garnies de récipients et de fioles contenant de mystérieux produits.

Il recula d'un pas, craignant sans doute de découvrir un serpent, car on racontait que les sorciers vaudous en faisaient grand usage. Mais le seul animal visible était un chat blanc étendu de tout son long sur l'une des étagères. Il était si parfaitement immobile que Zach crut d'abord qu'il était mort, jusqu'à ce qu'il finisse par tourner la tête pour le fixer de son regard vert. Zach en conclut que si Papa John avait un serpent, il ne se trouvait pas dans cette pièce.

— Non, je n'ai pas de serpent, dit le vieillard d'une voix où perçait de l'amusement.

Il se tenait toujours près de la porte, les bras ballants.

— Et ce que vous cherchez n'est pas non plus ici, ajouta-t-il.

— Comment savez-vous ce que nous cherchons ? aboya Fletcher, retrouvant automatiquement le ton du policier qu'il était.

Les lèvres du vieillard esquissèrent un sourire de diablotin.

— Je lis dans le sang des vierges.

Fletcher était suffisamment entraîné pour ne pas laisser voir l'effet que ces mots produisirent sur lui. Seules les quelques gouttes de transpiration qui perlèrent sur son front le trahirent.

— Où est-ce, alors, si ce n'est pas ici ?

Le vieux Noir haussa les épaules d'un air détaché.

— Que voudriez-vous que je fasse d'un nécessaire contre les vampires ? Ce sont des bêtises d'homme blanc. Je l'ai vendu au printemps dernier.

Le capitaine croisa les bras sur sa poitrine.

— Et à qui l'avez-vous vendu ?

Le chat se redressa soudain, s'étira, puis sauta de son perchoir et traversa la pièce en direction de Papa John. Ce dernier se pencha pour lui gratter le crâne, comme si l'animal mobilisait toute son attention.

— Il ne m'a pas dit son nom et je ne le lui ai pas demandé. Je ne le connaissais pas et ne l'avais jamais vu.

Fletcher eut un soupir impatient.

— À quoi ressemblait-il ?

Papa John haussa de nouveau les épaules.

— C'était un Blanc. Tous les Blancs se ressemblent.

Il émit un son étrange avec sa langue, et le chat bondit souplement dans ses bras.

Zach se demanda si Fletcher avait conscience de perdre son temps. Le vieillard avait décidé de ne rien leur dire, c'était évident. Renversant la tête en arrière, Zach préféra inspecter les plantes qui pendaient du plafond. Il en reconnut quelques-unes, comme la digitale et la guimauve, mais les autres lui étaient inconnues.

— On prétend que vous savez lire dans les esprits, lâcha-t-il soudain, reportant son attention sur le vieil homme qui portait à présent le chat enroulé autour de son cou.

— Lire dans les esprits ? Je n'ai pas ce pouvoir, répliqua-t-il, puis, se tournant vers Fletcher, il ajouta : Cependant, la peur est facile à sentir. Et la culpabilité se devine aisément, conclut-il en regardant Zach droit dans les yeux.

Ce dernier ne cilla pas.

— On dit aussi que vous pouvez prédire l'avenir.

— Les gens racontent beaucoup de choses.

— Entre autres qu'Henri Santerre vous respectait et que vous étiez en quelque sorte des amis. C'est pourquoi j'aimerais savoir si vous l'aviez mis en garde à propos de ce que vous auriez pu lire dans son avenir ?

Le sorcier vaudou promenait ses longs doigts décharnés dans la fourrure du chat.

— Henri était un vieil homme. Il n'avait pas besoin que je l'avertisse de se préparer à la mort.

— Une mise en garde de votre part lui aurait peut-être permis de l'éviter.

— On ne peut pas éviter la mort.

Le chat toujours lové sur ses épaules, Papa John leur tourna le dos et s'absorba dans la contemplation des marais qui s'étendaient au-delà de la clairière.

— C'est d'une très grande arrogance de croire qu'on peut changer ce qui doit arriver, reprit-il après quelques instants. Je l'ai appris il y a fort longtemps.

Il regarda Zach par-dessus son épaule.

— C'est une leçon qu'il vous reste à apprendre.

Zach secoua la tête.

— Je ne crois pas au destin. Les hommes sont responsables de ce qui leur arrive.

— Oui, bien sûr, vous pouvez toujours prendre la décision de faire ou de ne pas faire telle ou telle chose. Mais qui est responsable de la multitude de petits incidents qui changent le cours de notre vie et peuvent nous conduire à la mort ?

Dehors, la nuit était pratiquement tombée, et c'était comme s'ils étaient soudain totalement coupés du reste du monde.

— Et si vous aviez détruit ce coffret, au lieu de le vendre ? hasarda Zach.

Le vieillard garda les yeux rivés sur lui.

— Il est facile de tuer un homme. Ou une femme… Vous devriez le savoir, major. Mais excusez-moi, reprit-il en s'approchant d'un placard ménagé dans le mur, je manque à tous mes devoirs. Désirez-vous boire quelque chose ? De la bière, peut-être ?

Zach secoua la tête.

— Nous allons devoir rentrer.

Il s'attendait que Fletcher objecte qu'ils ne pouvaient pas partir sans avoir rien obtenu. Peut-être même proposerait-il de fouiller la hutte, pour s'assurer que l'arbalète ne s'y trouvait plus. Mais le capitaine semblait ne pas pouvoir supporter davantage la voix soyeuse de Papa John et ses commentaires définitifs. Il s'était déjà rué vers la porte et s'engageait sur l'échelle de rondins.

Zach lui emboîta le pas, mais, arrivé sur le seuil, il fit une pause et se retourna vers leur hôte.

— Admettons que l'acheteur ne vous ait pas dit son nom. Je suis cependant persuadé que vous saviez qui il était.

Une lueur amusée brilla dans les yeux sombres du vieil homme.

— Exact. Mais il n'a pas acheté le coffret pour lui-même. Il souhaitait en faire cadeau à un ami.

C'était la première information importante que Papa John consentait à leur lâcher, et ce, volontairement. Zach tenta d'en obtenir davantage.

— Vous a-t-il donné le nom de son ami ?

Papa John secoua la tête.

— C'était inutile. Son ami s'intéressait tellement aux vampires que le coffret semblait avoir été fabriqué pour lui.

Le hululement sinistre d'une chouette résonna au loin. Dans la clairière éclairée par la lune montante, les chevaux n'étaient plus que des ombres fantomatiques.

— C'était Philippe, n'est-ce pas ? devina Zach. Philippe de Beauvais ?

Le vieillard, impassible, se contentait de le fixer.

— Mais Philippe est mort, ajouta Zach.

— C'est ce qu'on dit.

— Mais vous le dites aussi.

Papa John écarquilla les yeux.

— Ah bon ?

— Vous avez parlé de lui au passé. Si vous aviez pensé qu'il vivait encore, vous auriez dit qu'il *s'intéresse* aux vampires.

— Un point pour vous, major. J'ai péché par négligence.

— Je doute qu'il vous soit jamais arrivé de faire preuve de négligence.

— Détrompez-vous, major. Cela nous arrive à tous. Nous ne sommes que des humains.

— Je veux que tu rassembles toutes les informations que tu pourras trouver sur Philippe de Beauvais, ordonna Zach, tandis que les deux amis reprenaient le chemin de la ville. Ce qu'il faisait de son vivant. Ses goûts, ses manies… tout. Je veux aussi savoir comment il est mort exactement.

Fletcher opina du chef.

— D'accord. J'en déduis que tu as décidé de prendre un peu de repos ? Déjà que tu n'aurais pas dû t'autoriser cette chevauchée…

Zach ne put réprimer un sourire.

— En vérité, je crois que je vais m'offrir une petite visite à l'hôpital Santerre. Et pas plus tard que ce soir. Mme de Beauvais a quelques explications à me fournir.

11

Zach découvrit la jeune femme dans l'une des chambres de l'étage. La pièce n'était éclairée que par une petite lampe qui dispensait une faible lumière.

Emmanuelle de Beauvais se tenait debout, seule, au centre de la chambre, le dos droit, les bras ballants, comme si elle était plongée dans quelque réflexion intérieure. Elle lui tournait le dos, aussi Zach ne pouvait-il voir son visage, mais il était convaincu qu'elle l'avait entendu arriver et qu'elle avait reconnu son pas.

La fenêtre de la chambre était grande ouverte sur la nuit. Les quatre lits étaient vides, sauf un qui était occupé par une forme immobile, dissimulée sous un drap blanc. Zach comprit qu'il s'agissait du lieutenant Rouant.

— Je vous en prie, allez-vous-en, dit-elle d'une voix étranglée, sans se retourner. Laissez-moi seule.

Au lieu de s'exécuter, Zach posa la main sur l'épaule de la jeune femme et la fit doucement pivoter. Ses yeux brillaient, mais elle ne pleurait pas ; son visage était dévasté par le chagrin auquel se mêlait une évidente colère.

— Il a vécu plus longtemps que vous ne l'escomptiez.

Elle contemplait d'un œil vide le troisième bouton de sa tunique.

— Mais il a fini par mourir.

Zach laissa la main sur son épaule.

— C'était inévitable. Vous le saviez depuis le début.

La jeune femme releva brusquement la tête. Son regard exprimait un violent refus de se résigner.

— Inévitable ? Une telle mort ne devrait pas être inévitable. Mais nous sommes encore si ignorants ! Comment sauver la vie d'un homme si nous ne comprenons pas vraiment ce qui le fait mourir ?

— Un jour, vous comprendrez, murmura-t-il.

Il contemplait son beau visage et vit tout à coup ses lèvres se mettre à trembler et les larmes qu'elle avait tenté de retenir ruisseler sur ses joues en un flot brûlant.

Il était venu pour l'accuser d'en savoir beaucoup plus sur le meurtre d'Henri Santerre qu'elle n'avait voulu l'admettre. Et voilà qu'il glissait la main derrière sa tête pour l'attirer contre lui.

Elle essaya de résister, pas longtemps. Sa respiration s'était faite haletante et elle s'agrippa brusquement à sa tunique. Un sanglot la secoua. Puis un autre. Une fraîche odeur de lilas émanait d'elle et Zach s'enivra de son parfum tandis qu'elle enfouissait le visage au creux de son épaule, pour laisser libre cours à ses larmes.

Durant tout le temps qu'elle pleura, il se contenta de la tenir dans ses bras.

Il la raccompagna à travers la ville endormie, éclairée seulement par quelques becs de gaz et la clarté laiteuse de la lune.

Une petite brise venue du fleuve avait rafraîchi l'air. Ils cheminaient en silence, le bruit de leurs pas résonnant dans le silence nocturne. Ils étaient l'un et l'autre tendus ; une tension directement liée à ces quelques instants, à l'hôpital, où Zach avait tenu la jeune femme dans ses bras. C'était moins l'intimité physique de cet épisode que ce qu'il avait charrié d'émotion qui était la cause de leur malaise. Car ni l'un ni l'autre ne voulaient de ce lien indéfinissable qui semblait les unir malgré eux. Pas plus qu'ils ne voulaient de ce désir qui brûlait entre eux tel un feu couvant sous la cendre, et auquel se mêlaient méfiance et animosité.

Ce fut elle qui brisa le silence la première.

— Vous êtes allé voir Papa John.

Ce n'était pas une question, mais une affirmation proférée sur un ton de défi prudent. Zach renversa la tête en arrière pour contempler les étoiles. D'ordinaire, elles étaient masquées par la brume de chaleur qui flottait en permanence sur la ville, mais ce soir, elles brillaient dans un ciel parfaitement dégagé.

— Pourquoi ne pas m'avoir tout simplement parlé de ce coffret offert à Philippe ? Pourquoi m'avoir envoyé dans les bayous ?

— Je n'ai su qu'aujourd'hui à qui il avait été acheté.

— Ah, fit Zach, disposé à la croire sur ce point. Dans ce cas, cette petite excursion dans les marais n'avait d'autre but que de me distraire de mon enquête, n'est-ce pas ? Dommage pour vous qu'elle se soit révélée très instructive.

— Ah oui ?

— À présent, avez-vous l'intention de me dire où il se trouve ?

Ils passaient devant une taverne d'où s'échappaient un air de banjo et des rires d'hommes.

— Le coffret ? Je l'ai vu dans la chambre de Philippe après sa mort, mais il n'y est plus.

Dans la chambre de Philippe. Zach se tourna vers la jeune femme au profil si parfait. Si froide et maîtresse d'elle-même à l'extérieur, si brûlante de passion contenue à l'intérieur. Et pourtant, elle ne dormait pas dans la même chambre que son mari.

— Vous savez que je pourrais faire fouiller votre maison. Ainsi que l'hôpital.

Elle tourna à son tour la tête et rencontra son regard.

— Vous devez bien vous douter que si je possédais encore cette arbalète, elle ne serait ni chez moi ni à l'hôpital.

— Vous n'avez pas idée de qui aurait pu la subtiliser ?

— Vous pensez que je vous le cacherais, à supposer que je le sache ?

— Pour être franc, oui.

Ils approchaient de la rue Dumaine. La silhouette des grands sycomores qui poussaient dans le square tout proche se découpait dans la nuit.

— Plutôt curieux, cet intérêt pour les vampires, observa Zach.

— Philippe était fasciné par la mort, les légendes qui s'y rattachaient, les rituels funéraires, ce qui en constituait la… nature.

Elle laissa échapper un soupir triste et las, teinté peut-être de regrets, avant de poursuivre :

— J'en suis arrivée à la conclusion que c'était en partie pour cela qu'il était devenu médecin. Ce qui l'intéressait, c'était moins de sauver des vies que de se battre avec la mort.

— Apparemment, il semblait très différent d'Henri Santerre.

La brise s'était renforcée et faisait voleter les rubans du chapeau d'Emmanuelle.

— En effet. Mais ne vous méprenez pas. Philippe était un médecin brillant. Doué, intelligent, dévoué…

— Et totalement égocentrique.

La jeune femme haussa les épaules.

— La plupart des gens brillants le sont.

— Et Henri Santerre ? Quel rapport entretenait-il avec les vampires et les arbalètes ?

— Strictement aucun. Il trouvait les passions de Philippe bizarres, mais les considérait comme inoffensives – du moins, tant qu'elles n'interféraient pas avec son travail.

— Est-il arrivé qu'elles interfèrent ? voulut savoir Zach, qui observait attentivement le visage de la jeune femme.

Une ombre furtive passa dans ses yeux avant qu'elle ne détourne le regard.

— Pas celles-ci.

Il lui saisit le bras pour l'obliger à lui faire face.

— Alors pourquoi l'arbalète de Philippe a-t-elle servi à tuer Henri Santerre ?

La jeune femme se libéra d'un mouvement sec et recula d'un pas, butant contre le pilier massif d'un porche.

— Comment pourrais-je le savoir ? répliqua-t-elle d'une voix sourde où perçait maintenant la peur.

Peur de ce qui rôdait autour d'elle. Peur de Zach lui-même.

Il s'approcha d'elle. Il la dominait de toute sa hauteur, puissant, viril, d'autant plus menaçant qu'il était investi de l'autorité que lui conférait l'uniforme haï, et elle se sentit piégée.

— Je pense que vous en savez beaucoup plus que vous ne voulez l'avouer, objecta-t-il.

La jeune femme secoua lentement la tête en signe de dénégation.

— Vous vous trompez.

Il posa les mains à plat sur le pilier de chaque côté de son corps, la touchant presque mais pas tout à fait.

— Vous pensez vraiment que je vais croire que vous m'avez tout dit à propos d'Henri Santerre et de ceux qui auraient pu souhaiter sa mort ? Mais bon sang ! Quand allez-vous comprendre que je ne suis pas votre ennemi ?

Le regard de la jeune femme descendit le long de sa tunique et s'arrêta sur le sabre accroché à sa ceinture. Ses yeux étaient assombris par l'émotion.

— Vous êtes mon ennemi, murmura-t-elle.

Zach lui souleva délicatement le menton, pour l'obliger à le regarder dans les yeux.

— Pas dans cette affaire. Pas à moins que vous ne connaissiez l'assassin et ne cherchiez à le protéger délibérément.

Emmanuelle ne put cacher sa surprise.

— J'avais plutôt l'impression que c'était moi votre suspect numéro un.

Zach secoua la tête.

— Je vous vois mal assassiner quelqu'un avec une arbalète. Ce n'est pas votre style.

— Vous me croyez donc quand même capable de tuer.

— Oui, vous pourriez tuer, dit-il en lui effleurant la joue d'un doigt léger. Mais pas de sang-froid. Plutôt dans le feu de l'action. Avec vous, ce serait un crime passionnel.

Elle le dévisageait, les lèvres entrouvertes, le souffle court.

— Je ne suis pas une femme de passions.

— Vraiment ?

Zach rêvait de l'embrasser depuis ce soir d'orage où il avait posé les yeux sur elle, dans le cimetière Saint-Louis. Elle était veuve depuis peu, sudiste de surcroît, et suspectée de meurtre. Et pourtant, à cet instant précis, alors qu'il contemplait ses lèvres pleines et sensuelles, plus rien de tout cela n'avait d'importance.

Il savait qu'elle le désirait. Tout en elle le lui disait : la tension de son corps, sa respiration saccadée, son regard fixé sur lui. Il aurait suffi d'un mot, d'un geste de sa part, et il aurait renoncé. Mais parce qu'elle se contentait de le regarder sans bouger, les pupilles dilatées, Zach se laissa emporter par son désir. Il s'inclina sur elle et couvrit sa bouche de la sienne.

Elle gémit, et ferma les paupières en même temps qu'elle nouait les bras autour de son cou. Il sentit ses lèvres s'entrouvrir sous les siennes, si douces, si accueillantes, et plongea en elle sans plus penser à rien qu'à son parfum enivrant, à son corps souple contre le sien.

Avec un grognement de pur plaisir, il l'enlaça fiévreusement, plaquant les mains sur les courbes délicieuses de ses hanches. Il la désirait avec une violence qui le consumait, annihilait toute raison. En cet instant, une passion sauvage, presque animale courait dans ses veines. Il savait que s'il ne la repoussait pas sur-le-champ, il allait la posséder là, dans la rue, au clair de lune, qu'elle le veuille ou non.

Au moment où il se décidait, non sans un immense effort de volonté, à libérer ses lèvres, la jeune femme s'arracha à son étreinte, comme si elle aussi venait de réaliser qu'ils avaient frôlé le désastre.

— Cela... n'aurait pas dû arriver, balbutia-t-elle en reculant, le regard enfiévré, le corps tremblant d'une passion qui n'était que l'exact reflet de celle de Zach.

Il leva la main pour la toucher, puis la laissa retomber à son côté.

— Non, reconnut-il. Mais nous savions l'un et l'autre que cela finirait par arriver, tôt ou tard.

Emmanuelle secoua la tête, non pour nier ses paroles, qui ne faisaient qu'exprimer la vérité, mais pour refuser ce constat.

— Cela ne fait pas trois mois que je suis veuve.

Zach fit un pas vers elle, et s'immobilisa.

— Et depuis combien de temps faisiez-vous chambre à part avec votre mari ?

Elle croisa étroitement les bras, comme si elle avait soudain froid ou voulait se protéger.

— Cela n'a rien à voir.

— Non, bien sûr, répondit Zach, encore qu'il ne soit pas certain qu'ils parlent de la même chose.

Ils se dévisagèrent en silence et, une fois encore, il dut faire appel à toute sa volonté pour ne pas l'attirer de nouveau dans ses bras.

— Je suis presque arrivée, dit-elle finalement. Je peux rentrer seule.

— Non, je vous raccompagne.

Ils reprirent leur chemin. Ils marchèrent côte à côte en prenant soin de ne pas se toucher. Dès qu'elle eut poussé sa porte, Zach fit demi-tour sans un regard en arrière.

12

Deux jours plus tard, Zach conduisait un détachement de cavalerie à travers le cœur historique de la ville, qu'on appelait le Vieux Carré, quand il entendit un refrain sudiste chanté par une voix si pure que ç'aurait pu être celle d'un ange – à supposer que les anges aient pris le parti des rebelles.

Beaucoup d'écoliers et de femmes de La Nouvelle-Orléans avaient pour habitude de claironner dans les rues les chansons patriotiques. Zach ne voyait là qu'un moyen somme toute paisible pour la population d'exprimer sa rébellion et ses frustrations. Mais depuis peu, Butler avait décidé de réprimer ces manifestations de mécontentement. Il était même allé jusqu'à punir les écoliers surpris à dessiner des drapeaux sudistes dans leurs cahiers.

— D'où diable peut bien venir cette voix ? demanda le sergent qui accompagnait Zach en scrutant d'un œil mécontent les façades de brique des bâtiments environnants.

Une tête blonde émergeant d'un amoncellement de barriques attira soudain l'attention de Zach.

— Continuez avec la troupe, sergent, ordonna-t-il. Je m'en occupe.

Tandis que les autres cavaliers poursuivaient leur chemin, Zach fit décrire à sa monture un grand arc de cercle pour arriver derrière les barriques. Perché en haut de la pile, le garçonnet trop occupé à regarder les soldats s'éloigner ne le vit pas arriver. C'était déjà un grand garçon, du moins par la taille, mais sa voix était encore celle d'un enfant. Sa veste et ses knickerbockers étaient élimés, mais de bonne coupe, et il avait les cheveux propres. Ce n'était donc pas un gamin des rues.

— Je pourrais t'envoyer en prison pour avoir chanté cette chanson devant des soldats, tonna Zach dans son dos. Tu le sais, n'est-ce pas ?

Le gamin se retourna d'un bond, les yeux écarquillés de surprise. Zach le reconnut sans peine.

— Je n'ai pas peur de vous, fanfaronna Dominic de Beauvais.

— Alors pourquoi songes-tu à t'enfuir ? riposta Zach, tandis que le jeune garçon coulait des regards de droite et de gauche, comme s'il cherchait où trouver refuge.

Dominic reporta son attention sur Zach.

— Quand je serai grand, j'irai à la guerre et je tuerai plein de Yankees, déclara-t-il d'un air bravache.

Zach s'appuya sur le pommeau de sa selle et se pencha en avant.

— Je ne suis pas sûr que ta maman sera d'accord.

Le garçon se raidit.

— Vous croyez que ma maman aime les Yankees ? C'est pas vrai. Elle les déteste. Ils ont tué mon père.

— Je pense que ta maman n'aime pas qu'on tue des gens.

— Sauf si c'est des Yankees.

Zach se rappela l'expression tendue de la jeune femme lorsqu'elle avait découvert le massacre de la rue Dauphine.

— Non, je ne crois pas.

L'enfant redressa fièrement le menton.

— Vous allez me mettre en prison ?

— Eh bien... commença Zach, feignant de réfléchir. Je vais te laisser partir pour cette fois, dit-il finalement. Mais ne t'avise plus de chanter ces couplets dans les rues.

— Hourra ! cria Dominic en sautant à pieds joints sur le pavé, avant de détaler.

Zach le regarda s'éloigner, puis fit volte-face et rejoignit le reste de la troupe.

Emmanuelle observait son fils qui mangeait sa soupe avec une application étudiée.

— Je me suis laissé dire que tu avais eu ce matin une altercation avec un officier yankee, lâcha-t-elle au bout d'un moment. En pleine rue, précisa-t-elle.

C'était un vieil Italien, marchand des quatre saisons qui promenait sa charrette dans le Vieux Carré, qui lui avait narré la scène. Elle ignorait les détails de l'histoire, mais ce qu'elle avait entendu avait suffi à l'alarmer.

Dominic releva les yeux de son assiette, plus résigné que surpris. Il fallait toujours que quelqu'un rapporte ses faits et gestes à sa mère. Le Vieux Carré était pire qu'un village.

— Je chantais un refrain patriotique, expliqua-t-il.

— Ce n'est pas sérieux, Dominic. Tu devrais te montrer plus prudent.

La cuiller du garçon heurta le bord de son assiette avec un bruit sonore.

— Parce que tu crois que ce Yankee m'a fait peur ? Ça ne risquait pas. Je hais tous les Yankees. Ce sont tous des voleurs et des assassins.

— Écoute, Dominic, plaida Emmanuelle, qui en oubliait sa propre assiette, tu ne peux pas prétendre haïr quelqu'un uniquement en raison de la couleur de son uniforme.

Son fils tourna vers elle un regard accusateur.

— Toi aussi, tu détestes les Yankees. Tu l'as souvent répété. Un jour, tu as même souhaité que la terre s'ouvre sous leurs pieds et les engloutisse tous.

Elle ne se laissa pas démonter.

— J'ignorais que tu m'avais entendue dire de telles abominations. Je devais être très en colère, ce jour-là. Parfois, sous le coup de la fureur, on dit des choses qu'on ne pense pas vraiment. Et qu'on ne devrait pas penser.

Dominic semblait ne plus comprendre.

— Tu veux dire que tu ne détestes pas les Yankees ?

Elle aurait pu se contenter de répondre « non ». Mais Emmanuelle avait toujours mis un point d'honneur à ne pas mentir à son fils.

— C'est très vilain de détester quelqu'un qu'on ne connaît pas, expliqua-t-elle, choisissant soigneusement ses mots. Et vilain aussi de tirer des conclusions sur une personne simplement d'après les vêtements qu'elle porte. C'est comme si on jugeait les gens uniquement sur la couleur de leur peau, ou l'église qu'ils fréquentent.

Dominic paraissait de plus en plus déconcerté.

— Mais quand même, ce n'est pas bien, ce que nous font les Yankees ?

— Non, en effet.

— Donc, c'est des vilaines gens. Tu es bien d'accord ?

Emmanuelle ne put réprimer un soupir.

— Malheureusement, les choses ne sont pas aussi simples, fit-elle. À présent, dépêche-toi de manger. Ta grand-mère nous attend et je ne voudrais pas arriver en retard.

— Je pourrai emporter ma sarbacane ?

— Oui, oui. Mais termine d'abord ta soupe.

Aussi rapide qu'une traînée de feu, un petit écureuil roux dévala le tronc d'un chêne qui poussait derrière la clôture d'un vieux cottage d'Esplanade Avenue. Arrivé à mi-tronc, l'animal s'arrêta net, les oreilles dressées, le regard en alerte. Il était tout jeune, nota Emmanuelle. Et encore trop inexpérimenté pour savoir que le danger ne venait pas forcément des animaux à quatre pattes. Le danger pouvait aussi venir d'un petit garçon armé d'une sarbacane qui tirait des noyaux de cerise.

— Si tu vises autre chose que cette clôture, Dominic, l'avertit sa mère, tu passeras ton samedi et ton dimanche à repeindre la balustrade de la galerie.

— Oh, maman, geignit l'enfant, qui avait cependant plus d'un tour dans son sac.

Il visa la clôture, en effet, mais de manière à ce que son projectile fasse un ricochet vers l'arbre. L'écureuil, heureusement, fut plus rapide et était déjà remonté dans le chêne.

Emmanuelle suivait son fils du regard en songeant que son enthousiasme pour ce genre d'amusements la troublait. L'enfant avait acheté cette sarbacane à un Indien, sur Jackson Square, et depuis, il ne s'en séparait plus. La sarbacane avait pour l'instant détrôné le lance-pierres. En attendant sans doute d'être à son tour remplacée par une autre arme, encore plus redoutable.

— C'est bon signe, avait protesté Philippe, peu avant sa mort, quand Emmanuelle s'était plainte de voir leur fils apprécier un peu trop ce qu'elle appelait les « jeux sanglants ».

— Pêcher, chasser, chevaucher : voilà à quoi se résume la vie, ici. Il faut que Dominic apprenne à aimer son sort.

— Il l'aime déjà.

— Et tu t'en plains ? avait objecté Philippe avec douceur. Dominic ne ressemble peut-être pas précisément à ce que tu rêvais qu'il soit, mais au moins il *est* ce qu'il souhaite être.

Et serrant les mains de sa femme dans les siennes, ce qu'il ne faisait plus que rarement, il avait ajouté, avant de la relâcher :

— Toi et moi, Emmanuelle, nous ne nous sommes jamais sentis bien dans ce monde et cela ne nous a apporté que du chagrin. Mais par quelque étrange mystère de la génétique, Dominic, lui, s'y sent à l'aise. Sans faire d'efforts. Laissons-le goûter à la vie.

Emmanuelle lui avait souri. Elle s'était sentie tout à coup coupable et triste de ce qu'ils n'avaient pas réussi à construire ensemble.

— Tu es sage, Philippe, avait-elle répondu.

Depuis, elle laissait son fils s'amuser comme il l'entendait. Mais elle refusait de le laisser s'en prendre à des proies sans défense et il n'était autorisé à tuer que les animaux qu'il entendait manger. Dominic ne deviendrait peut-être pas médecin, mais cela ne devait pas l'empêcher de grandir en apprenant le respect de la vie.

— Maman ! l'appela-t-il du perron de la maison de ses grands-parents. Dépêche-toi ! On est en retard. Il y a déjà beaucoup de monde.

C'était le jour de couture organisé par Marie-Thérèse, et pour une raison qu'elle n'aurait su vraiment s'expliquer, Emmanuelle avait décidé d'y assister. Elle assemblerait des chemises pour les prisonniers de guerre, en bonne veuve et belle-fille qu'elle n'était pourtant pas. Dire qu'elle n'avait pas hésité à traverser la ville en pleine nuit, au côté d'un homme qui était son ennemi – l'ennemi de son pays ! Elle s'était pressée contre lui, s'était abandonnée à ses baisers brûlants. Encore maintenant, elle n'éprouvait aucune culpabilité à ce souvenir, mais bien plutôt le désir éhonté de goûter à plus…

— Ma-man ! insista Dominic.

— J'arrive, répondit-elle en pressant le pas.

Moins d'une heure plus tard, Emmanuelle regrettait amèrement sa décision. Assise à côté de Claire

Latouche, sur un sofa encadré par deux fenêtres à guillotine, elle se débattait lamentablement pour tenter d'assembler les morceaux de tissu qu'on lui avait confiés.

— Je ne m'en sors pas, murmura-t-elle finalement à sa voisine, profitant de ce que Marie-Thérèse supervisait le travail de deux matrones à l'autre bout de la pièce.

Claire se pencha pour examiner les dégâts.

— Vous êtes en train de coudre les manches à l'envers.

Emmanuelle fit une grimace dégoûtée.

— Je savais bien que j'avais une bonne raison de ne jamais venir à ces séances.

Claire lui retira la chemise des mains en riant sous cape.

— Alors pourquoi êtes-vous venue aujourd'hui ? Elle ne vous en aimera pas davantage, fit-elle avec un regard en direction de la mère de Philippe. Même si vous étiez aussi douée en couture qu'en médecine, ce qui n'est vraiment pas le cas.

— Je suis venue parce que…

Emmanuelle hésita. Elle ne se voyait pas expliquer à Claire que, ces derniers temps, elle se sentait terriblement seule. Encore que « seule » ne fût sans doute pas le mot le plus approprié pour décrire sa situation. En réalité, elle avait l'impression d'être isolée, et de s'éloigner dangereusement de ce qui aurait dû être son existence.

— Je pense que je suis venue pour dire que j'aurais au moins essayé une fois, répondit-elle finalement.

Pendant ce temps, le salon de Marie-Thérèse continuait d'accueillir de nouvelles arrivantes. Toutes portaient le deuil d'un proche. Quand ce n'était pas un mari ou un fils, c'était un frère ou un cousin. Voire un père.

— Ces séances sont une bonne chose, reprit Emmanuelle, sincère.

— Vous vous dévouez déjà tellement, fit valoir Claire, en lui ôtant son ouvrage des mains pour réparer les dégâts.

— Vous aussi.

Claire leva les yeux. Emmanuelle remarqua qu'elle avait les pupilles étrangement dilatées, comme si elle était effrayée.

— Mais pour une autre raison, vous le savez bien.

— Claire… commença Emmanuelle, avant d'être interrompue par une domestique chargée du café et des petits-fours.

Marie-Thérèse frappa dans ses mains, telle une meneuse de revue exigeant l'attention de sa troupe.

— Emmanuelle, vous ferez le service, décréta-t-elle. Et Claire vous aidera.

Cinq minutes plus tard, alors qu'Emmanuelle était affairée à servir le café, Claire lâcha le plateau qu'elle tenait à la main en hurlant.

Zach réglait une affaire de contrebande de sel quand un jeune caporal, le visage trempé de sueur, se précipita vers lui.

— Major Cooper ! haleta-t-il, prenant à peine le temps de saluer son supérieur.

Zach lui jeta un coup d'œil.

— Qu'y a-t-il, caporal ?

— Un message du capitaine Fletcher, major, expliqua-t-il en tentant de reprendre son souffle.

C'était un tout jeune soldat dont la voix avait à peine fini de muer.

— Le capitaine m'a demandé de vous prévenir qu'il venait d'y avoir un nouveau meurtre.

— Il ne peut pas s'en occuper seul ?

Le caporal secoua la tête avec véhémence.

— Non, major. Le capitaine a dit que vous voudriez être là. Il m'a dit de vous prévenir que cette fois c'était une femme. Une jeune créole.

Emmanuelle ! songea aussitôt Zach. Mon Dieu, non, pas elle ! Il éprouvait un mélange d'horreur, de rage et de culpabilité. Ça n'avait pas pu recommencer une deuxième fois. Il n'aurait pas dû *laisser* cela arriver de nouveau. Tout à coup, il avait l'impression qu'un étau lui comprimait la poitrine, que son sang rugissait dans ses oreilles.

— Son nom ? s'entendit-il demander d'une voix qu'il ne reconnut pas. A-t-il dit son nom ?

— Claire, major. Claire Latouche. Le capitaine pense qu'elle a été empoisonnée. Il se trouve sur les lieux du crime.

— Où ? demanda Zach.

— Une grande maison sur Esplanade Avenue, major. Elle appartient à une de ces vieilles familles françaises avec un drôle de nom composé. Les de… quelque chose. Le capitaine Fletcher assure que vous les connaissez.

— De Beauvais, répliqua Zach, qui se précipitait déjà vers son cheval.

— Oui, c'est cela. De Beauvais.

13

Emmanuelle s'était réfugiée sur la galerie qui surplombait le jardin de la maison d'Esplanade Avenue. Les mains agrippées à la balustrade, elle contemplait d'un regard absent la pelouse que le soleil couchant teintait de reflets dorés. Deux oiseaux chantaient dans le chêne qui se dressait en face de la cuisine. Tandis qu'elle écoutait leur sérénade, si joyeuse et si déplacée, la jeune femme réalisa qu'elle n'avait jamais été aussi effrayée de sa vie.

Elle ne comprenait pas ce qui se passait, ni qui pouvait s'en prendre ainsi aux gens qu'elle aimait. Mais elle était intimement convaincue que la mort de Claire était liée à celle d'Henri. De même qu'elle était persuadée que ce n'était pas terminé.

On avait installé Claire sur le divan du salon de Marie-Thérèse de Beauvais. Les deux fenêtres à guillotine étaient grandes ouvertes, mais l'absence de vent et la chaleur lourde rendaient cependant l'atmosphère suffocante.

Zach fixait le corps de la jeune fille, partagé entre la colère et l'inquiétude. Claire Latouche débordait de vie et de santé. Elle n'aurait jamais dû mourir ainsi, dans la fleur de l'âge. Et il savait que s'il ne découvrait pas rapidement l'assassin, d'autres victimes suivraient,

— À quelle heure remonte la mort ? demanda-t-il à Fletcher qui venait de le rejoindre.

Ce dernier soupira tristement.

— Environ deux heures, selon Emmanuelle de Beauvais.

Zach se tourna brusquement vers lui.

— Elle est ici ?

— Oui, sur la galerie, à l'arrière de la maison. Elle se trouvait avec la jeune fille quand celle-ci est morte.

Zach laissa son regard errer dans le salon qui semblait avoir été abandonné précipitamment par ses occupants. Des tasses de café traînaient çà et là, et une pile de morceaux d'étoffe encombrait la table.

— On dirait qu'il y avait du monde, ici.

— C'était une séance de couture collective, expliqua Fletcher. Mme de Beauvais en organise une par mois, pour vêtir les prisonniers sudistes.

Reportant son attention sur Claire Latouche, il ajouta :

— Quand les cadavres commencent à se succéder, ça sent mauvais, crois-moi. On peut déjà commencer à chercher qui sera le prochain sur la liste.

— Qu'est-ce qui te fait penser que c'est du poison ? demanda Zach.

Fletcher se passa la main sur le visage.

— C'est le diagnostic de Mme de Beauvais.

— Fais-la venir.

Zach se tenait devant l'une des fenêtres du salon quand la jeune femme entra, seule. Quoique très pâle, elle affichait cependant une admirable maîtrise d'elle-même. Que fallait-il pour ébranler cette femme ? se demanda-t-il, tandis que tous ses vieux doutes et soupçons ressurgissaient.

Ses pensées durent transparaître dans son expression, car elle le regarda sans ciller.

— Ne dites rien, fit-elle.

Il s'approcha d'elle, les yeux rivés sur son visage aux traits si délicats.

— Ne pas dire quoi, madame ? Que vous semblez avoir l'étrange habitude de vous trouver au mauvais endroit, au mauvais moment ? Ou que vos amis sont abonnés à des morts subites ?

Elle pâlit encore davantage et Zach en regretta – presque – sa dureté.

— Racontez-moi ce qui s'est passé.

La jeune femme nouait et dénouait les doigts. Mais Zach ne pouvait lui offrir le réconfort qu'elle semblait réclamer.

— Claire m'aidait à servir une collation quand…

Sa voix se brisa et elle déglutit péniblement, avant de poursuivre :

— … elle a été prise de convulsions. J'ai voulu l'aider à monter à l'étage, pour qu'elle s'allonge, mais il était déjà trop tard. Je pense que son cœur a lâché.

Zach coula un regard vers les tasses et les petits-fours.

— Personne d'autre n'a été malade ?

— Non.

Il reporta son attention sur la jeune femme.

— C'était donc vous qui serviez cette collation ?

Les narines de la jeune femme frémirent d'indignation.

— Je sais ce que vous pensez, mais vous faites fausse route. Si Claire a été empoisonnée, ce n'est pas par ce qu'elle a mangé ici.

— Comment pouvez-vous l'affirmer ?

— Quelques minutes plus tôt, j'avais remarqué que ses pupilles étaient anormalement dilatées.

Zach revint vers le corps de la jeune fille. On lui avait fermé les yeux.

— Quelqu'un d'autre l'avait-il remarqué ?

— Non. Mais une autopsie pourra le prouver. Beaucoup de poisons mettent souvent plusieurs heures avant d'agir, mais alors, ils tuent en quelques minutes. En l'occurrence, je pense qu'il s'agit de tanaisie, ajouta-t-elle après une hésitation.

Zach haussa les sourcils.

— De tanaisie ?

— C'est une plante sauvage très répandue, par ici. Elle pousse au bord des chemins. Les feuilles sécrètent une huile dont on se sert pour tuer les vers intestinaux ou…

Elle s'interrompit, détourna le regard, et Zach comprit qu'elle cherchait comment édulcorer son propos.

— … ou pour résoudre certains problèmes féminins, conclut-elle.

— Si la tanaisie est un remède, pourquoi Claire Latouche est-elle morte ?

— À très petites doses, c'est un médicament. Mais sept ou huit gouttes d'huile concentrée suffisent à provoquer des convulsions. Quelques gouttes supplémentaires, et c'est la mort. Il est possible que Claire en ait pris délibérément. Et qu'elle en ait abusé sans s'en rendre compte.

Zach chercha son regard.

— Vous ne croyez pas plus que moi à cette hypothèse.

Un bruit d'altercation dans le couloir les fit soudain sursauter.

— Vous ne pouvez pas entrer, monsieur ! protestait la voix de la sentinelle postée devant la porte du salon. Capitaine Fletcher, ce monsieur…

La porte s'ouvrit à la volée. Antoine Latouche se tenait sur le seuil, immobile, les traits tirés. Dans son dos, le soldat interrogea Zach du regard, mais ce dernier se contenta de secouer la tête.

— Mon Dieu, Antoine ! s'exclama Emmanuelle.

Elle se précipita vers lui et lui caressa la joue avant de le serrer contre elle, autant pour lui donner du réconfort que pour en tirer. De manière inattendue – et inexcusable –, la scène irrita Zach.

— C'est donc vrai, murmura Latouche, quand ils rompirent leur étreinte.

Il ferma un instant les yeux, puis, d'un pas lent et maladroit que ponctuait le martèlement sourd de sa béquille, il s'approcha du divan où gisait le corps inerte de sa sœur.

— Je veux la ramener à la maison, déclara-t-il après un silence. Tout de suite.

— J'ai peur que ce ne soit impossible, monsieur, intervint Fletcher, qui venait d'apparaître à la porte. Du moins, pour l'instant.

Latouche pivota vivement.

— C'est ma *sœur*, salaud !

— Je suis désolé, monsieur, insista Fletcher, mais nous devons procéder à une autopsie.

— Une *quoi* ? s'étrangla Latouche.

Emmanuelle posa une main apaisante sur son bras.

— C'est un examen médical, Antoine. Il est nécessaire pour connaître les raisons exactes de sa mort.

Antoine dévisagea tour à tour Emmanuelle, Fletcher et Zach, l'air égaré.

— Non, lâcha-t-il en secouant la tête avec véhémence. Vous ne la charcuterez pas.

— Je suis désolé, monsieur, répéta Fletcher. Mais vu les circonstances, nous n'avons pas le choix.

— Si cela peut vous consoler, je vais les accompagner à l'hôpital militaire et rester auprès d'elle pendant qu'ils interviendront, proposa Emmanuelle.

— Il n'en est pas question, intervint Zach.

La jeune femme lui fit face.

— Pourquoi ? Parce que je suis une femme ? Ne vous inquiétez pas, ce ne sera pas ma première autopsie.

Zach la contemplait, si frêle et cependant si farouche, avec un étonnement renouvelé. La simple idée d'assister à une autopsie suffisait à lui donner la nausée. Mais elle, non. Et il se doutait bien qu'elle ne s'était pas contentée d'en voir, mais qu'elle en avait probablement pratiqué.

— Non, dit-il. Ce n'est pas parce que vous êtes une femme.

— Alors pourquoi ? voulut-elle savoir, dardant sur lui un regard accusateur.

Zach se força à détourner le regard, pour reporter son attention sur le corps sans vie de Claire Latouche.

— Parce que vous êtes un suspect.

À 7 heures, le lendemain matin, le soleil cognait déjà si fort que la chemise de Zach était humide de sueur quand il passa la grille du cimetière Saint-Louis. Le gardien, Kessler, le salua en allemand et Zach lui fit un geste de la main en retour.

La crypte familiale des Santerre se trouvait à l'autre bout de l'allée où le vieux docteur avait été tué, une semaine auparavant. Devant la sépulture, l'amoncellement de fleurs et de couronnes aux vives couleurs détonnait dans le décor uniformément gris du cimetière. En s'approchant, Zach découvrit que la plupart de ces fleurs étaient déjà fanées.

Il se tint un moment devant la crypte, le chapeau à la main, puis laissa son regard errer autour de lui. Il avait le sentiment d'avoir négligé un indice important. Un indice qui aurait peut-être permis d'éviter la mort de Claire Latouche. Qui plus est, ces deux morts rapprochées dans le temps ne cessaient de lui rappeler l'épisode douloureux qu'il avait vécu deux ans plus tôt, dans le fort où il se trouvait alors en garnison.

À l'époque, une série de meurtres avaient été commis. Les victimes étaient de tous âges, et leur mort revêtait des formes différentes et sans lien apparent. Zach n'était encore qu'un capitaine de cavalerie fasciné par les puzzles et sans doute un peu trop fier de son habileté à les résoudre. L'enquête n'était pas sous sa responsabilité, mais très vite ces meurtres l'avaient intrigué et il avait commencé de recueillir des indices avant de réaliser, mais trop tard – trop tard pour les autres et surtout pour Rachel –, que les victimes avaient été délibérément choisies au hasard pour l'égarer *lui*. Le manipuler. Et le punir.

Mais là, c'était différent, ne cessait-il de se répéter. Ces deux meurtres ne devaient rien au hasard. Claire Latouche et Henri Santerre avaient déjà deux choses en commun, faciles à identifier: l'hôpital, et leur amitié avec Emmanuelle de Beauvais. Peut-être y en avait-il une troisième qu'il avait manquée.

À son arrivée à l'hôpital Santerre, Zach trouva le hall envahi d'enfants braillards et de mères harassées qui le dévisagèrent en silence.

La file d'attente menait jusqu'à la salle de consultation, où se trouvait Mme de Beauvais.

— N'oubliez pas, disait-elle à une femme noire aux yeux tristes qui portait dans ses bras une fillette de cinq ou six ans, qu'elle a besoin de légumes verts. Faites-lui au moins manger des pissenlits, si vous ne trouvez pas mieux. Profitez-en pour en manger aussi.

La jeune femme leva les yeux et aperçut Zach. L'espace d'un instant, il crut lire dans ses prunelles une vive émotion, qu'il n'aurait su nommer, mais déjà elle était remplacée par une hostilité non dissimulée.

— Pas maintenant, major, dit-elle.

— Maintenant, répliqua-t-il alors qu'elle se détournait.

Un petit garçon vêtu en tout et pour tout d'une chemise qui lui arrivait aux genoux agrippa la jambe de Zach en pleurnichant.

— J'ai deux questions, reprit Zach en soulevant l'enfant dans ses bras pour le rendre à sa mère, une grande femme maigre aux cheveux cuivrés. Deux questions. C'est tout.

Excepté les pleurs du garçonnet, la pièce était devenue soudain parfaitement silencieuse. Tout le monde fixait Zach, et les regards étaient emplis d'une haine presque palpable envers celui qui incarnait la tyrannie de l'occupant.

— Deux questions, pas plus, répliqua Emmanuelle en lui faisant signe de la suivre dans la cour.

L'atmosphère, à l'ombre des arbres, était douce comme dans une oasis.

— Qui sont ces gens ? voulut savoir Zach.

— Deux fois par semaine, le mardi et le jeudi, nous proposons une consultation gratuite aux femmes dont les maris sont à la guerre. Et bien sûr à leurs enfants.

— Nous ? s'étonna Zach. Je n'ai pas vu Yardley.

— Il va arriver. Il en fait beaucoup plus qu'il ne voudrait vous le faire croire.

— Pourquoi ?

— Pourquoi se dévoue-t-il ? Ou pourquoi se conduit-il comme s'il se tournait les pouces ?

— Je peux comprendre pourquoi il se dévoue, assura Zach.

Emmanuelle haussa les sourcils.

— Vraiment ? Avez-vous seulement reconnu la grande femme maigre, avec le petit garçon ?

— Non. J'aurais dû ?

— Elle s'appelle Mary Anne Cahill. Elle avait un fils de dix-huit ans, qui a été fait prisonnier l'hiver dernier et est mort de froid dans un camp. Son mari, Paddy, vit toujours et combat avec notre armée, en Virginie. À cause de cela, votre général Butler a confisqué leur maison et l'a fait vendre aux enchères. Ce n'était qu'une modeste bicoque, mais elle leur appartenait de plein droit. L'homme qui l'a rachetée a offert à Mary

Anne de la lui louer. Évidemment, elle n'avait pas les moyens d'acquitter le loyer qu'il réclamait, alors il les a fait jeter, elle et son enfant, à la rue. L'acquéreur s'appelait aussi Butler. Andrew Butler. Et les hommes qui se sont chargés de l'expulsion avaient été envoyés par vous, major.

Zach crispa les mâchoires. Dès avant le décret de Lincoln sur la confiscation de certains biens sudistes, Andrew Butler, le frère du général, avait commencé de dépouiller les habitants de La Nouvelle-Orléans. Maintenant qu'il se sentait cautionné par le pouvoir, sa rapacité ne connaissait plus de limites. Les gens l'avaient surnommé le « charognard ».

— Vous ne vous êtes jamais posé la question de savoir ce que devenaient ceux que vous jetiez à la rue ? reprit la jeune femme d'une voix rauque d'émotion. Quelques-uns ont la chance d'être accueillis par leurs familles, mais les autres, comme Mary Anne, n'ont d'autre solution que de dormir à la belle étoile, dans les jardins publics. Je me demande ce qu'ils deviendront quand l'hiver arrivera. J'ai offert à Mary Anne une des chambres de ma maison, mais elle est trop fière pour accepter.

Zach s'approcha de la petite fontaine qui se dressait au milieu de la cour. Il trouvait détestable ce décret, qui l'obligeait à agir contre sa conscience. Mais il se consolait en se répétant que cette guerre était menée pour une bonne cause – l'abolition de l'esclavage –, même s'il savait pertinemment que la fin ne justifiait pas forcément les moyens.

— Rose m'a dit que vous considériez que l'esclavage était une mauvaise chose, fit-il en lui jetant un regard par-dessus son épaule.

— C'est pire qu'une mauvaise chose, répliqua-t-elle d'un ton passionné. C'est une abomination.

— Dans ce cas, comment pouvez-vous soutenir les confédérés ?

Elle le rejoignit près de la fontaine.

— En Nouvelle-Angleterre, dit-elle, on fait travailler des enfants de cinq ans dans les usines, douze heures par jour et six jours par semaine, pour quelques pièces. *Quelques pièces.* Cependant, cela ne vous empêche pas de soutenir le gouvernement qui permet cela.

— Ça n'a rien à voir. Ces enfants ne sont pas des esclaves.

— Non, bien sûr ! Mais la richesse industrielle du Nord dépend de cette main-d'œuvre à bon marché, exactement comme l'économie agraire du Sud dépend de l'esclavage. Les deux systèmes sont détestables. Mais vous vous battez pour mettre fin à l'un, tout en continuant d'ignorer l'autre.

Zach revoyait l'usine aux murs de brique qui s'élevait près de la maison où il avait grandi. Et ces enfants harassés de fatigue, le teint pâle, qui y entraient chaque matin, pour en ressortir après le coucher du soleil. Beaucoup de ces pauvres gosses mouraient d'épuisement avant d'être parvenus à l'âge adulte. Quant à ceux qui survivaient assez longtemps pour procréer, ils finissaient tôt ou tard par envoyer leurs propres enfants travailler sur des machines qui permettaient aux riches de s'enrichir un peu plus. Mais c'était leur choix... d'une certaine manière.

— L'esclavage va bien au-delà de la simple exploitation par le travail, dit-il doucement. Et vous le savez aussi bien que moi.

Elle croisa son regard.

— C'est vrai.

— Et cependant, vous ne pensez pas que se battre pour la dignité de millions d'hommes et de femmes vaut la peine ?

— Je ne pense pas que rien puisse justifier qu'on tue autant de gens. La guerre n'a jamais résolu aucun problème, major. Elle ne fait qu'en créer de nouveaux. Regardez autour de vous.

— Autrement dit, vous préféreriez que l'esclavage continue ? Juste pour éviter le prix d'une guerre pour y mettre fin ?

La jeune femme secoua la tête.

— Cette guerre n'a pas pour seul objectif d'abolir l'esclavage, et vous le savez. Si c'était le cas, dès le début de la guerre votre président Lincoln aurait pu se contenter de signer un décret proclamant que tous les esclaves étaient désormais libres. Or nous sommes en guerre depuis plus d'un an, à présent. Et ce décret n'a toujours pas vu le jour.

— Il verra le jour.

La jeune femme paraissait soudain très lasse.

— De toute façon, l'esclavage aurait fini par disparaître. Dans cinq ans, dix ans, vingt ans tout au plus. Tous les pays ayant pratiqué l'esclavage l'abolissent, les uns après les autres, avec ou sans guerre. Le Sud n'y aurait pas échappé. Mais le ressentiment, la haine que laissera cette guerre durera des années et des années.

Le silence se fit, que brisait à peine le chuchotement de la fontaine. Soudain, les pleurs d'un enfant résonnèrent jusque dans la cour.

— Excusez-moi, major, mais j'ai du travail.

Emmanuelle retournait déjà vers la salle de consultation, quand Zach l'arrêta d'une phrase :

— Vous n'avez pas encore répondu à mes deux questions, madame.

14

Elle pivota lentement.

— Quelles questions, major ?

— Le soir du meurtre d'Henri Santerre, avez-vous vu quelqu'un rôder dans le cimetière ?

— Vous me l'avez déjà demandé et je vous ai répondu que je n'avais vu personne.

— D'après le gardien, deux Noirs sont venus entretenir la crypte de leurs maîtres, ce soir-là. Vous ne les avez pas aperçus ?

— Non. Mais le cimetière est vaste et les tombes sont suffisamment hautes pour qu'on puisse se dissimuler derrière. Voilà pour la première question, major. Quelle est la seconde ?

Le vent s'était levé et agitait les feuilles des arbres au-dessus de leurs têtes.

— J'aimerais que vous m'aidiez à trouver un indice. Quelque chose, n'importe quoi, qui me permettrait de relier Henri Santerre et Claire Latouche. En dehors de cet hôpital, bien sûr. Un point commun quelconque, même apparemment anodin. Je ne sais pas moi, ils aimaient tous deux l'opéra, ou bien ils étaient nés le même jour…

La jeune femme ne répondit pas tout de suite. Un petit sillon s'était creusé entre ses sourcils tandis qu'elle réfléchissait. Finalement elle secoua la tête.

— Non. Je suis désolée, mais je ne vois rien. Avez-vous interrogé ses parents ?

— Hier soir. Savez-vous que Mme Latouche vous reproche la mort de Claire ?

— À moi ?

— Elle pense que c'est à cause de vous que sa fille est devenue bénévole à l'hôpital.

La jeune femme se frotta le front avec lassitude.

— Mme Latouche connaissait bien mal sa fille, dans ce cas.

— Et vous ?

— Je savais ce que pensait Claire. Je comprenais sa colère et sa frustration.

— Sa colère et sa frustration ? Contre quoi ?

— Contre les préjugés de la société. Mais vous ignorez sans doute de quoi je veux parler.

— Détrompez-vous. J'ai lu Mary Wollstonecraft et John Stuart Mill.

Il sourit de sa surprise.

— Mais vous-même, ne nourrissez-vous pas quelques préjugés ? risqua-t-il.

— Vous voulez dire contre les hommes en uniforme ? Surtout si leur uniforme est bleu ?

— Contre les hommes en général.

Elle le regarda sans ciller et Zach crut qu'elle allait le démentir, mais elle se contenta de demander :

— Votre médecin militaire a-t-il terminé l'autopsie ?

Le bébé, à l'intérieur, avait repris ses pleurs de plus belle.

— Pas encore. Mais j'ai promis aux Latouche de leur restituer le corps afin qu'ils puissent organiser la veillée funèbre demain soir.

La veillée aurait donc bien lieu. Mais il faudrait recourir à un cercueil déjà clos, ce qui n'était pas dans les coutumes locales.

— Me communiquerez-vous les résultats, quand vous les recevrez ? s'enquit-elle. Ou mon statut de suspect vous l'interdira-t-il ?

— Je vous les communiquerai.

Après une pause, il ajouta :

— Vous savez, à part l'hôpital, je vois au moins deux autres points communs entre Henri Santerre et Claire Latouche.

— Lesquels ?

— Philippe de Beauvais. Et vous.

Ce soir-là, après une journée épuisante, Emmanuelle emmena Dominic et l'un de ses camarades jouer dans le grand parc situé au sud de la ville. Pendant que les deux enfants s'amusaient avec le cerf-volant de Dominic, la jeune femme marcha jusqu'à la digue censée contenir les débordements du fleuve. Une petite brise rafraîchissante lui caressa le visage et elle respira à pleins poumons. La colère qu'elle avait ressentie tout au long de la journée avait laissé la place au chagrin et à la peur. Elle se sentait comme rongée de l'intérieur, et dangereusement fragile. Ses yeux s'embuèrent. Il y avait eu d'abord Philippe, puis Henri et maintenant Claire. Trois êtres chers qui lui avaient été enlevés en si peu de temps. Elle dut se retenir pour ne pas courir vers son fils et le serrer dans ses bras, juste pour s'assurer qu'il était bien vivant.

Elle aperçut soudain un cavalier qui chevauchait dans sa direction. Il portait une tunique bleue et montait avec autant d'aisance et de grâce que n'importe quel planteur du Sud. Emmanuelle eut beau se répéter qu'il était son ennemi, le simple fait de le regarder suffit à lui faire battre le cœur.

— Comment avez-vous su que j'étais ici ? demanda t-elle lorsqu'il fut tout près.

— Je suis passé rue Dumaine, expliqua-t-il en mettant pied à terre. Et j'ai vu Rose.

Ils firent demi-tour et suivirent le chemin qui longeait la digue, la jument baie du major trottant derrière eux.

— Vous avez le résultat de l'autopsie, devina la jeune femme, voyant qu'il gardait le silence.

— Oui.

Elle lui glissa un regard furtif.

— Et alors ? Qu'a découvert votre médecin militaire ?

Il regardait droit devant lui, le visage impénétrable.

— Vous aviez raison. Claire a été empoisonnée avec de la tanaisie. J'ai voulu savoir quels « problèmes féminins » cette herbe était censée traiter. Le médecin m'a confirmé ce que je supposais, à savoir que certaines femmes s'en servent pour avorter.

— Claire était-elle enceinte ?

— Non. Mais elle n'était pas non plus vierge. J'imagine que vous étiez au courant ?

Emmanuelle ne chercha même pas à nier. Mais elle détourna le regard et contempla le fleuve en silence.

— Connaissiez-vous le nom de son amant ? reprit-il.

— Nous ne parlions jamais de ces choses.

Ce n'était pas exactement un mensonge, seulement une façon de dissimuler une vérité honteuse qu'elle n'avait pas l'intention de lui révéler.

— J'en conclus que vous ne savez pas davantage qui aurait pu souhaiter la mort de Mlle Latouche ?

— Non, en effet.

— Quand j'ai parlé à ses parents, hier soir, ils m'ont décrit Claire comme une jeune fille innocente. Soit ils ignoraient qu'elle n'était plus vierge, soit ils avaient honte de l'avouer. Ou bien ils avaient peur.

La jeune femme sursauta.

— Peur ? Qu'insinuez-vous ? Qu'ils auraient tué leur fille parce qu'elle avait un amant ?

— Cela s'est déjà vu. Surtout dans les vieilles familles qui érigent la respectabilité en valeur suprême. À en croire le médecin militaire, Mlle Latouche avait des pratiques sexuelles plutôt… osées. Sans entrer dans les détails, disons qu'un homme paierait un supplément dans un bordel pour ce genre d'amusements.

Emmanuelle s'empourpra.

— Je ne suis pas innocente, major. Je devine à quoi vous faites allusion.

Il attendit un instant avant de reprendre :

— Pour certaines personnes – un père orgueilleux, par exemple, ou un frère ombrageux – ce genre d'inconduite peut être une raison suffisante pour tuer.

— Non, pas Antoine ! s'exclama la jeune femme, se reprochant aussitôt sa véhémence en voyant une lueur d'intérêt s'allumer dans les yeux du major.

— Était-elle très proche d'Henri Santerre ?

Emmanuelle secoua la tête vigoureusement.

— Vous ne croyez quand même pas qu'Henri... ? C'est impossible.

— Qu'est-ce qui vous permet d'être aussi affirmative ?

— Mon Dieu, mais c'était un vieil homme !

Il esquissa un sourire.

— Cela aussi s'est pourtant déjà vu.

— Non. Henri était quelqu'un de parfaitement honorable. Il n'aurait jamais séduit une jeune fille dont il aurait pu être le grand-père.

— Peut-être est-ce lui qui a été séduit. Claire Latouche était une très jolie femme. Et qui n'avait pas froid aux yeux.

— Non, s'entêta Emmanuelle. Vous ne comprenez pas. Il n'y a jamais eu qu'une seule femme dans la vie d'Henri. Son épouse avait beau être morte depuis treize ans, il lui était resté fidèle. Et puis... Henri n'aimait pas beaucoup Claire. Je veux dire qu'il appréciait ce qu'elle faisait à l'hôpital, mais pour le reste il... il désapprouvait sa conduite.

— Savait-il qu'elle prenait du laudanum ?

Elle lui lança un regard surpris.

— D'après le médecin, elle en consommait régulièrement. Et ne me dites pas que vous l'ignoriez. Vu votre expérience, vous en aviez forcément remarqué les signes.

— Je ne dirais pas qu'elle en consommait régulièrement, mais il est vrai qu'elle en prenait un peu plus qu'il n'était prudent. J'ai essayé de la mettre en garde, mais elle m'a ri au nez.

— Savez-vous où elle se le procurait ?

Emmanuelle secoua de nouveau la tête.

— Avant la guerre, on pouvait s'en procurer n'importe où. Ce n'est plus vrai aujourd'hui.

Et après un silence, elle ajouta :

— Il n'est pas impossible que Claire soit morte par accident, n'est-ce pas ? Elle se sera crue enceinte et elle aura pris de la tanaisie pour se débarrasser du bébé.

Mais alors même qu'elle formulait cette hypothèse, Emmanuelle savait que les choses n'avaient pu se dérouler ainsi. À supposer qu'elle soit désespérée, Claire n'aurait pas avalé une telle potion quelques heures avant de se rendre chez Marie-Thérèse. Elle aurait attendu le soir.

— Ce n'était pas un accident, répondit Zach. La tanaisie était mélangée à son laudanum. Fletcher a retrouvé le flacon en fouillant sa chambre – une fouille que votre ami Antoine a tenté d'empêcher, soit dit en passant.

— Dans le laudanum ? Mais... est-ce possible ? Le laudanum est certes sucré, mais il n'aurait pu masquer complètement l'amertume de la tanaisie.

— C'était un flacon neuf. Même si elle a remarqué que le goût était différent, elle a probablement pensé que la préparation avait été mal faite. Après tout, elle ne pouvait se douter qu'on cherchait à l'empoisonner.

Emmanuelle avait brusquement pâli. Zach lui prit le bras pour la forcer à lui faire face.

— Écoutez, dit-il d'un ton tranchant, il se passe en ce moment des événements non seulement dramatiques mais aussi inquiétants. Et je suis convaincu que vous en savez sacrément plus que vous n'avez voulu l'admettre jusqu'à présent. Vous ne vous rendez donc pas compte que vous êtes en danger? Ou vous vous en moquez?

Son visage s'était durci, son regard sombre reflétait un profond tumulte intérieur.

— Croyez-vous que je n'aie pas peur? s'écria-t-elle. Mon fils a perdu son père il y a à peine trois mois. Vous pensez que je ne m'inquiète pas de ce qu'il deviendrait si quelque chose devait m'arriver?

Zach la saisit par les épaules.

— Alors pourquoi ne me dites-vous pas la vérité, bon sang?

Ils étaient beaucoup trop proches. Et Emmanuelle était la proie de sentiments si contradictoires – angoisse, excitation, passion, haine – qu'elle ne parvenait plus à les démêler les uns des autres. Elle sentit son cœur bondir dans sa poitrine en voyant le major fixer ses lèvres d'un regard de prédateur.

— Je… je… mon fils m'attend… bredouilla-t-elle.

Zach prit une profonde inspiration et la lâcha.

— Combien de gens vont devoir mourir, articula-t-il durement, avant que vous consentiez à oublier vos préjugés envers mon uniforme pour m'expliquer ce qui se passe?

La jeune femme secoua lentement la tête.

— Cela n'a aucun rapport.

— Maman! Maman! cria soudain Dominic, en courant vers la digue, son cerf-volant rugissant dans le vent au-dessus de sa tête. Regarde comme il est haut!

— Vous vous trompez, répliqua sèchement le major, avant de remonter en selle et de s'éloigner sans lui accorder un regard.

Cette nuit-là, Emmanuelle se réveilla en sursaut, le cœur battant la chamade. Elle se redressa et tendit l'oreille, cherchant à savoir ce qui avait bien pu la réveiller, mais le silence autour d'elle était aussi dense que l'obscurité.

Tremblante d'appréhension, elle sortit de son lit et s'approcha à pas de loup de la porte de la chambre de Dominic. Ce dernier dormait paisiblement. Elle retraversa sa propre chambre, sortit dans le couloir et décida de poursuivre son exploration jusqu'au rez-de-chaussée. Elle avait peur, et se sentait vaguement ridicule, mais elle ne voulait pas retourner se coucher avant de s'être assurée que tout était bien fermé.

Après avoir vérifié les fenêtres du salon, elle passa dans l'entrée. Elle se demandait quelle serait sa réaction si un intrus s'y trouvait. Mais l'entrée était aussi déserte que le reste de la maison. Et la porte était fermée. Mais la barre de sécurité n'était plus en place.

Emmanuelle comprit aussitôt que quelqu'un s'était bel et bien introduit dans la maison. Et que ce qui l'avait réveillée, c'était le bruit de la barre qu'on soulevait, pour que l'inconnu puisse s'éclipser discrètement en se contentant de tirer le battant derrière lui.

15

Tôt, le lendemain matin, Emmanuelle emprunta une jument à l'un de ses voisins et quitta la ville en direction des bayous, dans l'intention de rendre visite à ce fameux roi vaudou dont on prétendait qu'il était capable de prédire l'avenir.

La jeune femme n'avait pas été élevée au milieu des chevaux, comme Philippe. Mais durant les premiers mois de leur mariage, il lui avait appris à monter, de même qu'il lui avait appris tant d'autres choses. C'est sans doute pourquoi, tout naturellement, elle se surprit à penser à lui alors qu'elle atteignait les premiers champs de canne à sucre, en lisière de la ville.

La nuit précédente, dès qu'elle s'était aperçue que la porte n'était plus barrée, Emmanuelle s'était précipitée dans la chambre de Rose, qu'elle avait trouvée tranquillement endormie dans son lit.

— Mais comment est-ce possible ? avait demandé celle-ci, incrédule, quand elle lui avait raconté sa découverte. Comment quelqu'un a-t-il pu pénétrer dans la maison ? Et pour y faire quoi ?

Les deux femmes avaient entrepris de fouiller la maison à la recherche d'un quelconque indice trahissant le passage de l'intrus. Sans succès.

— Je ne vois qu'une explication plausible, avait conclu Emmanuelle, alors qu'elles buvaient une tasse de chicorée dans la cuisine. Notre visiteur sera entré dans la journée, à un moment où la porte n'était pas fermée, et il aura attendu que nous soyons tous endormis pour ressortir.

— Eh bien, vous savez quoi ? déclara Rose. À partir de maintenant, je verrouillerai la porte en permanence. Et demain matin, je commencerai par jeter toute la nourriture contenue dans cette maison. Quelle que soit la raison pour laquelle ce type est entré ici, je suis sûre que ce n'était pas pour de bons motifs.

Emmanuelle doutait que l'intrus ait eu dans l'idée de les empoisonner. S'il avait voulu leur mort, le plus simple aurait encore été de les tuer dans leur lit.

— Toi qui fréquentes les marchés, Rose, qu'est-ce qu'on raconte sur ces morts mystérieuses ? voulut savoir la jeune femme.

— Oh, pour ça, les langues vont bon train ! admit Rose. Mais personne ne sait rien de précis.

— Et que disent les gens ?

Rose détourna le regard.

— Des fariboles.

Emmanuelle se pencha vers son amie.

— Dis-moi, Rose.

Cette dernière exhala un soupir.

— Bon, d'accord. Certains prétendent que c'est M. Philippe qui est derrière tout ça. Qu'il ne serait pas mort dans les bayous, comme le pensent les Yankees. Qu'il en aurait réchappé, mais qu'il aurait perdu l'esprit.

Emmanuelle serrait si fort sa tasse entre ses mains qu'elle craignit de la briser.

— Quoi d'autre ?

Rose haussa les épaules.

— C'est à peu près tout. Enfin, il y en a aussi pour prétendre que c'est le docteur anglais, ou le jeune allemand qui a perdu un pied, mais là, c'est juste des préjugés, parce qu'on les trouve pas comme tout le monde.

Emmanuelle avait hoché la tête en silence, mais une idée venait de germer dans son esprit, qui ne cessa de l'obséder durant les longues heures d'insomnie qui suivirent l'incident. À l'aube, elle avait pris sa décision : elle irait rendre visite à Papa John. Certes, elle se trouvait un peu ridicule, car si elle respectait la science de Papa John en matière de plantes médicinales, elle n'avait jamais vraiment cru en ses pouvoirs divinatoires. Mais Henri, lui, y croyait.

Alors qu'elle arrivait en vue de la clairière où se dressait la curieuse hutte, elle essaya de se persuader qu'elle n'était venue que parce que Papa John connaissait beaucoup de monde, et que tous ces gens se confiaient volontiers à lui. Mais tout au fond d'elle-même, elle savait que ce n'était pas l'unique raison. Qu'aurait pensé Philippe en la voyant ? songea-t-elle. Lui non plus ne croyait pas aux pouvoirs du vieux sorcier.

Ce dernier était assis à une table installée dans la clairière, sur laquelle était posée une coupe en bois remplie de coquillages.

— Je parie que vous allez me dire que vous attendiez ma visite, ironisa-t-elle en descendant de sa monture

Le vieil homme éclata de rire.

— Je vois que vous êtes toujours aussi sceptique.

— Je suis là, non ? fit valoir Emmanuelle.

Il rit de nouveau.

— Parce que vous pensez que j'ai pu entendre des choses.

La jeune femme attacha les rênes de son cheval à un cyprès avant de rejoindre son hôte.

— Et c'est le cas ?

Il haussa les épaules.

— Rien de bien consistant, j'en ai peur.

Emmanuelle s'assit en face de lui.

— Bon, eh bien, secouez vos coquillages, invoquez vos divinités et dites-moi qui est derrière tout cela.

— Malheureusement, ce n'est pas aussi simple.

— Essayez quand même.

Papa John lui tendit la coupe remplie de coquillages.

— Tenez-la bien dans vos mains. Et videz votre esprit de tout ce qui n'est pas votre préoccupation principale.

Emmanuelle s'empara de la coupe. Elle se sentait à la fois stupide et pleine d'espoir. La coupe était étrangement froide et vibrait d'une énergie qui l'effraya un peu.

— À présent, fermez les yeux, secouez les coquillages et posez votre question.

La jeune femme s'exécuta et ne rouvrit les yeux que lorsqu'elle sentit le vieillard lui retirer la coupe des mains. Il la secoua alors à son tour, entonnant un chant lancinant, mélange d'incantations vaudoues, de psalmodies africaines et d'implorations mystiques. Emmanuelle, médusée, le vit entrer dans une sorte de transe, et quand il vida brusquement les coquillages sur la table, elle ne put s'empêcher de tressaillir.

À ses yeux, le contenu de la coupe ne formait qu'un assemblage disparate de coquillages, mais Papa John les observait attentivement, sa transe ayant cédé la place à une intense concentration.

— Hmm, murmura-t-il enfin, le front plissé. Quelqu'un est agité par une dangereuse combinaison de passions. La haine et surtout la rage. Une rage noire, dévorante.

— J'aurais pu vous le dire, remarqua Emmanuelle.

Le vieillard leva les yeux et la contempla d'un air amusé.

— Vraiment ?

La jeune femme se sentit rougir, consciente soudain de ses contradictions ; comment pouvait-elle croire en ses propres intuitions et, dans le même temps, douter de celles du vieil homme ?

— Je l'ai senti, expliqua-t-elle. Le soir du meurtre d'Henri.

— Vous êtes-vous sentie visée ?
— Oui.
Il reporta son attention sur les coquillages.
— Hmm, marmonna-t-il de nouveau, après un long silence qui remplit la jeune femme d'anxiété.
— Qu'y a-t-il ? s'enquit-elle, voyant qu'il demeurait muet.
Il désigna un coquillage du doigt.
— Je vois deux menaces. L'une dirigée contre vous. Et l'autre contre quelqu'un que vous aimez.
— Dominic ! s'exclama-t-elle d'une voix aiguë, oubliant son scepticisme. Mon Dieu, il s'agit de Dominic, n'est-ce pas ?
Papa John secoua la tête.
— Je ne sais pas.
La jeune femme se leva si précipitamment qu'elle faillit renverser sa chaise.
— Comment ça, vous ne savez pas ? Qui nous veut du mal ? Pourquoi ne me donnez-vous pas de nom ?
Imperturbable, le vieillard lui montra la table.
— Vous voyez un nom écrit là ?
Emmanuelle agrippa la table.
— Je ne vois que des coquillages. Mais pour vous, ils signifient autre chose.
— Ils ne me disent pas tout, répondit-il calmement. Et c'est aussi bien ainsi.
Emmanuelle s'en voulait à présent de s'être emportée.
— Je suis désolée, s'excusa-t-elle. Vous avez essayé de m'aider, et je n'ai fait que hurler.
Sur ce, elle sortit de son réticule les cigarillos qu'elle avait apportés en cadeau et les déposa sur la table. Papa John ne quittait pas son visage des yeux.
— Nous avons tous besoin de crier, parfois, dit-il doucement.

Emmanuelle retrouva le sourire.
— Merci, murmura-t-elle, avant d'aller détacher sa monture. Vous ne me recommandez pas d'être prudente ? s'étonna-t-elle.
Il se leva à son tour pour la rejoindre.
— Vous l'êtes déjà. Mais…
— Mais quoi ?
Le vieillard flatta l'encolure de la jument.
— Continuez.

— Si tu m'en disais un peu plus ? suggéra Fletcher.
Les deux amis étaient assis à l'une des tables du *Morning Call*, les reliefs de leur petit déjeuner encore devant eux. Des femmes en route pour le marché passaient dans la rue, portant leur panier sur la tête.
— Sur ta relation avec cette jeune veuve dont les amis ont une fâcheuse tendance à mourir de mort violente, précisa le New-Yorkais.
Zach haussa les sourcils.
— Oh, pas de ça avec moi ! continua Fletcher en agitant le doigt sous le nez de son ami. Je vous ai vus ensemble, l'autre jour. Même un aveugle aurait compris qu'il y avait quelque chose entre vous. Il y avait comme des étincelles dans l'air…
Pour toute réponse, Zach éclata de rire. Puis il détourna le regard et se perdit dans la contemplation du petit square, de l'autre côté de la rue, où trônait la statue d'Andrew Jackson.
— Je te rappelle que c'est un *suspect*, poursuivit Fletcher.
— Je n'en suis pas si sûr.
— Tu l'étais, avant.
Zach haussa les épaules.
— Je pense qu'elle en sait plus qu'elle ne veut bien nous dire, mais il fallait s'y attendre, non ? Nous ne sommes pas précisément populaires dans les parages.

— Tu peux me répéter ça ?

Zach s'adossa à sa chaise, les yeux toujours fixés sur le square.

— Je veux que tu envoies des hommes au cimetière Saint-Louis. Qu'ils repèrent toutes les tombes récemment nettoyées et qu'ils se rendent dans les familles concernées. Il faut absolument que nous retrouvions les deux Noirs dont le gardien nous a parlé. Ils ont peut-être vu quelque chose.

Fletcher sortit son carnet et griffonna quelques mots avant de redresser la tête, l'air songeur.

— Tu te rappelles que tu m'avais demandé d'enquêter sur Philippe de Beauvais ?

— Oui. Et qu'as-tu trouvé ?

— J'ai d'abord supposé qu'il s'était engagé dans le corps médical des confédérés et qu'il avait trouvé la mort sur un champ de bataille. En réalité, après que nous avons pris la ville, il s'est porté volontaire pour faire sortir une partie de l'or des sudistes par les bayous afin de le mettre en lieu sûr. Il n'y est pas parvenu.

— Quoi qu'il en soit, il est mort en héros.

— Oui. Et c'était d'ailleurs très inattendu de sa part.

— Explique-toi ?

— Le mari de la jolie veuve avait un côté sombre.

— Qui n'en a pas ?

Fletcher secoua la tête.

— Pas à ce point. Beauvais aimait un peu trop l'absinthe et le jeu. Et surtout, il fréquentait les bordels les plus épouvantables de la ville. Comme cet établissement de Old Levee Street, qui propose de très jeunes filles – et de très jeunes garçons – à de riches pervers.

Presque au pied de la statue de Jackson, une indienne venait d'étendre une couverture sur le sol pour y disposer des légumes. Zach l'observait pensivement.

— Apparemment, c'était le genre d'homme à mourir d'une flèche en plein cœur. Ou empoisonné. Si c'était lui notre victime, toute cette histoire commencerait à avoir un sens.

— Ah oui? Eh bien, écoute ça: Beauvais n'a pas été surpris par hasard dans les bayous. Quelqu'un nous avait informés de son expédition.

— Qui?

— Je ne le sais pas encore, avoua Fletcher, qui fit crisser sa chaise sur le carrelage en se levant. Mais j'ai comme l'impression que Philippe de Beauvais est à rajouter sur la liste. Ce qui nous fait déjà trois victimes. Et mon sentiment, c'est que l'hôpital Santerre est décidément un endroit malsain, et dangereux.

Zach passa le reste de la matinée et une grande partie de l'après-midi à superviser la distribution de rations alimentaires aux plus démunis. Mais quelque chose le taraudait, tels ces vieux airs dont on cherche à se rappeler les paroles. Finalement, il laissa à l'un de ses adjoints le soin de terminer à sa place et partit à la recherche d'Antoine Latouche.

Cela lui prit un certain temps, mais il finit par le dénicher dans un des cabarets de la rue de Old Levee Street, assis dans un recoin sombre, devant une bouteille de cognac. Le mur, derrière lui, était recouvert d'un papier peint déchiré qui disparaissait sous la crasse. Quelqu'un avait tenté de dissimuler les parties les plus abîmées en collant par-dessus des représentations bon marché de figures saintes. Il n'y avait qu'à La Nouvelle-Orléans qu'on trouvait pareil mélange des genres!

Dès qu'il vit Zach, Latouche, qui s'apprêtait à se resservir un verre, suspendit son geste et esquissa un sourire.

— Tiens donc? Que me vaut l'honneur de votre visite, major?

La salle empestait la sueur, l'alcool et le tabac.

— J'aimerais vous parler, fit Zach.

Latouche lui fit signe de s'asseoir.

— Vraiment ? Eh bien, parlez-moi.

Il était encore tôt, mais l'établissement était déjà rempli de clients à demi ivres.

— Étant donné le sujet, je pense que vous préférerez un endroit plus discret, fit valoir Zach.

Latouche s'essuya le front du dos de la main.

— Ah ! Claire...

Il soupira et son regard s'arrêta sur la bouteille qu'il avait toujours à la main.

— Vous avez raison, l'endroit n'est pas idéal.

Il emporta la bouteille avec lui. Dehors, le soleil était encore assez haut, mais comparé à l'atmosphère étouffante du cabaret, l'air semblait presque frais et vivifiant. Latouche désigna le ciel bleu.

— Je pensais qu'il était plus tard que cela.

— Depuis quand êtes-vous dans cet endroit ?

Latouche haussa les épaules.

— Je n'en sais trop rien.

— Vous étiez proche de votre sœur ?

— Pas du tout, avoua-t-il avec un petit rire sans joie. Si vous pensez que je bois parce qu'elle est morte, vous vous trompez. Les regrets sont tellement pathétiques, vous ne trouvez pas, major ?

— Si vous le dites.

Ils se dirigèrent vers le fleuve.

— Saviez-vous que votre sœur était intimement liée à un homme ? reprit Zach.

Latouche, qui venait de porter la bouteille à ses lèvres, faillit s'étrangler de rire.

— Comme c'est délicatement formulé, major ! Seriez-vous un homme sensible ? Ou craignez-vous que je ne vous provoque en duel pour avoir osé salir la mémoire de ma sœur ? Je suis encore capable de tirer, vous savez, si je ne peux plus courir.

Zach ne répondit pas et l'autre poursuivit :

— Ma sœur était « intimement liée » à des hommes, comme vous dites, depuis l'âge de quinze ans. Son premier amant fut un jeune ouvrier irlandais plutôt beau gosse. J'ignore qui était le dernier en date.

— Saviez-vous si elle avait une liaison à l'hôpital ?

— C'est ce que j'ai d'abord pensé – l'altruisme n'était pas l'une des principales qualités de Claire. Mais je dois reconnaître que, sur ce point, je l'avais sous-estimée.

— Vos parents étaient-ils au courant ?

Latouche se tourna vers Zach.

— Au courant de quoi ? Que leur fille avait décrété avoir droit à la même liberté sexuelle qu'un garçon ? Je ne pense pas. Mais je peux me tromper. Ils préféraient peut-être simplement fermer les yeux.

— Pourquoi ne l'ont-ils pas mariée ?

— Oh, ce n'est pas faute d'avoir essayé ! Mais elle a refusé. Elle prétendait que tant qu'un mari aurait autant d'autorité sur son épouse qu'un maître sur ses esclaves, elle ne se marierait pas.

Il s'adossa à un pilier et avala une rasade de cognac avant de reprendre :

— Vous pensez quoi, major ? Que nous l'avons tuée parce qu'elle déshonorait la famille ? Je fais dix fois pire qu'elle.

— Mais vous n'êtes pas une femme.

— Non, bien sûr. L'honneur d'une famille repose entre les cuisses de ses femmes, n'est-ce pas ? Suis-je aussi supposé avoir tiré sur le vieux Santerre ? Et pour quel motif, s'il vous plaît ?

Il écarquilla soudain les yeux, avant de partir d'un nouvel éclat de rire, encore plus sonore.

— Non, major, vous ne pensez tout de même pas… ?

Il semblait sincèrement amusé.

— Claire avait des goûts très précis. Elle aimait les hommes jeunes, beaux et très virils.

Le soleil commençait à disparaître derrière les toits et le ciel se teintait de rose, tandis que les passants pressaient le pas pour rentrer dîner.

— Que savez-vous de la mort de Philippe de Beauvais ? lâcha Zach à brûle-pourpoint.

— Philippe ?

Latouche fronça les sourcils et porta à nouveau la bouteille à ses lèvres, visiblement troublé.

— C'est vous qui l'avez tué – vous, les Yankees. Ils ont raconté qu'il était mort sur le coup. Une balle en pleine tête.

— Saviez-vous que quelqu'un l'avait trahi ?

Latouche n'était peut-être pas aussi soûl que Zach le pensait, car il se raidit instantanément.

— Non, je l'ignorais, répondit-il après un silence. Mais c'est une information intéressante.

La nuit tombait à toute allure, à présent. Zach leva les yeux et vit que de gros nuages sombres s'accumulaient rapidement dans le ciel. Un orage se préparait.

— Vous allez être en retard pour la veillée funèbre, remarqua Zach.

— Claire détestait ce genre de cérémonies, rétorqua Latouche.

Il s'apprêtait à avaler une nouvelle rasade de cognac, puis se ravisa.

— Au printemps dernier, il y a eu du barouf, à l'hôpital. Je ne sais pas bien de quoi il retournait, mais je sais en revanche que cela concernait Claire et cet Anglais, le Dr Yardley. Pendant quelques semaines, ça a beaucoup crié. Si vous aviez connu Claire, vous n'auriez pas de mal à l'imaginer. Philippe s'en est mêlé, mais finalement, c'est Santerre qui a réussi à rétablir le calme. Le jeune Allemand, celui qui a perdu un pied, était aussi de la partie. Interrogez-le.

— Hans ?

— Oui, Hans. Saviez-vous qu'il se trouvait avec Philippe, lorsque celui-ci a été tué ? C'est là qu'il a été blessé.

Zach haussa les sourcils.

— Pourquoi me racontez-vous tout cela ?

Latouche eut un vague sourire.

— Vous pensez peut-être que je le fais en mémoire de Claire et là, vous n'avez peut-être pas tort.

— C'était à cause de Mme de Beauvais, n'est-ce pas ? fit Zach doucement. A-t-elle pris part à cette querelle ?

— Pas au début. Mais elle s'est retrouvée impliquée à son tour.

— Pensez-vous qu'elle pourrait être derrière ces meurtres ? s'entendit demander Zach.

— Emmanuelle ? s'étrangla Latouche, avant d'éclater d'un rire franc. Vous n'avez franchement rien compris, major. Si je le pensais, je ne vous aurais certainement pas parlé de cette histoire.

Redevenant soudain sérieux, il ajouta :

— Si je vous ai dit tout cela, c'est parce que j'ai peur qu'elle ne soit la prochaine sur la liste.

La nuit était presque entièrement tombée quand Zach atteignit l'hôpital Santerre. Le premier étage était plongé dans l'obscurité, mais de la lumière filtrait à travers les volets d'une des fenêtres du rez-de-chaussée. Zach poussa la porte et suivit la lumière. Elle le conduisit jusqu'à une petite chambre où il découvrit le Dr Yardley assis près d'un lit dans lequel dormait un enfant noir. À son approche, le médecin leva la tête.

— Je ne m'attendais pas à vous trouver ici, avoua Zach en s'immobilisant sur le seuil.

Yardley eut un soupir accablé.

— Ce pauvre gosse a le typhus. J'ai bien peur que notre hôpital ne ressemble de plus en plus à une maison de charité. La mère est morte il y a une heure, mais je pense que le fils va s'en tirer.

Il se frotta les yeux, puis abandonna son siège et s'approcha de Zach.

— Elle n'est pas là, si c'est Mme de Beauvais que vous cherchez.

— En réalité, j'étais venu voir Hans.

— C'est son soir de repos. Vous le trouverez probablement chez lui, avec sa mère et ses frères, si vous avez vraiment un besoin urgent de lui parler. Ce n'est pas un garçon qui sort beaucoup. Il passe tout son temps libre à aider à la construction d'une église luthérienne, dans le haut de la ville.

— Dans ce cas, c'est à vous que je parlerai. Si vous avez une minute à me consacrer.

— Oh ! Voilà qui me semble inquiétant, ironisa le médecin.

Il jeta un regard à l'enfant endormi, et enchaîna :

— Je dois pouvoir m'autoriser une pause. Mais, franchement, je ne vois pas ce que je pourrais bien vous apprendre.

— Vous saurez peut-être m'expliquer pourquoi un jeune immigré allemand qui travaille comme infirmier aurait pris part à une expédition désespérée pour sortir en fraude l'or confédéré de La Nouvelle-Orléans ?

Yardley se frotta le front.

— Pourquoi ? Voyons voir... Par goût de l'aventure, peut-être. Ou simplement par envie de s'affranchir de sa mère et de ses frères.

Yardley alla se servir un verre d'eau et le vida d'un trait.

— Cela dit, reprit-il, je ne pense pas que l'expédition était aussi « désespérée » que vous semblez le croire. Philippe était né dans les bayous. Il connaissait bien cette région et aurait pu mener la troupe à bon port. Hélas, la malchance a voulu qu'ils croisent la route d'une patrouille yankee.

— La malchance n'y était pour rien, en l'occurrence.

Yardley haussa les sourcils, stupéfait.

— Vraiment ?

— Savez-vous qui aurait pu haïr Philippe au point de souhaiter sa mort ?

— Sans le haïr, beaucoup de gens pouvaient désirer sa perte. Cet or qu'il convoyait devait attirer bien des convoitises.

— Avez-vous eu une liaison avec Claire Latouche ?

Yardley éclata de rire.

— Moi ? Vous plaisantez, major.

— Pas quand il s'agit du meurtre d'une jeune femme, répliqua Zach.

— Peut-être parce que vous ne connaissiez pas la jeune femme en question.

Il sourit.

— Vu les circonstances, la remarque était probablement mal venue, n'est-ce pas ?

— J'ai cru comprendre que vous vous étiez querellé avec elle, au printemps dernier ?

— Qui vous a raconté cela ?

Zach ne put retenir un demi-sourire satisfait.

— Sur quoi portait cette querelle ?

— Votre informateur ne vous l'a donc pas dit ?

— Au risque de me répéter, répondit Zach, avez-vous oui ou non eu une liaison avec Claire Latouche ?

Yardley secoua la tête.

— Si c'est ce que votre informateur vous a dit, alors je crains qu'il – ou elle – ne soit mal informé.

— Mais vous saviez qui Mlle Latouche fréquentait.

Comme l'autre ne répondait pas, Zach l'empoigna et le cloua brutalement au mur qui se trouvait derrière lui.

— Qui ? insista-t-il d'une voix dure. Qui était cet homme ?

L'Anglais ne se départit pas de son sourire, mais une lueur de colère vacilla dans son regard.

— Vous n'avez donc pas deviné, major ? Vous voulez absolument un nom ? Que diriez-vous de celui-ci : Philippe. Philippe de Beauvais.

Zach relâcha Yardley et recula d'un pas. Ce dernier pouvait mentir, bien sûr. Fletcher prétendrait sûrement qu'il mentait. Mais Zach avait l'intuition que ce n'était pas le cas.

— Était-elle au courant ? Mme de Beauvais savait-elle ?

Yardley rajusta sa veste et se lissa les cheveux avant de répondre :

— Que sa meilleure amie couchait avec son mari ? Elle ne le savait pas avant que Claire et moi ayons notre petite dispute.

— Et comment a-t-elle réagi ?

— Elle s'est jetée sur Philippe avec un scalpel. Votre informateur ne vous l'avait donc pas dit ? s'étonna Yardley, l'air faussement innocent.

16

— Pourquoi se sont-ils obstinés à organiser cette veillée funèbre ? grommela Fletcher, alors que Zach et lui approchaient d'Esplanade Avenue. Ils savent pourtant qu'elle détestait ce genre de réunions. Même moi, je le sais.

— C'est la coutume, répondit Zach.

Il leva les yeux vers le ciel. Il faisait trop sombre, à présent, pour qu'on puisse distinguer les nuages, mais il sentait leur présence lourde et menaçante.

— Drôle de coutume, si tu veux mon avis. Boire et manger devant un cadavre !

Zach baissa la tête pour dissimuler un sourire.

— Tu n'as toujours pas retrouvé les deux Noirs du cimetière ?

Fletcher laissa échapper un grognement.

— Sais-tu seulement combien il y a de cryptes dans ce maudit cimetière ? Et nous n'avons même pas idée de ce que ces Noirs étaient venus faire. Si ça se trouve, ils se sont contentés de changer les fleurs.

Zach secoua la tête.

— Ça ne leur aurait pris que cinq minutes. Or, d'après Kessler, ils sont arrivés deux bonnes heures avant Santerre. Et ils ont dû sortir dans la confusion qui a suivi le meurtre, car il ne se souvient pas de les avoir vus repasser la grille.

— À supposer qu'ils aient vu quelque chose, ils ne parleront pas. Les esclaves cultivent l'art de se taire.

Ils abordaient Esplanade Avenue. Fletcher contempla les maisons bordant la rue.

— J'ai comme l'impression que la veuve est en haut de la liste des suspects. Elle s'est débarrassée de son mari en le vendant aux Yankees – autrement dit nous. Après quoi, elle a empoisonné sa maîtresse.

— Cela nous aiderait grandement de savoir qui a trahi Philippe, remarqua Zach d'un ton neutre, refoulant une bouffée de colère qui n'avait rien de professionnelle.

Fletcher eut un reniflement.

— J'y travaille.

Zach gardait les yeux rivés droit devant lui.

— Par ailleurs, Emmanuelle de Beauvais n'avait aucune raison de tuer Santerre.

— Crois-tu ? Réfléchis un peu. Maintenant que Philippe et le vieux docteur sont morts, elle se retrouve propriétaire de l'hôpital.

Zach objecta :

— Elle disait vrai en prétendant que l'établissement est au bord de la faillite. J'ai vérifié. L'immeuble croule sous les hypothèques.

— Eh bien… fit Fletcher en se lissant la moustache pensivement, ça pourrait être Yardley. N'oublie pas qu'il a des dettes. Et d'après ce que j'ai entendu, Santerre et lui ont eu quelques prises de bec après la mort de Beauvais. C'était Philippe qui avait fait engager Yardley. Un type qui jouait, buvait et fumait de l'opium ne devait pas beaucoup plaire au vieux docteur.

Ils étaient presque arrivés, à présent.

— Si tu veux mon avis, reprit Fletcher, l'arbalète et le poison sont des indices importants. Yardley et Mme de Beauvais connaissaient tous deux l'existence du « nécessaire anti-vampires » de Philippe de Beauvais. Et l'un comme l'autre savent préparer du poison.

— On pourrait en dire autant de Papa John.

— Certes. Mais je ne lui trouve aucun mobile. En revanche, Antoine Latouche ferait un bon suspect. Il n'y connaît sans doute rien en matière de poison, mais il aurait pu se procurer la tanaisie auprès de Papa John, et ça lui aurait été très facile de la mélanger au laudanum de sa sœur. Il aurait pu tuer Claire parce qu'elle avait ruiné l'honneur de la famille, et Philippe parce qu'il l'avait séduite.

— Et Santerre ?

— Il était coupable d'avoir laissé faire. Sous son nez, et dans son propre hôpital. Et autre chose : Latouche aurait eu une bonne raison de recourir à l'arbalète, puisqu'il est handicapé. Et n'oublie pas non plus ce détail d'importance : il a été amputé à l'hôpital Santerre. Le hic, c'est que je ne vois pas comment il aurait pu escalader le mur du cimetière.

— Nous ne savons pas si l'assassin a escaladé le mur.

— Comment veux-tu qu'il soit rentré ? Puisque le gardien n'a vu passer personne.

Zach secoua la tête.

— Si tu veux dresser la liste de tous les suspects, n'oublie pas Hans Spears. Il a perdu son pied en accompagnant Philippe de Beauvais dans les bayous. À supposer que ce soit Claire qui les ait trahis, Hans aurait eu une bonne raison de lui en vouloir.

— Mais Santerre ?

— Peut-être qu'il ne visait pas Santerre, mais Mme de Beauvais. Peut-être que, ne sachant pas laquelle des deux femmes les avait trahis, il aura voulu se débarrasser des deux.

Fletcher grommela dans sa moustache.

— Tu plaisantes ! J'essaie d'élaborer des hypothèses plausibles et tu te fiches de moi.

Zach lâcha un rire bref, avant de retrouver son sérieux.

— Il y a un autre suspect possible.

— Qui ?

— Philippe lui-même.

Fletcher haussa les sourcils.

— Mais... il est mort.

— C'est ce que tout le monde prétend. Mais réfléchis un instant. Une arbalète n'est pas une arme facile à manier. Il faut de l'entraînement. À part Philippe, je ne vois personne d'autre capable de s'en servir. De plus, en tant que médecin, il connaissait parfaitement les effets de la tanaisie. Et il était particulièrement bien placé pour savoir que Claire utilisait du laudanum.

Fletcher affichait une expression sceptique.

— Imaginons que ce soit Philippe, on bute toujours sur la même question : pourquoi aurait-il tué Santerre ?

— Même réponse que pour Hans. Peut-être qu'il ne visait pas Santerre, mais sa propre femme.

— Tu y tiens, à ton hypothèse, hein ? Es-tu sûr que ce n'est pas parce que cela éliminerait Mme de Beauvais de la liste des suspects ?

Zach était conscient que son ami épiait sa réaction, mais il préféra ne pas répondre. Du reste, ils étaient arrivés. Les Latouche, comme les Beauvais, habitaient sur Esplanade Avenue. Leur maison était en revanche beaucoup moins bien entretenue ; la façade aurait eu besoin d'un bon coup de peinture, et les buissons qui encadraient l'entrée d'une taille sévère.

— C'est encore pire à la lumière du jour, commenta Antoine Latouche, surgissant du porche plongé dans la pénombre. Mais nous devrions sans doute nous féliciter de notre pauvreté, ajouta-t-il. Butler ne réquisitionne que les maisons en bon état.

— Je ne m'attendais pas à vous trouver là ! fit Zach.

Latouche haussa les épaules. Il s'était rasé et changé, mais il était encore à moitié ivre.

— Je suis venu pour ma mère.

— Alors que faisiez-vous devant la porte ? voulut savoir Fletcher.

Latouche lui accorda un bref regard, puis reporta son attention sur Zach.

— J'espérais que vous viendriez et je vous attendais.

— Pourquoi ? s'étonna Zach. Que se passe-t-il ?

— C'est à cause d'Emmanuelle. Elle est allée rendre visite à un vieil homme malade, rue Poulet, dans le faubourg Marigny. Telle que je la connais, elle va rentrer à pied chez elle. Seule.

— Vous auriez dû l'accompagner.

— Je le lui ai proposé, bien sûr. Mais elle a prétendu que ma place était ici, avec ma famille. À défaut, j'ai au moins pu obtenir qu'elle prenne notre attelage. Le cocher devait l'attendre pour la ramener chez elle, mais elle l'a renvoyé en prétextant qu'elle risquait de rester longtemps et qu'elle ne voulait pas que les chevaux s'impatientent.

Zach contempla la rue alentour, puis le ciel opaque. Un grondement de tonnerre roula sourdement dans le lointain.

— Où puis-je trouver un fiacre à cette heure ?

— Tu n'as pas l'intention d'aller à sa recherche ? intervint Fletcher. Il va tomber des cordes dans trois minutes.

— Par ici, la pluie n'est jamais loin, répliqua Zach à l'instant où les premières gouttes s'écrasaient sur le trottoir.

Une petite pluie fine commençait à tomber quand Emmanuelle quitta le cottage du faubourg Marigny. Elle songea brièvement à prendre un fiacre, mais les rues n'étant pas encore désertes et la famille de son pauvre patient n'ayant pas eu les moyens de la payer autrement qu'en la remerciant avec effusion, elle décida finalement de rentrer à pied.

Elle n'avait pas fait deux cents mètres que la pluie se mit à crépiter violemment sur les pavés. Elle ôta ses chaussures – elle n'avait pas les moyens de gâcher une paire de souliers dans la boue – et continua bravement son chemin.

Lorsqu'elle atteignit le canal, l'averse s'était transformée en trombes d'eau qui avaient vidé les rues de leurs passants. La jeune femme prit soudain conscience qu'elle était seule, en pleine nuit, et un frisson d'effroi lui parcourut l'échine. La frontière était ténue, entre le courage et l'inconscience. Emmanuelle s'aperçut qu'elle l'avait franchie sans s'en rendre compte.

Tout à coup, un fiacre arrivant en sens inverse s'arrêta à sa hauteur. En dépit de la pluie qui ruisselait sur son visage, elle reconnut la silhouette familière, tunique bleue et bottes de cavalerie, qui en jaillit.

— Montez, vite ! lui intima le major Cooper.

Emmanuelle le fixa, interdite, ses chaussures pressées contre sa poitrine tel un bouclier. Si elle brûlait d'envie de grimper dans le fiacre pour échapper au déluge, elle voulait plus que tout demeurer à distance de cet homme.

— Non, merci, répliqua-t-elle en se remettant en route.

— Bon sang, madame ! s'emporta le major, haussant la voix pour couvrir le bruit de la pluie. Je vous rappelle qu'un assassin rôde dans cette ville. Et quand bien même, il pleut des trombes ! Soyez raisonnable.

La pluie avait depuis longtemps traversé les vêtements d'Emmanuelle, la trempant jusqu'aux os, elle continua cependant d'avancer avec l'espoir que, de guerre lasse, le major finirait par remonter dans son attelage et disparaître. C'était bien mal le connaître ! En deux enjambées il fut près d'elle. Il la saisit par le bras, l'obligeant à s'arrêter et à lui faire face.

— Vous êtes totalement inconsciente ! Après tout ce qui s'est passé, vous aventurer seule dans les rues en pleine nuit !

Un coup de tonnerre retentit juste au-dessus de leurs têtes.

— J'ai été voir un malade.

— Mais pourquoi refusez-vous mon fiacre ?

— Vous le savez très bien.

Elle se libéra et s'éloigna en hâte. Il la rattrapa au bout de quelques pas.

— Je suis au courant pour Philippe et Claire, lâcha-t-il.

Elle se retourna si vivement qu'elle faillit glisser sur les pavés mouillés.

— Je ne sais pas de quoi vous parlez.

— Bien sûr que si.

Un nouveau coup de tonnerre l'obligea à se taire un instant, puis il enchaîna :

— Vous m'avez menti. Une fois de plus.

Emmanuelle faillit protester, mais elle comprit que c'était inutile.

— Quelle importance, à présent ? Philippe est mort.

— Ç'a de l'importance, parce que vous m'avez fait perdre mon temps.

— Je m'en doute. Votre temps aurait sans doute été beaucoup mieux employé à expulser des veuves et des orphelins ou à confisquer des richesses que des gens ont mis toute une vie à amasser.

— Ne recommencez plus ce petit jeu avec moi, articula-t-il d'une voix furieuse en se penchant vers elle. Quand je vous ai demandé avec qui couchait Claire Latouche, vous m'avez répondu que vous ne le saviez pas.

Il s'exprimait crûment, sans prendre de gants. De toute façon, cela n'avait jamais été de mise entre eux.

— Qu'est-ce que vous vous imaginez ? rétorqua Emmanuelle. Que j'ai tué Claire parce qu'elle couchait avec mon mari ?

Elle eut un rire qui se voulait moqueur.

— La moitié de la ville a couché avec Philippe.

— C'est pour cela que vous faisiez chambre à part ?

Elle en avait trop dit, et elle se le reprocha aussitôt. Cette conversation avait pris un tour trop explicite, trop personnel. Sans un mot, elle tourna les talons, s'éloigna en direction du pont qui enjambait le canal.

— Bon sang, Emmanuelle ! cria-t-il. Si cela vous importait si peu, pourquoi vous êtes-vous jetée sur lui avec un scalpel ?

La jeune femme se figea sur place, comme il l'espérait. Puis elle pivota, lentement cette fois.

— J'étais en colère, répondit-elle en s'efforçant de maîtriser sa voix. Du reste, je ne me suis pas vraiment « jetée » sur lui.

Un demi-sourire amusé flottait sur les lèvres du major. Emmanuelle se demanda s'il s'était rendu compte qu'il venait de l'appeler pour la première fois par son prénom.

— Qu'avez-vous fait exactement ? demanda-t-il.

Malgré elle, et malgré les circonstances, elle faillit lui rendre son sourire.

— J'ai agité le scalpel sous son nez en le menaçant de lui couper une certaine partie de son anatomie.

Il s'avança vers elle. Son sourire avait disparu, il la fixait avec un regard intense, pénétrant.

— Saviez-vous que quelqu'un avait trahi Philippe ?

Emmanuelle sentit un frisson glacé lui vriller l'échine.

— Je n'en étais pas certaine, avoua-t-elle, mais je le soupçonnais. J'avais du mal à croire à la rencontre fortuite avec une patrouille.

Les yeux rivés sur le visage de l'homme qui lui faisait face, elle tentait de déchiffrer son expression, de deviner ce qu'il pensait d'elle.

— Vous avez aussi l'intention de m'accuser de cela ? reprit-elle.

Il secoua la tête.

— Le scalpel est davantage votre style.

Il regarda brièvement le ciel et cligna des yeux.

— À présent, allez-vous vous décider à monter dans ce fiacre ? ajouta-t-il.

— Non.

Il eut un soupir d'exaspération, puis se détourna. Emmanuelle crut qu'il allait l'abandonner à son sort, mais il se retourna brusquement.

— Quand vous déciderez-vous à comprendre que votre vie est menacée ? s'emporta-t-il. Les uns après les autres, tous ceux qui ont un lien avec l'hôpital Santerre connaissent une mort violente. D'abord Philippe, puis Henri Santerre et enfin Claire Latouche. Il ne reste plus que deux noms sur la liste, Yardley et vous – à moins que l'assassin ne veuille aussi s'en prendre aux infirmiers, auquel cas Hans, Rudolph et les autres sont également en danger.

Un silence pesant tomba entre eux – un silence comblé par le martèlement de la pluie et les battements du cœur d'Emmanuelle.

— Je vis avec la menace de la mort jour après jour, lui rappela-t-elle. Chaque fois que je soigne un patient atteint du typhus ou de la fièvre jaune, je sais que je cours le risque d'être contaminée.

Zach serra les dents.

— Je n'ai jamais douté de votre courage. Uniquement de votre bon sens.

Si Emmanuelle nourrissait quelque vanité, c'était justement à propos de son bon sens, et de son intelligence. Mais dans ce monde, les hommes prenaient prétexte d'un manque de bon sens inhérent aux femmes – plus encore que d'une supposée faiblesse physique – pour leur refuser en bloc le droit de voter, de gérer leurs biens, d'étudier et d'exercer certaines professions, telles que la médecine.

Aveuglée par la pluie et la colère, la jeune femme fit volte-face, hélas, un peu trop vivement. Elle glissa, battit des bras pour garder l'équilibre. L'une de ses chaussures lui échappa et retomba au bord de l'eau.

— Mon Dieu ! s'exclama-t-elle, tandis que Zach lui attrapait le coude pour la retenir. Ma chaussure !

— Ne bougez pas. Je vais la chercher.

La jeune femme voulut l'en empêcher.

— Non ! Ça n'en vaut pas la peine. Vous risquez de glisser.

Il lui décocha un sourire espiègle par-dessus son épaule.

— Je sais nager.

— Je n'en doute pas, major. Mais je ne pense pas que ce soit le moment de tomber dans ces eaux qui grouillent de microbes. Je vous rappelle que votre blessure n'est pas encore cicatrisée.

— Je ne tomberai pas, assura-t-il.

Emmanuelle le regarda s'approcher avec précaution de la berge, puis se pencher pour se saisir de la chaussure. Au même moment, elle aperçut un tronc d'arbre, sans doute déraciné par un précédent orage, qui dérivait en direction de Zach. Elle lui cria de faire attention, mais sa voix se perdit dans le fracas de la pluie. Tout se passa très vite. L'une des branches de l'arbre heurta Zach à la jambe. N'ayant rien à quoi se raccrocher à proximité, il tomba la tête la première dans le canal. Une grande gerbe d'eau accompagna sa chute. Quand Emmanuelle put distinguer à nouveau la surface des flots, elle ne distingua que son chapeau qui surnageait, ballotté par les vagues.

17

Le canal, à cet endroit, n'était pas profond. Deux secondes plus tard, le major sortait la tête de l'eau, pestant et crachant.

Emmanuelle se précipita vers lui alors qu'il se hissait déjà sur la berge.

— Faites attention, l'avertit-il. Parce que si vous tombez là-dedans, je n'irai pas vous chercher.

Elle s'immobilisa près de lui, puis fit un pas en arrière. L'eau boueuse qui lui dégoulinait de la tête aux pieds dégageait une odeur nauséabonde.

— Vous avez perdu votre chapeau, risqua-t-elle, se retenant à grand-peine d'éclater de rire à la vue du spectacle qu'il offrait.

Il leva les yeux sur elle et brandit son maudit soulier en déclarant d'un air triomphant :

— Mais j'ai votre chaussure.

Emmanuelle ne put se contenir davantage. Son rire fusa, clair et joyeux, et bientôt celui du major lui fit écho, plus grave. Elle riait si fort qu'elle dut se courber en deux. Puis leurs regards se croisèrent, et leur hilarité s'apaisa peu à peu.

— Cette fois, allez-vous monter dans mon fiacre ? demanda-t-il sans la quitter des yeux.

Emmanuelle monta dans le fiacre.

La porte de la salle de bains n'était que poussée, aussi s'ouvrit-elle quand Emmanuelle frappa au battant, trois quarts d'heure plus tard.

— Major ? appela-t-elle.

Elle l'avait conduit là, dans la pièce d'eau contiguë à la chambre de Philippe, avant d'aller elle-même se changer et s'assurer que Dominic dormait tranquillement. À présent, elle revenait avec le nécessaire pour refaire son pansement.

— Vous pouvez entrer, fit-il.

Elle s'exécuta, et découvrit le major devant le lavabo. Il portait en tout et pour tout une serviette nouée autour des hanches. Des gouttes d'eau scintillaient encore sur son dos et ses épaules. Il leva la tête à son entrée et une petite flamme s'alluma dans son regard. Le genre de lueur qui fit regretter à la jeune femme de ne pas avoir pris le temps d'arranger sa coiffure et de revêtir autre chose qu'un simple peignoir.

Il la suivit des yeux tandis qu'elle déposait le plateau qu'elle tenait entre les mains sur une commode.

— Jolie pièce, observa-t-il en désignant d'un geste ample les murs recouverts de carreaux de faïence, la baignoire en cuivre et le lavabo assorti.

— Elle servait à Philippe, expliqua-t-elle.

Elle s'empara d'une des compresses qu'elle avait apportées et l'imbiba de phénol. Ce faisant, elle renversa un peu de liquide sur le plateau et s'aperçut alors que ses mains tremblaient. Elle reposa la bouteille avec brusquerie.

— Asseyez-vous là, ordonna-t-elle en lui montrant la longue table en bois qui occupait le centre de la pièce.

— À quoi sert cette table, exactement ? voulut-il savoir.

— Aux massages.

Zach plissa les yeux.

— Je parie que Philippe était un hédoniste, commenta-t-il en se hissant sur la table. Il devait aimer les plaisirs de la vie.

— Il y a tout de même quelques-uns des sept péchés capitaux qu'il ne s'est pas permis, répliqua-t-elle. Mais très peu.

Elle se pencha sur sa blessure et fut surprise de constater que la cicatrisation était déjà en bonne voie.

— Vous avez de la chance que ce plongeon forcé n'ait pas arraché vos points de suture.

Sur ce, elle appliqua le linge imbibé de phénol sur la plaie. Zach tressaillit.

— Seigneur, qu'est-ce que c'est que ce truc ?

— Un antiseptique.

Elle ôta la compresse, commença à se détourner, puis, comme prise d'une inspiration subite, lui fit face de nouveau.

— Je pense qu'il faut que vous sachiez quelque chose, lâcha-t-elle tout à trac.

— Quoi ?

— Hier, quelqu'un s'est introduit chez moi et en est ressorti pendant la nuit. J'ignore son identité. Un bruit m'a réveillée, et quand je suis descendue au rez-de-chaussée, je me suis aperçue que la barre qui condamne la porte d'entrée n'était plus en place.

Il se raidit.

— Êtes-vous certaine qu'il ne s'agissait pas d'un oubli ?

Elle hocha la tête.

— Je l'avais mise en place moi-même avant de monter me coucher. Rose a jeté tout ce qu'il y avait dans la cuisine. Elle pense que l'intrus cherchait à nous empoisonner.

— Ce n'est pas votre avis ?

— Non.

— Et vous ne savez vraiment pas qui ça peut être ?

— Non.

Elle entreprit de préparer un onguent à base de plantes.

— Vous me croyez ? risqua-t-elle, le dos tourné.

Il répondit à sa question par une autre question :

— Parlez-moi de cette querelle du printemps dernier. Entre Claire, Philippe et Yardley.

Elle se retourna avec lenteur.

— Racontez-moi, insista-t-il, son regard sombre et pénétrant rivé au sien.

La jeune femme soupira.

— Très bien.

Elle revint vers Zach et commença d'appliquer l'onguent sur sa blessure. Elle gardait les yeux baissés. Elle se sentait incapable de lui faire ce récit en croisant son regard.

— Je me trouvais dans la salle qui nous sert pour les dissections quand je les ai entendus se disputer.

— Claire et Yardley ?

— Oui. Tenez ça, dit-elle en désignant la compresse.

La main de Zach se posa sur la sienne, chaude et légèrement calleuse. Elle se libéra et attrapa une bande.

— Au début, je n'y ai pas prêté particulièrement attention, mais ils étaient dans le bureau d'Henri et, avec les fenêtres ouvertes, n'importe qui aurait pu les entendre. Je suis allée le leur signaler.

— Avec votre scalpel à la main ?

— Oui.

Elle lui jeta un bref coup d'œil, puis entreprit d'enrouler la bande autour de son torse.

— Mais ce n'était pas intentionnellement, précisa-t-elle.

La pluie, qui tombait toujours, tambourinait contre les vitres.

— Avant de les rejoindre, je n'avais pas saisi le motif de leur querelle.

— Que saviez-vous sur Claire, avant cet épisode ?

— J'ignorais qu'elle avait une liaison avec Philippe, si c'est à cela que vous faites allusion. En revanche, je savais qu'elle voyait des hommes. Elle avait déjà eu plusieurs liaisons, la plupart de très courte durée. Je suppose qu'elle pensait qu'il en irait de même avec Philippe.

— Mais ça n'a pas été le cas ?

— Non. Elle est tombée amoureuse de lui.

Emmanuelle avait terminé son pansement. Elle s'écarta d'un pas, son regard rencontra celui de Zach. Le tonnerre grondait encore, au loin. Elle se demanda comment c'était arrivé, à quel moment ils avaient atteint un tel degré d'intimité, qu'ils puissent parler aussi librement de ces choses.

— Vous ne lui en avez pas voulu ?

— D'aimer Philippe ? Pourquoi lui en aurais-je voulu ? Moi aussi, à son âge, j'étais tombée amoureuse de lui.

— Mais vous n'aimiez pas savoir qu'elle couchait avec lui.

— Non, c'est vrai, avoua-t-elle, la gorge brusquement serrée.

Pour dissimuler son émotion, elle s'activa soudain, rassemblant compresses et bandages. La voix de Zach lui parvint, basse, insistante :

— Pourquoi se disputait-elle avec Yardley ?

Emmanuelle serra le flacon d'onguent dans sa main, au bord de la panique. Le major fouillait patiemment dans sa vie privée pour en débusquer tous les secrets et les mensonges derrière lesquels elle s'était si longtemps abritée. Elle se sentait si vulnérable, tout à coup, ainsi exposée. Mais il était trop dangereux de révéler certains secrets, surtout au prévôt d'une armée d'occupation.

— Yardley et Philippe étaient très amis, expliqua-t-elle, s'efforçant de conserver un ton détaché en dépit de sa peur. Ils partageaient les mêmes... goûts.

Claire avait découvert, je ne sais trop comment, qu'ils étaient allés ensemble dans un certain cabaret de Old Levee Street.

Elle s'interrompit, craignant d'en avoir trop dit.

— Vous connaissez cet endroit ?

— J'en ai entendu parler, confirma Zach.

Emmanuelle s'approcha du lavabo pour se laver les mains. Il fallait qu'elle fasse quelque chose, n'importe quoi, pour ne pas avoir à le regarder.

— Le problème, reprit-elle, c'est que Claire n'était pas seulement tombée amoureuse de Philippe. Elle avait commis l'erreur de penser qu'il l'aimait également et qu'il lui serait fidèle. Quand elle a découvert qu'il s'était rendu dans ce... cet établissement, elle a rejeté la responsabilité sur Yardley. Je suppose qu'il lui était plus facile de blâmer Yardley que Philippe.

Emmanuelle était consciente de la présence du major derrière elle, de l'attention avec laquelle il écoutait ce récit incroyablement intime, dans lequel elle lui révélait des choses dont elle n'avait jamais parlé à quiconque auparavant.

— À quelle époque Philippe a-t-il emménagé ici, dans cette garçonnière ? s'enquit-il.

Elle agrippa le rebord du lavabo. Il lui était de plus en plus difficile de conserver une attitude froide et détachée, pourtant, elle essayait de toutes ses forces.

— Il y a longtemps. Bien avant sa liaison avec Claire. Cela fait onze ans à présent. Quand j'ai découvert pour la première fois que Philippe m'était... infidèle.

— Vous avez dû souffrir.

Elle se risqua à lui faire face, surprise par ses paroles, et plus encore par la douceur de son ton.

— En effet. Au début, j'ai cru que je parviendrais à le changer.

Elle voulut rire, mais son rire sonna horriblement faux.

— Puis j'ai réalisé qu'il ne changerait jamais. Qu'il ne m'aimait pas assez pour cela. Et ce fut plus douloureux que tout le reste.

— Mais alors, pourquoi le menacer d'un scalpel au bout de onze ans d'infidélité ?

Emmanuelle s'écarta du lavabo.

— J'ai perdu mon sang-froid, je suppose. Philippe et moi avions passé une sorte de contrat. Il était libre de faire ce qu'il voulait, à condition de me laisser tranquille et d'être discret.

— Et là, il n'était plus vraiment discret...

— C'est le moins qu'on puisse dire.

Le menton fièrement levé, elle s'approcha de lui et le regarda droit dans les yeux, le mettant au défi de se moquer d'elle.

— Cela vous choque, n'est-ce pas, que j'aie pu passer un tel arrangement avec mon mari ?

Le visage du major demeurait impénétrable.

— Vous auriez pu divorcer. C'est peut-être scandaleux, mais c'est parfois la seule solution.

La jeune femme secoua la tête.

— Pas dans mon cas.

— Parce que vous êtes catholique ?

— Parce que j'aurais perdu Dominic. Vous savez ce que dit la loi : les enfants appartiennent au père. J'étais prête à tout pour garder mon fils.

Elle s'interrompit, réalisant soudain les implications de ses paroles.

— J'imagine que tout cela constituait un excellent mobile pour tuer Claire ?

— En effet.

S'engouffrant par la fenêtre entrouverte, une brusque bourrasque de vent fit grincer la porte sur ses gonds. Emmanuelle se dirigea vers la fenêtre pour la fermer. La main sur la poignée, elle suspendit son geste et resta plantée là, le regard perdu dans la nuit.

— Les premiers temps, j'étais très en colère contre Claire, avoua-t-elle. Mais je ne pouvais pas vraiment lui en vouloir. Elle était si jeune ! Elle n'avait que dix-huit ans. Et elle savait que Philippe et moi faisions chambre à part. Antoine le lui avait dit, un jour qu'il était ivre. Claire en avait déduit que je ne serais pas jalouse.

— Mais vous l'avez été quand même ?

Elle haussa les épaules.

— Certainement pas autant qu'une épouse légitime aurait été en droit de l'être. Et en tout cas, pas au point de vouloir tuer Claire, ou Philippe.

Elle lui jeta un regard par-dessus son épaule, et ajouta :

— Je devine ce que vous pensez. Que j'ai trahi Philippe, pour m'en débarrasser, et qu'ensuite, j'ai supprimé Claire. C'est bien cela ?

— Ça pourrait coller, en effet. S'il n'y avait la mort d'Henri Santerre.

Elle se frotta la nuque d'une main lasse, puis pivota.

— Peut-être que j'avais une bonne raison de vouloir qu'Henri disparaisse. Une raison que vous n'avez pas encore découverte.

Il glissa souplement de la table et s'approcha d'elle sans cesser de la dévisager. Ses mouvements, sa démarche, tout dans son allure dénotait le guerrier. Avec ou sans uniforme.

— Et comment auriez-vous fait pénétrer l'arbalète dans le cimetière ? Les flèches, encore, je veux bien. Vous auriez pu les dissimuler sous vos jupons. Mais l'arbalète entière, ça me semble difficile.

— J'aurais pu la cacher derrière une tombe un peu plus tôt.

— Certes. Mais pourquoi vous donner cette peine, alors qu'il aurait été si simple d'empoisonner Henri ? Ou de le poignarder ? Quelqu'un comme vous, qui maîtrise l'art de la dissection, sait où frapper.

— Dans ce cas, j'aurais pu en faire autant avec Philippe. Si j'avais été capable de me débarrasser d'Henri et de Claire, pourquoi ne pas l'avoir tué moi-même ?

Le major la surprit en levant la main pour écarter une mèche de son visage. Son geste fut d'une telle douceur qu'elle ne songea même pas à s'y soustraire.

— C'est à cause de lui, n'est-ce pas, que vous n'êtes jamais retournée en France pour étudier la médecine ?

Sa voix aussi était douce, ce qui acheva de la déconcerter.

— Oui, murmura-t-elle.

Il avait toujours la main dans ses cheveux. Elle sentait la chaleur de sa paume contre sa joue.

— Pendant des années, j'ai rêvé d'être médecin. Puis j'ai rencontré Philippe, et il est devenu toute ma vie. Je ne pouvais imaginer l'avenir sans lui, ajouta-t-elle avec un sourire triste.

— Alors, vous avez renoncé à tout le reste.

Il avait glissé les deux mains dans ses cheveux, à présent, et les soulevait avant de les laisser cascader entre ses doigts.

— Vous avez renoncé à tout pour lui, reprit-il. Mais lui n'a renoncé à rien pour vous.

— Encore une bonne raison de le tuer...

Leurs regards se verrouillèrent et le temps parut soudain se suspendre. Dans le silence qui suivit, la jeune femme enroula les doigts autour du poignet de Zach et le tira lentement vers le bas, jusqu'à ce que sa main frôle son sein droit à travers le tissu de son peignoir. Elle ne put retenir un imperceptible gémissement.

— Dites-moi, major, souffla-t-elle, comment pouvez-vous tout à la fois me suspecter de meurtre et me désirer ?

Il emprisonna son sein dans sa paume et cette simple caresse lui fut un tel bonheur qu'elle en frissonna.

— Je ne sais pas, reconnut-il d'une voix sourde. Mais je vous désire, c'est vrai.

Emmanuelle sentait son cœur tambouriner délicieusement dans sa poitrine ; sa respiration s'était brusquement accélérée. Zach soutint son regard un long moment, comme s'il attendait qu'elle recule et mette fin à ce qui menaçait de se produire. Voyant qu'elle ne bougeait pas, il inclina légèrement la tête, une main toujours sur son sein, l'autre enfouie dans sa chevelure, et l'attira à lui pour capturer ses lèvres.

Son baiser fut sans douceur. Le baiser d'un homme affamé, qui succombe à un besoin urgent, irrépressible. Emmanuelle s'y abandonna totalement. Elle noua les bras à son cou, se pressa instinctivement contre lui, si près, et cependant trop loin encore à son goût.

Spontanément, elle leva la jambe, l'enroula autour de lui. Il glissa aussitôt la main sous sa cuisse, remonta sous son peignoir en une caresse qui la fit gémir de désir.

Leurs langues se mêlaient avidement, tandis qu'il laissait courir ses mains sur son corps, pétrissant ses seins, qu'il avait dénudés, lui agrippant les hanches pour la plaquer contre lui. Ivre de désir, le souffle court, Emmanuelle en réclamait davantage. Elle brûlait d'envie de sentir le poids de ce corps d'homme sur elle. Brûlait de le sentir en elle. Ce qu'elle ressentait à son contact était si puissant, si primaire que tout à coup elle prit peur et trouva la force de s'arracher à ses lèvres.

Les mains toujours crispées sur ses hanches, il plongea son regard dans le sien.

— Vous commencez à penser que c'était une erreur, fit-il d'une voix rauque.

— Vous savez bien que c'en était une, répliqua-t-elle, haletante.

Un étrange sourire doux-amer étira les lèvres de Zach.

— Vous avez sans doute raison, lâcha-t-il finalement. Mais je ne pensais pas que vous respectiez toujours les règles.

Il lui caressa la joue, et elle le laissa faire, parce que ses caresses étaient merveilleuses et qu'elle en avait si follement envie.

— Il reste des vêtements de Philippe dans sa chambre, dit-elle.

Elle recula lentement, luttant contre la puissante et dangereuse attraction que cet homme exerçait sur elle.

— N'hésitez pas à vous servir.

Les pupilles du major étaient encore dilatées de désir.

— Emmanuelle… murmura-t-il en esquissant un pas vers elle.

Mais elle était déjà sur la galerie, ses cheveux flottant dans son dos, ses pieds nus effleurant à peine le sol tandis qu'elle courait se réfugier dans sa chambre.

Zach demeura un long moment immobile devant la porte-fenêtre ouverte. Avec l'orage, l'air avait fraîchi et il en aspira une longue bouffée pour tenter de calmer le violent désir qui continuait de faire rage en lui. Pour s'empêcher de céder à cet instinct primitif qui lui commandait de courir après la jeune femme, de l'allonger sous lui et de la posséder comme il savait qu'elle rêvait de l'être.

À contrecœur, il tourna le dos à la nuit et, attrapant la lampe sur la commode, se décida à passer dans la chambre. Philippe de Beauvais n'était mort que depuis trois mois, mais la pièce avait déjà un air d'abandon. Elle sentait le renfermé, en dépit du léger parfum de cuir et de tabac encore perceptible dans l'air.

Elle était de dimensions modestes, mais meublée avec élégance. Philippe s'était créé un décor raffiné, où les livres reliés de cuir côtoyaient des tableaux choisis avec soin.

Avisant une grande armoire en cèdre, Zach s'en approcha et l'ouvrit. Elle ne contenait aucun vêtement. En revanche, il fut assailli par l'odeur caractéristique du haschich, qui se mêlait aux senteurs musquées du vétiver et au parfum douceâtre de l'opium. Sur l'une des étagères se trouvaient trois têtes humaines réduites – probablement importées des îles du Pacifique –, leurs longs cheveux encadrant leurs visages figés pour l'éternité en une grimace terrifiante. Juste à côté étaient posés des cordelettes en soie et un fouet dont les lanières de cuir avaient visiblement servi. Il n'était pas difficile d'imaginer quel usage Philippe avait pu en faire.

Zach s'intéressa ensuite aux autres étagères. La collection contenue dans cette armoire lui rappelait les curiosités aperçues chez Papa John, à ceci près qu'aucun de ces objets n'avait de vertu médicinale. Ils avaient été rassemblés dans le seul but de distraire, de choquer – ou d'exciter, pour ceux qui avaient certains penchants morbides. Zach ressentit soudain le besoin pressant de refermer la porte de cette armoire sur les secrets qu'elle contenait. Emmanuelle ne souhaitait sans doute pas qu'il découvre cet aspect de la personnalité de l'homme avec lequel elle avait été mariée durant douze longues années. Il savait pourtant qu'il n'avait pas le choix.

Avec application, il entreprit de dresser l'inventaire systématique des objets contenus dans l'armoire. Il ne savait pas exactement ce qu'il cherchait, mais il ne tarda cependant pas à le découvrir. Sur la dernière étagère, à côté d'une boîte contenant des photographies de très jeunes filles dénudées, il remarqua un coffret en chêne. Dehors, le vent avait fini par tomber et la pluie s'était transformée en bruine. Après la furie de l'orage, ce silence semblait presque surnaturel.

Zach s'empara du coffret et souleva le couvercle, révélant un nécessaire pour se débarrasser des vampires : une croix, une fiole d'eau bénite et une petite arbalète. La boîte avait aussi contenu quatre flèches à embout d'argent ciselé, soigneusement lovées dans leur niche.

À présent, elles n'étaient plus que trois.

18

Une petite pluie fine tombait encore quand Zach quitta la maison de la rue Dumaine. Il resta quelques secondes immobile, sur le trottoir, à écouter les bruits de la ville qui lui parvenaient, assourdis par ce brouillard humide.

Le costume sombre et la chemise blanche qu'il portait avaient appartenu à Philippe de Beauvais. De même que les chaussures et le chapeau. Zach était vaguement troublé de constater qu'il avait les mêmes mensurations que l'homme qui collectionnait des trophées jivaros, des photos de gamines dénudées et un nécessaire pour tuer les vampires. L'homme qui avait été le mari d'Emmanuelle.

Il tenait sous son bras son uniforme trempé, enveloppé dans une toile cirée, ainsi que le coffret en chêne.

Il se demanda ce qu'Emmanuelle savait des goûts particuliers de son défunt mari et du contenu de son armoire. Probablement tout, décida-t-il, puisque c'était elle-même qui lui avait parlé de l'arbalète et de sa disparition après la mort d'Henri Santerre.

Zach se mit en route. Il dut lutter contre l'envie de lever la tête, pour voir si la jeune femme se trouvait à la fenêtre de sa chambre.

L'espace de quelques atroces minutes, lorsqu'il avait découvert l'arme qui avait tué Santerre, Zach avait vraiment cru qu'Emmanuelle lui avait menti. Que ses soupçons étaient fondés et que le désir qu'elle lui inspirait avait altéré son jugement. Elle n'avait cessé de lui mentir depuis le début. Puis il lui était soudain apparu que si elle avait su que l'arbalète était de retour sur l'étagère, elle ne l'aurait jamais laissé seul dans la chambre. Il s'était alors souvenu de ce qu'elle lui avait raconté, à propos de cet intrus qui avait pénétré dans la maison, la veille. Il en avait conclu que celui qui avait dérobé l'arbalète était tout simplement venu la remettre en place, son forfait commis. Il était à la fois furieux et terrifié à l'idée qu'un meurtrier potentiel ait pu s'introduire aussi facilement sous le toit de la jeune femme. Mal à l'aise, aussi, en songeant que s'il avait ordonné la fouille de la maison et qu'on y avait trouvé l'arbalète, il aurait été obligé de condamner la jeune femme, malgré ses protestations d'innocence. Et malgré son propre désir de croire à son innocence.

Il avait atteint le coin de la rue et, cette fois, il s'autorisa un regard en arrière, vers le balcon qu'il supposait être celui de la chambre d'Emmanuelle. Il sentit comme un poids douloureux lui oppresser la poitrine et tenta de s'en libérer en expirant un grand coup. Ce qui s'était passé entre eux ce soir était une erreur. Outre qu'Emmanuelle était veuve de fraîche date, elle était entièrement loyale à une cause qu'il était venu combattre. Et pour couronner le tout, elle se retrouvait impliquée dans une série de meurtres sur lesquels il enquêtait. Mais en dépit de toutes ces bonnes raisons, Zach ne pouvait s'empêcher de la désirer et de se demander ce qui serait arrivé s'il avait tenté de la retenir. Ou s'il l'avait suivie dans cette chambre dont les rideaux de dentelle s'agitaient doucement, comme sous la caresse d'une main invisible.

Perplexe, Fletcher examina l'arbalète sous toutes les coutures.

— Lui as-tu demandé ce que cet objet fabriquait dans la chambre de son mari, alors qu'elle avait prétendu qu'il avait disparu ?

Debout devant la fenêtre de son bureau, Zach observait un jeune métis qui vendait des pastèques sur le trottoir d'en face. Pour une fois, l'orage était venu à bout de la moiteur oppressante qui régnait sur la ville. Le ciel était clair et l'air respirable.

— Pas encore, répondit-il.

Fletcher étudiait toujours l'arbalète.

— Je suppose que tu as de bonnes raisons pour attendre ?

Zach gardait les yeux rivés sur le vendeur de pastèques.

— Oui.

S'il avait suivi Emmanuelle de Beauvais jusque dans sa chambre, la veille, ça n'aurait certainement pas été pour lui parler de l'arbalète. Mais il ne se voyait pas dire cela à Fletcher.

— À ton avis, que signifie cette réapparition miraculeuse du coffret ?

— Que l'assassin cherche à faire porter les soupçons sur Emmanuelle de Beauvais.

— Peut-être. Mais la petite veuve est intelligente. Elle a sûrement remarqué que dès qu'il s'agit d'elle, tu ne réfléchis plus avec ton cerveau. Elle a très bien pu te laisser seul dans cette chambre délibérément, dans l'espoir que tu trouves le coffret, sachant que tu serais prédisposé à croire qu'il avait été rapporté par une tierce personne.

Comme Zach s'était retourné pour lui décocher un regard noir, Fletcher enchaîna sans se démonter :

— Pas la peine de me regarder comme ça ! Je maintiens que ton petit béguin compromet sérieusement cette enquête. Et tu le sais aussi bien que moi.

— Je ne couche pas avec elle, répliqua Zach en ôtant l'arbalète des mains du capitaine.

— Non, mais tu en as sacrément envie. Et ne me dis pas le contraire.

Zach rangea l'arbalète dans le coffret, le referma et le glissa dans un sac de toile.

— Je vais à l'église, annonça-t-il.

Fletcher écarquilla les yeux.

— À l'église ? répéta-t-il, médusé.

— À l'église, confirma Zach sans plus d'explication.

L'église Sainte-Marie de l'Assomption, construite par la communauté luthérienne allemande de La Nouvelle-Orléans, surprit Zach par ses dimensions. Le bâtiment de brique de style vaguement gothique dominait le quartier de toute sa hauteur. Ses murs étaient percés d'immenses baies cintrées ornées de vitraux.

Ce n'est qu'en arrivant au pied de l'édifice qu'il s'aperçut que les travaux n'étaient pas totalement terminés : du bois de charpente était encore entassé devant l'entrée et des bruits de marteau lui parvenaient de l'intérieur.

Zach gravit une volée de marches, franchit la grande porte à double battant et s'arrêta un instant sur le seuil, respirant le mélange familier d'encens et d'encaustique. La nef frappait le regard par sa simplicité et son dépouillement. Les murs, blanchis à la chaux, étaient simplement ornés de plaques en terre cuite décrivant les différentes étapes du chemin de croix. Accroupi devant l'autel, un jeune homme brun posait une balustrade en bois sculpté. Il se retourna en entendant le pas de Zach dans l'allée centrale. Sa main se crispa sur le manche de son marteau, puis il se releva et le jeta dans la boîte à outils à ses pieds.

— Bonjour, dit-il.

Zach s'avança vers lui sans le quitter du regard.

— Vous travaillez ici quand vous n'êtes pas de garde à l'hôpital ?

— Ce n'est pas du travail, ici, riposta Hans en s'épongeant le front d'un revers de bras.

Il était simplement vêtu d'un pantalon et d'une chemise sans col dont il avait roulé les manches.

— Je fais cela pour Dieu. Nous avons construit cette église tous ensemble. Ma mère et les autres femmes ont apporté leur contribution. Même les enfants nous ont aidés.

Zach contempla la balustrade en bois finement ouvragée.

— Vous êtes doué, observa-t-il. Vous gagneriez mieux votre vie comme charpentier que comme infirmier à l'hôpital Santerre.

Hans caressa la balustrade d'un geste presque sensuel.

— Je travaille le bois par plaisir, et pour la gloire de Dieu, répéta-t-il, sa voix résonnant sous la voûte de l'édifice. Mais je ne veux pas en faire mon métier. Ma mère est veuve, elle a quatre fils, major. Elle n'a pu payer l'éducation que de l'aîné, Bertrand. Ensuite, Bertrand a payé l'éducation de Carl. Et quand les écoles de médecine rouvriront, après la guerre, Carl me paiera les cours. Puis ce sera mon tour de prendre en charge la scolarité de Joseph.

— Vous voulez être médecin ? fit Zach en se demandant pourquoi cette découverte le surprenait.

Le jeune Allemand ramassa sa veste qui gisait sur le sol près de sa boîte à outils, et l'enfila.

— Je serai médecin, répliqua-t-il d'un ton péremptoire. J'ai déjà beaucoup appris en travaillant à l'hôpital. Et j'étudie de mon côté. Pas seulement dans les livres, mais aussi avec des gens qui savent des choses qu'on n'enseigne pas dans les écoles de médecine.

— Des gens comme Papa John ?

Hans hocha la tête.

— Oui. Pourquoi me parlez-vous de lui ?

Zach ouvrit le sac de toile qu'il avait apporté et en tira le coffret de chêne.

— Avez-vous déjà vu cet objet ?

Le regard de Hans passa du coffret à Zach.

— Oui.

La franchise du jeune homme déconcerta Zach.

— Quand ?

Hans lui prit le coffret des mains et s'accroupit pour le poser sur les marches de l'autel.

— Philippe me l'avait montrée, au printemps dernier. J'ai eu une arbalète, moi aussi, que j'avais fabriquée quand nous vivions encore en Bavière. Évidemment, elle n'était pas aussi petite que celle-ci, mais Philippe savait que ça m'intéressait.

Il ouvrit le coffret et son regard fut aussitôt attiré par l'emplacement laissé vide par la flèche manquante.

— Donc, vous savez vous en servir ? fit Zach.

Hans reporta le regard sur lui.

— Oui. Mais ce n'est pas moi qui ai tué Henri Santerre.

— Qui d'autre connaissez-vous qui serait familier de ce type d'arme ?

Le jeune homme eut un rire bref.

— Vous voudriez que j'accuse quelqu'un pour me tirer d'affaire ? Vous me connaissez bien mal, major.

— Je ne vous connais pas du tout, répliqua Zach en s'appuyant à la balustrade. Et Philippe ? Il savait s'en servir ?

— Bien entendu. Une fois, nous avons été chasser ensemble, dans les bayous. Il avait emporté l'arbalète pour l'essayer. Elle est si précise et si astucieusement faite que même un enfant pourrait l'utiliser.

— Ou une femme.

Le jeune homme tressaillit.

— Je suppose que oui.

— Et Antoine Latouche ? Partageait-il l'intérêt de Philippe pour ce genre d'objets ?

— Le cadeau venait de lui, non ?

Zach sourit.

— Ah bon ? Je l'ignorais.

Les mâchoires crispées, Hans rabattit le couvercle du coffret et enclencha le fermoir.

— N'importe qui aurait pu se servir de cette arme.

— Avec assez d'habileté pour frapper Henri Santerre en plein cœur ? J'en doute, fit valoir Zach en récupérant le coffret. Et Yardley ? Était-il au courant de l'existence de cette arbalète ?

— Aucune idée. Je le connais très peu.

— En revanche, vous semblez avoir très bien connu Philippe de Beauvais.

Hans tendit le bras pour récupérer sa béquille posée contre la balustrade.

— Philippe n'était pas seulement un bon médecin, c'était aussi un bon professeur. Il savait que je souhaitais entrer à l'école de médecine et il m'a aidé de son mieux.

Cette générosité cadrait mal avec l'image du débauché brillant et égoïste que Zach s'était forgée.

— Est-ce la raison pour laquelle vous aviez accepté de l'accompagner dans cette expédition où il a trouvé la mort ?

Hans coinça sa béquille sous son aisselle avec un soupir.

— Il avait besoin de quelqu'un en qui il aurait confiance. Et il avait confiance en moi.

— Qui d'autre faisait partie de l'expédition ?

— Un Noir du nom de Bubba. Il a été tué, lui aussi.

— C'est tout ?

— Oui.

— Saviez-vous que vous aviez été trahis ?

S'appuyant de tout son poids sur sa béquille, Hans se pencha pour saisir la poignée de sa boîte à outils. Puis il se redressa lentement.

— Non, je l'ignorais. Mais Philippe s'en était douté. Il me l'a dit, après avoir été touché.

— Je croyais qu'il était mort sur le coup ?

— Vous devriez savoir que peu d'hommes ont la chance de mourir sur le coup, major, répliqua Hans. Même lorsqu'ils reçoivent une balle en pleine tête.

Il se dirigea vers la porte et Zach lui emboîta le pas.

— Qu'a dit exactement Philippe avant de mourir ?

Hans s'arrêta, le front plissé tandis qu'il essayait de rassembler ses souvenirs.

— Je crois qu'il a dit « La garce ! », oui, c'est ça. Et il a ajouté : « Elle voulait me voir mort et elle obtient toujours ce qu'elle veut. »

— Ce furent ses dernières paroles ?

— Oui. Il est mort très peu de temps après.

— Sous vos yeux ?

Hans avait repris son chemin.

— Oui.

— Avez-vous une idée de l'identité de la personne dont il parlait ?

Le jeune Allemand secoua la tête, les mâchoires crispées.

— Non.

— Pensez-vous qu'il aurait pu faire allusion à Claire Latouche ?

— Je n'en sais rien.

— Ou à sa femme ?

Hans s'immobilisa devant la porte grande ouverte.

— Emmanuelle de Beauvais ? Non. Elle n'aurait jamais fait une chose pareille.

— Comment pouvez-vous être aussi affirmatif ?

— Philippe n'a pas été le seul à perdre la vie, ce jour-là. Bubba aussi est mort. Il avait beau être Noir, Mme de Beauvais le considérait comme un ami. Et même s'il ne l'avait pas été, je ne la vois pas causer délibérément la mort de quelqu'un.

Un petit garçon passa dans la rue en faisant rouler un cerceau devant lui.

— Elle s'est pourtant jetée sur son mari avec un scalpel, non ? remarqua Zach.

À sa grande surprise, Hans éclata franchement de rire.

— C'est exact. Mais c'était à sa virilité qu'elle en voulait, pas à sa vie.

— À cause de Claire ?

Hans lui jeta un coup d'œil.

— C'est ce qu'elle vous a dit ?

Zach éprouva un vague malaise.

— Il y avait une autre raison ?

Hans haussa les épaules et sortit sous le porche.

— Quelle autre raison aurait-il pu y avoir ? lâcha-t-il.

Zach lui prit sa boîte à outils et la porta le temps de descendre les marches.

Hans le remercia et récupéra sa boîte avec un regard farouche, mais Zach n'aurait su dire s'il était en colère contre lui, ou contre sa blessure.

Le jeune homme se détournait pour s'éloigner quand il s'arrêta soudain, l'air pensif.

— Nous avons un mot en allemand, intraduisible dans votre langue : Leidenschaft. Il me vient parfois à l'esprit lorsque je regarde Mme de Beauvais. Il signifie à la fois passion, ardeur…

— Et souffrance, termina Zach.

Hans écarquilla les yeux de surprise.

— Vous parlez l'allemand ?

— Non. Mais j'ai lu Goethe.

— Une lecture plutôt inattendue, de la part d'un officier de cavalerie.

— Pas plus inattendue que le travail du bois chez un futur médecin.

Le jeune homme sourit, amusé.

— Vous avez raison, major. Nous avons tous nos préjugés.

Assis dans un chariot attelé à une jument placide, Dominic ne vit pas Zach remonter la rue. Le jeune garçon clignait des yeux pour se protéger du soleil, tenant mollement les rênes d'une seule main.

— Cet animal va finir par brouter les fleurs de Mme Angelo, si tu n'y prends pas garde, l'avertit Zach.

L'enfant se redressa avec un sursaut. Zach s'approcha du chariot.

— Comment vous savez que nos voisins s'appellent Angelo ? risqua le gamin qui fixait Zach de ses grands yeux bleus.

— De la même manière que je sais que tu t'appelles Dominic de Beauvais.

Dominic déglutit péniblement.

— Vous êtes là pour parler à ma mère ?

— Oui, confirma Zach. Mais pas à ton sujet, rassure-toi, précisa-t-il.

— Nous allons pêcher au bord du lac, déclara Dominic, d'un air de défi. Les Yankees ne l'ont pas encore interdit, n'est-ce pas ?

Zach sourit.

— Pas que je sache. Quand j'avais ton âge, j'adorais pêcher les écrevisses.

— Comment vous faisiez ? voulut savoir le garçon, intéressé malgré lui.

Zach s'apprêtait à répondre quand la porte s'ouvrit. Emmanuelle apparut, les bras si chargés qu'elle ne vit Zach qu'en atteignant le chariot.

— J'ai eu beau chercher partout, Dominic, je n'ai pas…

Elle s'interrompit net en découvrant leur visiteur.

— Nous allions sortir, major.

Zach posa nonchalamment la main sur le pommeau de son sabre.

— Je regrette, mais j'ai à vous entretenir d'un sujet d'importance.

— Maintenant ? intervint Dominic, qui n'était déjà plus impressionné par l'uniforme de Zach. Mais on est déjà en retard. Si on ne part pas tout de suite, nous...

— Dominic ! le coupa sa mère d'une voix sévère, avant d'ajouter à l'intention de Zach : Cela ne peut vraiment pas attendre, major ? Je lui ai promis cette sortie voilà des semaines.

— Non, j'en ai peur. En revanche, je peux vous accompagner jusqu'au lac. Nous parlerons pendant que votre fils pêchera.

La jeune femme le regarda sans ciller. Zach était venu dans l'intention de lui montrer le coffret contenant l'arbalète, de l'obliger à lui avouer enfin toute la vérité, quand bien même il lui faudrait la rudoyer un peu. Mais à peine eut-il croisé son regard qu'il fut incapable de penser à autre chose qu'à ses lèvres fondant sous les siennes, à la douceur enivrante de sa peau, à ses gémissements étouffés lorsqu'il la caressait.

— Bien, si vous y tenez, lâcha-t-elle finalement avec un profond soupir qui disait mieux que des mots qu'elle aussi avait pensé à ce qui s'était passé entre eux la veille – et à ce qui ne s'était pas passé. Je vais chercher le panier du pique-nique.

De retour dans le hall, Emmanuelle tomba sur Rose, qui lui fourra le panier de pique-nique dans les mains.

— Alors, comme ça, vous invitez ce Yankee à vous accompagner ? murmura celle-ci.

— Je ne l'ai pas invité, se défendit Emmanuelle en serrant le panier contre elle. C'était soit cela, soit renoncer à notre partie de pêche. Qu'est-ce que j'étais censée faire ?

— Vous voulez mon avis ? répliqua Rose, les yeux plissés. Je crois que vous n'avez pas seulement un petit béguin pour ce Yankee. Si vous n'y prenez pas garde, vous allez finir par lui abandonner votre cœur.

Emmanuelle eut un rire qui sonna faux, même à ses propres oreilles.

— Ne dis pas de bêtises, Rose, riposta-t-elle en tournant déjà les talons.

— Quelles bêtises ? répliqua Rose, les poings sur les hanches. Cela fait trop longtemps qu'il n'y a plus d'homme dans votre vie. Et celui-là est plutôt bien fait. Mais n'oubliez jamais qui il est, ajouta-t-elle en haussant la voix tandis qu'Emmanuelle filait vers la porte. Ce major yankee pourrait vous flanquer en prison avant que vous ayez eu le temps de dire ouf !

19

— Avec papy, on va souvent pêcher et on prend des tas de poissons, se vanta Dominic, tel un jeune mâle désireux d'impressionner un rival. Papy sait quantité de choses que vous ne savez pas sur les bayous et les plantes et les bêtes qui y vivent.

Le grand cheval bai de Zach trottait à côté du chariot.

— Papy ? répéta-t-il en dissimulant un sourire.

— Le père de mon père, expliqua Dominic avec un regard condescendant, comme s'il prenait pitié de l'ignorance du major. C'est lui qui m'a appris à monter. Il dit que les Beauvais sont des sportifs-nés.

Il s'interrompit un instant, puis reprit d'une voix triste :

— Bien sûr, aujourd'hui, il ne peut plus faire grand-chose sans l'aide de Baptiste.

Emmanuelle sentit sa gorge se serrer. Jusqu'en mai dernier, Jean-Lambert était un homme débordant de vie et d'énergie, à qui l'on ne donnait pas son âge. Mais après avoir appris que son fils était tombé sous les balles yankees, il avait vieilli de vingt ans en une nuit.

— Si sa jambe n'était pas abîmée, reprit Dominic, il irait combattre les Yankees.

— Dominic ! le tança sa mère.

Mais le major se contenta de sourire et de glisser un regard dans sa direction. Ses yeux sombres brillaient d'un tel éclat sous le rebord se son chapeau qu'elle s'empressa de tourner la tête.

Déjà, ils atteignaient les faubourgs de la ville. Les maisons, moins serrées, étaient entourées de grands jardins ceints de clôtures recouvertes de végétation. Emmanuelle sentait le soleil lui chauffer les épaules à travers la fine étoffe de sa robe. Une petite brise s'était levée, si bien qu'elle devait garder la main sur son chapeau pour l'empêcher de s'envoler. Au bout d'un moment, elle décida de l'ôter pour le poser sur ses genoux. Puis, fermant les yeux, elle tendit le visage vers le ciel. Bercée par le mouvement du chariot et les deux voix qui se répondaient, elle se prit à rêver à ce que serait la vie si le cavalier qui les accompagnait n'était pas son ennemi, et s'il n'y avait ni secrets ni mensonges entre eux. Mais cette rêverie ne fit que creuser un peu plus ce vide si douloureux en elle, et la remplit d'une insondable tristesse.

Elle rouvrit les yeux. Le regard du major était fixé sur elle. Elle y lut le désir à l'état brut et sentit le sang affluer à ses joues, tandis qu'une douce chaleur se répandait dans son ventre. Elle savait qu'elle aurait dû tourner la tête, baisser les paupières, ne pas lui laisser voir qu'elle partageait son désir. Mais elle en fut incapable. Finalement, ce fut lui qui détourna les yeux.

Arrivés au bord du lac Pontchartrain, ils ramassèrent des branchages pour allumer un feu destiné à faire bouillir de l'eau. Puis, pendant qu'Emmanuelle installait une couverture à l'ombre d'un saule et entreprenait de déballer le contenu du panier à pique-nique, Zach et Dominic installèrent les cannes à pêche sur un vieux ponton de bois, qui s'avançait dans les eaux bleues du lac.

La jeune femme s'interrompit quelques instants pour les regarder. Elle s'amusa de voir Dominic jouer les experts et montrer au major comment lancer sa ligne.

À une époque, ils venaient souvent ensemble ici, Dominic, Philippe et elle. Au début, ils réussissaient à rire et à prendre du bon temps ensemble, comme n'importe quelle famille. Mais les frustrations et le ressentiment avaient fini par empoisonner même les plaisirs les plus innocents et ils avaient cessé de venir pique-niquer ici, avant de cesser peu à peu de faire quoi que ce soit en commun.

Emmanuelle chassa résolument ces sombres pensées et, abandonnant la couverture, gagna à son tour le ponton. La brise qui faisait flotter au vent les rubans de son chapeau acheva de dissiper les dernières traces d'amertume de son esprit.

— Maman ! appela Dominic, sans quitter sa ligne des yeux. Le major Cooper prétend que là d'où il vient, les écrevisses peuvent atteindre la taille d'une assiette. Tu crois que c'est vrai ?

— D'où venez-vous donc, major ? demanda la jeune femme en le rejoignant au bout du ponton, où il s'était accroupi pour changer d'hameçon.

— De Rhode Island, répondit-il en lançant à nouveau sa ligne dans l'eau. Mon père est officier de marine. Comme son père avant lui, et le père de son père, et le père du père de son père.

— Et cependant, vous êtes devenu officier de cavalerie. Vous n'aimez pas la mer ?

Il leva les yeux sur elle. Le soleil éclairait son visage d'une douce lumière dorée.

— Si. Mais pas suffisamment pour envisager d'y passer ma vie.

Il se redressa d'un mouvement souple.

— Ma mère répète toujours que la mer est la vraie femme de mon père. Elle-même n'est que sa maîtresse, qu'il voit entre deux voyages.

Emmanuelle se surprit à contempler ses mains, tandis qu'il levait sa canne pour ramener la ligne vers le ponton. Il avait des mains solides, adroites, assez fortes pour manier mortellement un sabre, et suffisamment douces pour donner du plaisir à une femme rien qu'en la frôlant.

— Ce doit être dur pour votre mère, fit-elle, troublée d'avoir de telles pensées. À moins qu'elle ne l'aime pas ? Auquel cas ses fréquentes absences sont pour elle une bénédiction.

— Elle l'aime, répondit-il simplement. Et chacune de ses absences lui est un crève-cœur.

Une rafale de vent plus forte que les autres fit claquer les jupes de la jeune femme et obligea Zach à porter la main à son chapeau pour le retenir.

— Si vous n'y prenez pas garde, major, vous allez encore perdre un chapeau, dit-elle en riant.

Il lui lança un regard par-dessus son épaule, et son rire mourut sur ses lèvres à l'évocation de ce qui s'était passé entre eux la veille.

— Tenez, dit-il en ôtant son chapeau pour le lui tendre.

Emmanuelle s'en saisit. C'était un chapeau de feutre noir orné d'une ganse de soie jaune avec, signe distinctif des officiers de cavalerie yankees, deux sabres entrecroisés brodés au fil d'or sur le devant. Ce chapeau symbolisait tout ce qu'elle haïssait, mais elle avait beau faire, elle se trouvait parfaitement incapable de haïr celui qui le portait. Elle le fit tourner entre ses doigts et découvrit le nom de son propriétaire brodé à l'intérieur : *Zachary X. Cooper*.

— Dites-moi, major : que signifie le *X* de votre nom ?

Il tira brusquement sa ligne hors de l'eau et Dominic poussa un cri d'admiration en découvrant le poisson qui s'agitait au bout.

— Xavier, répondit Zach en détachant le poisson avec l'habileté due à une longue pratique.

Emmanuelle ne pouvait s'empêcher de contempler, fascinée, ses cheveux qui bouclaient sur sa nuque, ses muscles qui roulaient sous sa peau à chacun de ses mouvements.

— Étrange prénom pour le descendant d'une lignée de puritains de la Nouvelle Angleterre, commenta-t-elle.

Il jeta le poisson dans un panier d'osier.

— Mon grand-père maternel était le gouverneur de Cuba.

Elle faillit en lâcher son chapeau.

— Votre mère est espagnole ?

La stupéfaction de la jeune femme le fit sourire.

— Vous voyez que vous n'êtes pas la seule à avoir des parents bizarrement appariés. Mon père faisait souvent la liaison entre la Nouvelle-Angleterre et les côtes cubaines. Un jour, le gouverneur commit l'erreur de l'inviter au bal qu'il donnait pour célébrer l'anniversaire du roi d'Espagne. Ma mère, qui venait tout juste d'avoir seize ans, fut autorisée à y participer. C'était son premier bal. Huit jours plus tard, quand mon père repartit, elle embarquait avec lui.

— Au bout d'une semaine ?

Sa canne à la main, il s'approcha d'elle.

— Elle prétend qu'elle l'aurait suivi au bout du monde dès le premier soir.

Emmanuelle triturait nerveusement la ganse du chapeau de Zach, les yeux baissés.

— Comment pouvait-elle en être aussi certaine ? demanda-t-elle, comme si elle se parlait à elle-même.

— Elle dit qu'il lui a suffi d'écouter son cœur.

Elle se décida à lever les yeux. Zach la dévisageait.

— Et elle n'a jamais regretté son choix ?

Il secoua la tête.

— Je lui ai demandé, un jour, comment elle avait pu tout abandonner pour un homme qu'elle connaissait à peine et un pays qu'elle ne connaissait pas du tout.

— Et que vous a-t-elle répondu ?

— Elle s'est contentée de sourire.

— Elle a eu beaucoup de chance. Elle aurait pu commettre une terrible erreur et être très malheureuse.

— Comme vous l'avez été ?

Emmanuelle le fixait, consciente de cette lueur qui s'allumait dans son regard dès qu'il posait les yeux sur elle. Le silence s'étira entre eux, seulement brisé par le clapotis des vaguelettes venant heurter les piles du ponton. Mais ce qu'ils ne disaient pas, l'un et l'autre l'entendaient.

Puis il y eut un bruit d'éclaboussures et Dominic s'écria, tout excité :

— Maman, regarde ! Moi aussi, j'ai attrapé un poisson.

Tous deux se tournèrent en même temps vers l'enfant. Le charme était rompu.

Un peu plus tard, ils s'installèrent sur la couverture, à l'ombre du saule, et firent un repas composé de poisson grillé, d'œufs durs, d'une salade de riz et de fromage. Puis Dominic se débarrassa de ses chaussures et, armé d'une pelle et d'un seau, décida d'aller ramasser des palourdes sur la rive.

Zach s'adossa au tronc du saule, le coude calé sur son genou replié, et regarda l'enfant qui fouillait la boue, cependant qu'Emmanuelle pelait une orange.

— Et maintenant, major, si vous me disiez ce que vous cachez dans votre sac de toile ? demanda-t-elle.

Il tourna la tête. Elle venait de détacher un quartier d'orange et le portait à ses lèvres. Zach regarda le morceau de fruit disparaître dans sa bouche, tandis qu'elle rattrapait une goutte de jus du bout de la langue. Sans quitter son visage des yeux, il tendit le bras pour s'emparer du sac, l'ouvrit et en tira le coffret de chêne.

Elle retint un cri.

— C'est l'arbalète de Philippe ! souffla-t-elle. Où l'avez-vous trouvée ?

— Dans l'armoire de sa chambre. La nuit dernière.

— Mais...

Elle déglutit avec difficulté.

— C'est impossible. J'avais moi-même regardé après la mort d'Henri. Il ne s'y trouvait plus.

— Dans ce cas, il se peut que l'intrus que vous avez entendu l'autre nuit soit venu le rapporter.

Posant son orange sur la couverture, la jeune femme s'empara du coffret et l'ouvrit. Elle en contempla un instant le contenu, laissa courir un doigt tremblant sur l'emplacement laissé vide par la flèche manquante, puis leva les yeux sur Zach.

— Vous me croyez ?

— Tirez une flèche, lui ordonna-t-il.

— Pardon ?

Il sortit l'arbalète de son écrin de velours et la mit dans les mains de la jeune femme.

— Je veux vous voir tirer avec, dit-il.

Il désigna le tronc d'un vieux cyprès distant d'une quinzaine de mètres.

— Voilà une cible parfaite.

Emmanuelle aurait pu prétendre qu'elle ne savait pas se servir d'une arbalète. Elle aurait pu aussi tenter de viser le tronc avec des gestes maladroits et rater ouvertement sa cible. Elle s'y refusa. Après avoir fixé un long moment le major, elle arma l'arbalète avec dextérité, s'empara d'une des flèches, et tira.

La flèche fendit l'air en sifflant et vint se planter en plein centre du tronc avec un bruit sec dont l'écho parut résonner sans fin dans le silence soudain.

20

Parfaitement immobile, Zach dévisageait la jeune femme à ses côtés. Des mouettes tournoyaient en piaillant au-dessus du lac. La brise agitait les branches du saule.

Se relevant brusquement, il alla arracher la flèche de sa cible.

— Qui vous a appris à tirer ? questionna-t-il en revenant vers Emmanuelle, la flèche serrée dans sa main. Philippe ?

— Oui.

Il secoua la tête.

— Je ne vous crois pas. Ce n'était pas plutôt Antoine Latouche ?

— *Non*, répondit-elle vivement.

Un éclair de panique traversa son regard et Zach sut qu'elle ne mentait pas. Il s'accroupit près d'elle.

— Alors, qui ? Parlez, bon sang !

Elle laissa échapper un soupir tremblant.

— Dominic.

Il désigna l'arbalète.

— Avec celle-ci ?

— Non. Mais avec une semblable, qui avait appartenu à Philippe lorsqu'il était enfant.

Étreignant la main de Zach qui tenait toujours la flèche, elle ajouta :

— Vous n'imaginez quand même pas que Dominic aurait pu…

Le geste de la jeune femme était spontané, sans arrière-pensées. Mais rien ne pouvait être simple entre eux. Zach retira doucement sa main, lui abandonnant la flèche.

— Non. Je n'imagine rien de tel.

Il se redressa et, lui tournant le dos, observa le garçonnet qui était retourné pêcher au bout du ponton.

— Philippe chassait avec une arbalète quand il était enfant ? reprit-il.

Emmanuelle replaça soigneusement la flèche dans son écrin.

— Oui.

Zach fit volte-face.

— Avec son cousin Antoine, je suppose ? Pourquoi ne pas m'avoir dit que cette arme était un cadeau de Latouche ?

Elle se leva à son tour. Elle avait les traits tirés par la peur.

— Antoine ne ferait jamais une chose pareille.

— Quoi ? Tuer Henri Santerre ? Ou empoisonner sa sœur ? questionna Zach.

Il s'était approché d'elle dans l'intention délibérée de l'intimider par sa stature, son uniforme et la force d'attraction qui s'exerçait entre eux.

— En tout cas, il y a bien un coupable. Et ce coupable savait que Philippe gardait cette arme dans sa chambre.

— Philippe avait beaucoup d'amis. Il aura pu montrer l'arbalète à des tas de gens.

— Mais combien auraient été capables de s'en servir ? Et combien avaient une raison de tuer Henri Santerre et Claire Latouche ?

— Je n'en sais rien, murmura-t-elle en se détournant. Pourtant, ce n'est pas faute de m'être posé cent fois la question.

— Et Hans ?

Emmanuelle pivota vivement, les yeux écarquillés.
— Vous n'y pensez pas !
— Alors, Yardley ?
— Non plus.
— Papa John ?
Elle esquissa un geste de la main, comme pour lui intimer le silence.
— Vous ne devriez même pas oser faire une telle suggestion.
— Et pourquoi ?
— Parce qu'il est Noir ! C'est une cible facile. Le moindre soupçon pourrait servir de prétexte à le tuer.
— D'accord. Alors, que diriez-vous de Philippe ?
Elle sursauta comme s'il l'avait giflée.
— Philippe est mort, articula-t-elle sourdement.
— Supposons qu'il ne le soit pas ?
Zach s'attendait qu'elle réfute vertement son hypothèse. Au lieu de quoi, elle s'agenouilla sur la couverture et entreprit de ranger méthodiquement les reliefs du pique-nique. Un silence tomba tendu entre eux.
— Philippe n'avait aucune raison de tuer Henri Santerre, répondit-elle finalement sans lever les yeux.
— Mais peut-être en avait-il une de vous tuer, vous ?
Elle s'assit sur ses talons et fusilla Zach du regard.
— Vous pensez que c'est moi qui l'ai trahi, n'est-ce pas ? dit-elle, la voix vibrante d'émotion. Comment pouvez-vous seulement imaginer que j'aurais été vendre à l'ennemi le père de mon fils ?
— Le désespoir peut mener à de telles extrémités.
Il marqua un temps d'arrêt.
— J'ai vu tout ce que contenait l'armoire.
La respiration de la jeune femme s'accéléra mais elle demeura muette. Il s'approcha d'elle et lui saisit le bras pour l'aider à se relever.
— Vous frappait-il ?
— Non. Jamais.

Zach glissa l'index sous son menton, la forçant à croiser son regard.

— Vous a-t-il attachée avec les cordelettes en soie et s'est-il servi de son fouet contre vous ?

— *Non !*

Elle frissonnait à présent, et cela suffit à le convaincre qu'elle essayait de lui cacher la vérité.

— Si, il vous frappait.

Elle soutint fièrement son regard.

— Et alors ? Philippe aimait certains jeux. Au début de notre mariage, je... j'y participais.

— Que vous a-t-il fait subir d'autre ?

Le soleil commençait à s'abîmer à l'horizon. Ses rayons qui traversaient le feuillage du saule faisaient comme un halo autour du visage de la jeune femme. Elle entrouvrit les lèvres, mais aucun son n'en sortit.

— Quoi d'autre ? insista-t-il.

Elle esquissa un étrange sourire.

— Rien pour lequel je n'aie été consentante. Cela vous choque, major ? Cela vous dégoûte ?

— Non.

Ses yeux semblaient immenses tandis qu'elle le dévisageait avec intensité.

— Alors, quoi ? Ça vous excite ?

Zach percevait la chaleur de son corps tout proche, son parfum à la fois doux et capiteux, et il avait une envie folle de la prendre dans ses bras. Une vague de désir lui incendia les veines. Son sang bourdonnait à ses tempes, son cœur battait à grands coups sourds. Il avait cru l'intimider par sa force, mais avait été vaincu par sa féminité absolue. De ces joutes vieilles comme le monde entre homme et femme, il croyait connaître les règles, se croyait capable de les tourner à son avantage. Et voilà qu'il s'était laissé piéger par son propre désir.

Jamais encore il n'avait eu autant envie d'une femme. Il brûlait de l'allonger sur le sol, de lui arracher ses vêtements pour se repaître de son corps nu, de l'empoigner par les hanches et de s'enfoncer sauvagement en elle. Il la désirait avec une telle force que si son fils n'avait été là, à quelques mètres d'eux, il l'aurait possédée sur-le-champ, sous cet arbre, là où n'importe qui aurait pu les surprendre.

Il lâcha un juron et s'écarta d'elle.

La main d'Emmanuelle se posa sur sa manche.

— Je n'ai pas trahi mon mari, murmura-t-elle.

Encore aveuglé par le désir, il fallut quelques secondes à Zach pour se rappeler le point de départ de leur discussion.

— Philippe et moi menions des vies indépendantes depuis des années, reprit-elle d'une voix posée. Nous ne partagions plus que notre travail à l'hôpital. Et Dominic, bien sûr. Notre relation n'était plus qu'amertume et ressentiment. Nous n'étions plus heureux ensemble, c'est vrai. Comme il est également vrai que je suis soulagée de ne plus être sa femme. Et cependant, inexplicablement, j'en étais arrivée à le considérer comme un ami. Un ami proche. Sa mort m'a remplie de tristesse. Jamais, au grand jamais, je n'aurais pu en être la cause.

Bien que tout près d'elle, il réussit à ne pas la toucher.

— Admettons, fit-il. Je reste pourtant persuadé que vous me cachez quelque chose.

La jeune femme exhala un long soupir. En voyant sa poitrine se gonfler, Zach faillit oublier ses bonnes résolutions et céder à son désir.

— Nous cachons tous des choses, major.

— Mais ce que vous me cachez risque de vous coûter la vie.

Elle secoua la tête.

— Je ne le crois pas.

— Vous avez tort, répliqua-t-il.

Sur ce, il tourna les talons et se dirigea vers le ponton.

Ce soir-là, Zach sortit avec une bouteille de brandy et un verre sur la galerie de la maison que le général Butler avait réquisitionnée pour loger ses officiers. L'air était saturé de parfums. Après s'être servi, il s'accouda à la balustrade, et se perdit dans la contemplation du jardin à présent noyé d'ombres.

La soirée était fraîche et cependant la flamme de la passion continuait de brûler en lui. Chaque fois qu'il voyait Emmanuelle de Beauvais, chaque fois qu'il la touchait, cette flamme menaçait de se transformer en un feu dévorant. Un beau jour, s'il n'y prenait garde, il perdrait le contrôle, il se laisserait submerger par ce désir fou qu'elle lui inspirait et il la ferait sienne sans plus attendre. Rien que d'y songer il en frissonnait.

Il avala son verre d'un trait et s'apprêtait à le remplir à nouveau quand un craquement le fit se retourner. La silhouette imposante de Fletcher se découpait dans l'encadrement de la porte.

— Je t'en sers un ? lui proposa-t-il.

— Non, merci.

Le capitaine se débarrassa de son chapeau et le posa sur la table avec un soupir las.

— C'était une femme, lâcha-t-il en se frottant le visage. Une Française. J'ai parlé au lieutenant qui conduisait la patrouille dans les bayous.

Zach, qui portait son verre à ses lèvres, suspendit son geste.

— Une femme ?

— Qui a trahi Philippe de Beauvais, expliqua Fletcher. Un voile lui cachait le visage, mais le lieutenant a été formel sur son accent. Elle s'est présentée spontanément. Elle conduisait un petit chariot tiré par un unique cheval. Elle est repartie après avoir dit ce qu'elle avait à dire, sans même donner son nom.

— Et le lieutenant l'a laissée filer sans lui poser la moindre question ?

Fletcher se lissa la moustache du pouce.

— J'imagine qu'elle était vêtue de soie, avec des manières de duchesse et un ton hautain. Le lieutenant était impressionné et n'a pas dû oser l'arrêter.

Zach contempla le ciel étoilé.

— C'était peut-être Claire Latouche.

— Oui. Ou Mme de Beauvais.

Zach but une gorgée de brandy, qui lui brûla l'œsophage.

— Elle jure qu'elle n'aurait jamais trahi son mari.

— Bien sûr, acquiesça Fletcher sans chercher à dissimuler son amusement. De même qu'elle jurait qu'elle ne savait pas avec qui couchait Claire Latouche. Ni qui avait bien pu offrir cette maudite arbalète à son mari. Elle me paraît un peu fâchée avec la vérité.

Zach avala une autre rasade de brandy.

— Mais pourquoi ne pas admettre cette trahison ? Au moins avec nous ?

— Un secret finit toujours par s'ébruiter. Et lorsque nous ne serons plus là, elle y sera encore.

— Et Philippe de Beauvais ? Tu as trouvé des preuves de sa mort ?

— Eh bien… pas exactement, avoua Fletcher. D'après le lieutenant, il y avait deux cadavres. L'un blanc, l'autre noir. Ils les ont enterrés dans les bayous, là où ils les avaient abattus.

— Pourquoi ne pas avoir ramené les corps à La Nouvelle-Orléans ?

— Par cette chaleur ? Tu plaisantes ?

— Et l'Allemand ? Hans Spears. Comment a-t-il pu en réchapper avec une balle dans le pied ?

Fletcher haussa les épaules.

— La chance, sans doute. Et une sacrée dose de courage, je suppose. Ce n'est pas évident de se cacher dans des bayous qui fourmillent d'alligators avec un pied ensanglanté.

— Qu'est-ce qui a fait croire au lieutenant que le Blanc qu'ils ont enterré était bien Philippe de Beauvais ?

— Ses papiers.

Zach écarquilla les yeux.

— Autrement dit, personne ne l'a formellement identifié ?

— Non.

— Donc, ç'aurait très bien pu être quelqu'un d'autre ?

— En effet, reconnut le capitaine. Mais d'après Hans, ils n'étaient que tous les trois, cette nuit-là.

Zach s'écarta de la balustrade pour écraser de la pointe de sa botte une guêpe posée sur le plancher.

— Qu'en penses-tu ? Qu'Emmanuelle de Beauvais serait la seule à nous mentir ?

21

Le lundi matin, Zach se rendit chez Jean-Lambert et Marie-Thérèse de Beauvais.

Il fut introduit dans le salon par le domestique noir, très digne, qu'il se rappelait avoir vu le soir de la mort de Claire Latouche. Dès le seuil, Zach constata que le désordre qu'il avait encore en mémoire n'était plus qu'un souvenir. La pièce était parfaitement rangée. Un visiteur entrant là pour la première fois n'aurait jamais soupçonné qu'une mort violente avait eu lieu entre ces murs quelques jours auparavant.

— Je vais prévenir Mme de Beauvais, dit le domestique, avant de s'éclipser.

Un rire d'enfant attira Zach vers les fenêtres qui ouvraient sur le jardin. Il aperçut Dominic qui jouait sur la pelouse avec un gros chien. Sa mère n'était nulle part visible.

— Mon petit-fils m'a appris que vous étiez un pêcheur habile, fit une voix dans son dos.

Zach se retourna. Marie-Thérèse de Beauvais était beaucoup plus grande qu'Emmanuelle, mais tout aussi mince et élégante. L'âge ne lui avait rien ôté de sa grâce naturelle. Elle avait un beau visage aux traits réguliers et Zach ne décela aucune hostilité dans son regard froid – ou alors, elle la cachait bien.

— Votre petit-fils est lui-même un excellent pêcheur, répondit-il en se demandant ce que Dominic avait bien pu raconter à propos de leur petite expédition.

Marie-Thérèse lui désigna un fauteuil.

— Asseyez-vous, je vous en prie, et dites-moi en quoi je puis vous être utile.

— J'ai pensé que vous pourriez peut-être m'aider à répondre à certaines questions, fit Zach.

Marie-Thérèse haussa les sourcils pour manifester poliment sa surprise.

— Des questions ? répéta-t-elle, tandis qu'elle-même s'installait sur le sofa.

— Concernant la mort d'Henri Santerre et de Claire Latouche, précisa Zach.

— Claire et Henri ? Mais… leurs décès ne sont pas liés, n'est-ce pas ?

— Je n'en suis pas si sûr.

— Le Dr Santerre était l'associé de mon fils, major. Moi-même, je le connaissais très peu. Je crains de ne rien pouvoir vous apprendre à son sujet.

— En revanche, vous connaissiez bien Mlle Latouche.

— Oui. Sa mère est une cousine de mon mari.

— Qui aurait pu avoir intérêt à souhaiter sa mort, selon vous ?

La question parut la troubler, même si elle se garda bien de le montrer.

— Je n'en ai aucune idée. C'était une jeune fille exquise.

Zach se pencha vers elle, le regard pénétrant.

— Vraiment ?

Marie-Thérèse soutint son regard sans ciller.

— Il ne faut pas croire tout ce qu'on raconte, major.

Une servante noire entra sur ces entrefaites, un plateau en argent entre les mains. Ce fut Mme de Beauvais elle-même qui se chargea de servir le café dans des tasses de porcelaine si fines qu'elles en étaient presque translucides. Zach attendit que la domestique se soit retirée avant de poursuivre son interrogatoire.

— Parlez-moi de votre fils.

Marie-Thérèse sourit tristement.

— Lequel, major ? J'en ai eu trois. Les trois sont morts, à présent.

— Philippe.

— Ah, Philippe, fit-elle avec un petit soupir amer. Une étoile filante, destinée à disparaître jeune.

— Connaissez-vous quelqu'un qui aurait pu souhaiter sa mort ?

Marie-Thérèse but une gorgée de café avant de déclarer :

— Mon fils est mort en héros, major.

— Mais n'avez-vous jamais pensé que quelqu'un aurait pu le trahir ?

Sa tasse encore à la main, elle se figea.

— J'en déduis que vous êtes en train de me dire qu'il a été trahi, répondit-elle finalement avec un admirable sang-froid. Par qui ?

— Nous ne le savons pas encore.

Marie-Thérèse reposa brutalement sa tasse sur sa soucoupe.

— C'était une femme, n'est-ce pas ? lâcha-t-elle.

Elle se leva vivement et s'approcha de la fenêtre.

— J'aimerais autant ne pas discuter ce point.

— Vous n'avez pas besoin, major. Je sais à quoi m'en tenir. Mon fils n'était pas heureux en mariage. Comme beaucoup d'hommes, il se consolait dans d'autres bras.

— Lesquels, par exemple ?

— Je ne saurais vous dire. Vous feriez mieux d'interroger sa veuve.

— Parce qu'elle était au courant ?

Marie-Thérèse tourna la tête.

— Que son mari lui était infidèle ? Bien entendu !

Zach se leva à son tour.

— Que pensez-vous de votre belle-fille, madame ?

Elle eut une moue désarmante.

— Ce que je pense d'elle, major ? C'était le choix de mon fils.

— Dois-je comprendre que vous ne l'approuviez pas ?

Les traits de Mme de Beauvais se durcirent, comme si cette conversation avait soudain ranimé une vieille colère.

— Il aurait pu élire n'importe quelle jeune fille issue des meilleures familles de la ville. Au lieu de quoi, il a jeté son dévolu sur la fille d'un médecin sans le sou.

— Un médecin sans le sou qui avait cependant épousé l'héritière d'un comte français, crut bon de préciser Zach.

— Oh, certes, la mère était bien née, mais sa famille avait tout perdu pendant la Révolution. Le père, lui, n'était qu'un modeste bourgeois. Révolutionnaire de surcroît. Saviez-vous qu'ils avaient été *obligés* de quitter la France ?

— Cela vous scandalise ?

Elle revint vers le centre de la pièce.

— Je suppose que ces antécédents expliquent le comportement… disons peu orthodoxe de ma belle-fille.

— Comme son ambition d'étudier la médecine, par exemple ?

— Par exemple.

Dans le jardin, Dominic poussa un cri de joie. Zach n'eut pas besoin de regarder par la fenêtre pour savoir qu'Emmanuelle de Beauvais venait d'arriver. Il ressentait déjà sa présence par toutes les fibres de son corps.

— Jugez-vous qu'elle a été une bonne épouse pour votre fils ? demanda-t-il, bien qu'il connût déjà la réponse.

— Les hommes dotés d'une bonne épouse n'ont pas besoin d'aller se consoler dans d'autres bras, répliqua Marie-Thérèse. Reprendrez-vous du café, major ?

Zach récupéra son chapeau sur le guéridon. La voix d'Emmanuelle, qui parlait avec son fils en français dans le couloir, lui parvint.

— Non, merci. Je dois vous quitter.

— Vous devez être un homme fort occupé, major, observa Marie-Thérèse, qui se comportait comme si elle n'avait pas entendu sa belle-fille arriver. Je suis d'autant plus étonnée que vous consacriez autant de temps à cette affaire.

Son chapeau à la main, Zach s'était figé. Il entendit la voix du majordome :

— Elle est dans le salon, madame Emmanuelle. Avec un visiteur.

— Deux meurtres suffisent, lâcha-t-il. Je ne voudrais pas en déplorer un troisième.

— Si elle est occupée, je ne vais pas la déranger, répondit Emmanuelle de l'autre côté de la porte.

— Mais non, la rassura le majordome. Elle a dit que vous pouviez vous joindre à eux.

— Un troisième meurtre ? répéta Marie-Thérèse. Cela paraît improbable, non ?

— Tant que l'assassin court dans la nature, cela me semble au contraire très probable, riposta Zach. J'ai peur qu'il ne se contente pas de deux victimes.

Dans le couloir, les pas se rapprochèrent et il eut tout à coup le sentiment que Marie-Thérèse de Beauvais avait délibérément cherché à le retenir. Elle avait très bien entendu sa belle-fille et voulait assister à leur rencontre.

Le majordome ouvrit la porte et Emmanuelle pénétra dans le salon. Ses cheveux étaient dissimulés sous un chapeau noir et elle s'était munie d'un parapluie, en prévision de l'orage qui menaçait. Elle apportait avec elle les parfums du jardin.

— Madame, la salua Zach en s'inclinant poliment, les tempes bourdonnantes.

Il était tendu comme un arc, et conscient qu'une personne un tant soit peu attentive ne pouvait que s'en apercevoir. La jeune femme lui répondit sur le même ton formel, puis se tourna vers sa belle-mère.

— Si je vous dérange, je peux vous laisser. J'étais simplement venue chercher Dominic et...

— Non, la coupa Zach. J'allais justement partir. Merci de m'avoir consacré un peu de votre temps, madame, ajouta-t-il à l'intention de son hôtesse.

— J'ai bien peur de n'avoir pu vous être d'une grande aide, s'excusa Marie-Thérèse en feignant la plus parfaite sincérité.

Alors qu'il franchissait le seuil, Zach songea qu'ils jouaient tous trois une curieuse comédie, où rien n'était ce qu'il semblait être, et où chacun récitait un texte mensonger.

Emmanuelle s'approcha de la fenêtre donnant sur la rue et suivit Zach des yeux tandis qu'il s'éloignait sous un ciel chargé de nuages. Puis elle revint vers le sofa.

— Pourquoi était-il ici ? demanda-t-elle à sa belle-mère.

Celle-ci la dévisagea un instant, avant de hausser les épaules.

— Il voulait connaître certains détails concernant la mort de Claire. Il semble déterminé à démasquer le coupable. Mais je ne sais pas s'il réussira.

Elle fit une pause avant de lâcher à brûle-pourpoint :

— Dominic m'a raconté qu'il vous avait accompagnés à votre pique-nique au bord du lac.

Emmanuelle se remémora comment la journée s'était terminée. Après l'épisode pénible de l'arbalète, Zach Cooper avait rejoint Dominic sur le ponton. Mais au bout de quelques minutes, tous deux s'étaient querellés au sujet de la guerre. Tout était finalement rentré dans l'ordre, et Zach avait montré son sabre à

Dominic, cependant qu'Emmanuelle, qui les observait de loin, tentait de comprendre pourquoi la perspective d'une amitié entre son fils et le major la ravissait et la troublait en même temps.

— Dominic déteste les Yankees, lui rappela Marie-Thérèse d'une voix dure. Ils ont tué son père.

— J'essaie d'élever mon fils sans lui inculquer ni haine ni préjugés d'aucune sorte, répliqua Emmanuelle calmement.

Sa belle-mère ne chercha même pas à cacher son dédain.

— Il faut aimer son ennemi, c'est cela ? jeta-t-elle, furieuse. Ce n'est pas joli, joli, Emmanuelle. Un Yankee ! Alors que vous n'êtes veuve que depuis trois mois.

Quelques jours plus tôt, la jeune femme aurait nié en bloc. Elle se serait même refusée à admettre, dans le secret de son cœur, l'attirance que le major exerçait sur elle. Mais elle se contenta de répondre :

— Je ne me suis jamais souciée des apparences pour mener ma vie. Vous le savez très bien.

Marie-Thérèse agrippa le dossier d'un fauteuil.

— Oh, oui, je le sais ! Vous admettez donc que vous éprouvez des sentiments pour cet homme ?

— Je n'ai pas dit cela.

Sa belle-mère secoua la tête.

— C'est inutile. Cela se voit dans vos yeux. Mais Dominic ? Y avez-vous seulement songé ? Que deviendra mon petit-fils si vous vous remariez avec un Yankee ?

Emmanuelle laissa échapper un rire bref.

— Parce que vous vous imaginez que j'ai l'intention de me remarier ? Après ce que j'ai enduré avec Philippe ?

La colère flamba dans les prunelles de Marie-Thérèse.

— Comment osez-vous dire une telle chose ? Et surtout, à moi ?

Emmanuelle ne se laissa pas impressionner.

— Nous savons vous et moi qui était Philippe. Pourquoi vouloir prétendre le contraire ?

Le visage déformé par la colère et l'amertume, Marie-Thérèse semblait soudain beaucoup plus vieille que son âge.

— C'est vous qui êtes responsable de ce qu'il était devenu. Vous seule.

— Non, répliqua sa belle-fille avec véhémence, les doigts crispés sur le manche de son parapluie. Vous aurez beau essayer de vous en convaincre, je sais qu'au fond de vous, vous connaissez la vérité. Aussi bien que moi.

— Je sais comment est le père de Philippe et…

— Philippe n'était pas comme son père, l'interrompit Emmanuelle en se dirigeant vers la porte. Il ne l'a jamais été.

— Il aurait pu. Avec une épouse qui lui aurait convenu.

— Peut-être. Hélas, nous ne le saurons jamais !

La jeune femme avait déjà la main sur la poignée de la porte quand sa belle-mère lança :

— Saviez-vous que quelqu'un avait vendu Philippe aux Yankees ?

Emmanuelle se retourna avec lenteur.

— C'est pour cette raison que le major Cooper était là ? dit-elle sans hausser le ton. Pour parler de Philippe ?

Toute trace de colère avait disparu du visage de Marie-Thérèse, qui n'exprimait plus que lassitude et tristesse.

— Pourquoi ? murmura celle-ci. Qu'est-ce que Philippe a à voir avec la mort de Claire ?

— Je l'ignore, avoua la jeune femme.

Sa belle-mère la dévisagea durement.

— Est-ce vous qui avez donné mon fils aux Yankees ?

Depuis quelques jours, la douleur muette qui oppressait Emmanuelle n'avait cessé de croître. Si elle n'avait pas trahi directement Philippe, elle ne pouvait s'empêcher de penser qu'elle était plus ou moins responsable de ce qui lui était arrivé. Certes, elle n'aurait jamais pu le changer en profondeur, mais si elle avait été une meilleure épouse, peut-être aurait-elle réussi à le sauver de lui-même.

— Si je vous réponds que non, me croirez-vous ?

Marie-Thérèse se détourna.

— Dominic ne cesse de demander quand nous partons pour Beau Lac.

— Je sais.

D'ordinaire, Dominic passait tout l'été sur la plantation de ses grands-parents, à pêcher, à monter à cheval ou à apprendre à manœuvrer une pirogue dans les bayous. Mais cette année, Emmanuelle ne pouvait se résoudre à se séparer de lui. Il y avait déjà eu trop de morts dans son entourage.

— Cela ferait le plus grand bien à Jean-Lambert de partir maintenant, précisa Marie-Thérèse. Et d'emmener Dominic avec lui.

— Je ne pense pas que ce soit raisonnable d'aller à Beau Lac en ce moment. Les Yankees sévissent partout dans les bayous.

— J'ai entendu dire que nos troupes s'apprêtaient à lancer une offensive pour reprendre Bâton Rouge.

Emmanuelle laissa échapper un lourd soupir. Cela signifiait que d'autres massacres auraient bientôt lieu.

— Dans ce cas, priez pour les femmes et les enfants de Bâton Rouge, murmura-t-elle.

22

Quarante-huit heures plus tard, Emmanuelle, s'accordant une pause, était sortie prendre le frais devant la maison où elle avait été appelée pour un accouchement. De gros nuages chargés de pluie cachaient la lune et les étoiles. L'air était chargé d'électricité, cependant l'orage ne semblait pas se décider à éclater.

Les jambes tremblantes, elle s'assit sur le perron, posa la tête contre l'un des piliers de bois qui soutenaient le porche. Encore quelques heures et l'aube se lèverait sur un jour nouveau. Emmanuelle était là depuis le début de l'après-midi et si l'enfant n'arrivait pas bientôt, la mère risquait de mourir.

En tant que sage-femme diplômée, mettre les enfants au monde était l'une des rares tâches médicales auxquelles Emmanuelle pouvait légalement prétendre. Depuis quelque temps, on la réclamait plus souvent, surtout chez les familles pauvres, car la plupart des médecins étaient réquisitionnés sur les champs de bataille.

Un cri de douleur déchira soudain le silence, puis une voix d'enfant hurla, affolée :

— Ô, mon Dieu ! Madame Emmanuelle, venez vite !

Avec un soupir, Emmanuelle se releva et rentra à l'intérieur.

Le soleil levant dardait ses premiers rayons entre les nuages quand Emmanuelle quitta enfin la petite maison de Tchoupitoulas Street pour reprendre le chemin de sa propre demeure. La ville était encore endormie et elle ne croisa que quelques passants dans la rue, des vendeurs ambulants, pour la plupart, qui se dirigeaient vers le marché.

Emmanuelle appréciait cette petite marche revigorante. Elle n'avait pas fermé l'œil de la nuit, et cependant elle avait le sourire, car elle avait le sentiment d'avoir participé à un miracle. Une heure avant l'aube, le bébé s'était enfin décidé à naître avec de grands cris d'indignation, mais en parfaite santé, Dieu merci. De même que sa mère. Emmanuelle l'avait quittée, épuisée mais radieuse, le regard rivé au petit être chiffonné qui dormait dans ses bras.

Finalement, il n'avait pas plu, et les nuages ne s'étaient pas dissipés.

Alors qu'elle marchait tranquillement, Emmanuelle fut soudain saisie d'un sentiment d'appréhension inexplicable. Certes le quartier n'était pas très reluisant, mais elle l'avait traversé des dizaines de fois sans jamais s'y sentir ainsi mal à l'aise.

Un bruit dans son dos la fit se retourner brusquement. Elle ne vit rien d'autre qu'un chat qui faisait sa toilette sur le trottoir.

— Bonjour, minou, lança-t-elle avec un sourire tremblant, avant de se remettre en route.

L'allégresse qu'elle avait ressentie après l'accouchement avait laissé la place à une intense fatigue. Tout à coup, elle se sentait terriblement faible et vulnérable. Sa trousse dans une main, son parapluie dans l'autre, elle accéléra le pas. Alors qu'elle tournait au coin de la rue, elle ne put s'empêcher de jeter un coup d'œil par-dessus son épaule. Et retint un cri.

Un inconnu se tenait juste derrière elle. Il était de taille moyenne et vêtu de haillons. Seul le coutelas qu'il brandissait semblait neuf. Sa lame scintillait au soleil.

— Vous me suiviez ? fit-elle d'une voix mal assurée, le regard rivé sur le coutelas.

— C'est pas trop tôt, grommela l'homme, qui s'exprimait avec un fort accent irlandais. Ça fait presque une journée entière que je vous attends.

Sa barbe blonde lui mangeait presque tout le visage et son front disparaissait sous un chapeau à large bord. Ses pupilles trahissaient sa dépendance à l'opium.

— Que vous m'attendez ? répéta Emmanuelle, la bouche sèche. Écoutez, monsieur, j'ai une dizaine de dollars sur moi, et de la morphine dans ma trousse. Vous pouvez prendre les deux. Mais de grâce, laissez-moi mes instruments médicaux.

— Oh, ça, pour sûr que je vais prendre le fric, et la morphine, aussi. Mais c'est pas pour ça que je vous attendais.

Perché sur le toit d'une maison toute proche, un petit oiseau lança dans les airs des trilles d'une parfaite pureté, comme pour saluer le jour naissant.

— Pour quoi, alors ? demanda Emmanuelle en proie à une terreur grandissante.

— Oh, je vous en veux pas personnellement, vous savez, fit l'inconnu, qui se raidit en entendant au loin un bruit de sabots.

Constatant que la rue demeurait déserte, il se détendit.

— Même que vous me plaisez plutôt bien, ajouta-t-il en lorgnant la poitrine de la jeune femme.

Emmanuelle poussa un hurlement – parfaitement calculé – en même temps qu'elle assenait de toutes ses forces un coup de trousse médicale sur la main munie du coutelas. Surpris, l'homme lâcha l'arme, qui tomba dans le caniveau.

— Assassin ! cria-t-elle à pleins poumons en le frappant sur la tête avec son parapluie. À l'aide ! Au secours !

Un volet s'entrouvrit une fraction de seconde, avant de se refermer aussitôt.

L'Irlandais se protégeait la tête de son bras tout en cherchant à récupérer son couteau. Cette fois, Emmanuelle lui flanqua un coup de trousse en plein visage. Déséquilibré, il tomba à la renverse.

— Garce ! gronda-t-il, le nez ensanglanté.

Il levait les yeux quand soudain l'affolement se peignit sur ses traits.

Emmanuelle tenta de le frapper à nouveau, mais il esquiva le coup.

— Vous êtes folle à lier, grogna-t-il en se relevant. Pas étonnant qu'ils veuillent vous supprimer.

— Qui ? s'écria-t-elle. Qui veut me tuer ?

Mais déjà il s'enfuyait à toutes jambes, les pans de son manteau déchiré flottant derrière lui.

Emmanuelle serrait contre elle en tremblant sa trousse et son parapluie, le cœur battant à tout rompre.

Elle entendit un bruit de course derrière elle. Alors qu'elle pivotait, un homme passa en trombe près d'elle et elle réalisa, éberluée, que c'était un soldat de l'Union. Il semblait prendre en chasse son agresseur. Puis une main se posa sur son épaule et elle se retrouva face à une autre tunique bleue qu'elle aurait reconnue entre mille.

— Emmanuelle ? s'écria Zachary Cooper. Ça va ?

Sa grande jument baie attendait tranquillement près de lui, ses rênes traînant dans la boue.

Comme la jeune femme ne répondait pas, Zach la secoua presque.

— Il ne vous a rien fait ?

Emmanuelle eut soudain l'impression d'avoir retenu son souffle durant une éternité. Elle inspira une grande goulée d'air.

— Non, je vais bien, murmura-t-elle enfin, réprimant un désir urgent de se jeter dans ces bras ennemis, de s'y lover jusqu'à ce que les tremblements incontrôlables qui agitaient son corps aient cessé.

Les dents serrées, le dos raide, elle recula d'un pas.

— Que faisiez-vous ici ? l'interrogea-t-elle.

Il la lâcha.

— J'avais demandé à mes hommes de vous suivre, expliqua-t-il. Je me rendais au cottage où vous aviez été appelée, pour voir si vous vous y trouviez toujours, quand j'ai entendu vos cris.

La jeune femme, médusée, recula encore. Sa trousse était encore pressée contre sa poitrine et elle dut faire un effort pour ne pas l'assommer avec.

— *Quoi ?* Vous me faisiez suivre ? *Espionner ?*

Ses pensées devaient se lire sur son visage, car il recula à son tour d'un pas en glissant un regard circonspect à sa trousse et à son parapluie.

— C'était surtout pour vous protéger.

— *Surtout.* Je vois. Et si je vous disais que je n'ai besoin de personne pour me protéger, major ?

Perplexe, elle le vit esquisser un lent sourire, qu'elle ne put, à son grand dam, s'empêcher de trouver séduisant.

— Je crois que je connais au moins un homme qui serait d'accord avec vous, répliqua-t-il tandis que son regard se portait vers la rue où son agresseur s'était enfui.

Une demi-heure plus tard, Emmanuelle et Zach se faisaient face dans le salon de la rue Dumaine. Le soleil était tout à fait levé, et les rues revenaient progressivement à la vie. Mais les volets n'avaient pas encore été ouverts et la pièce restait plongée dans la pénombre.

— Depuis combien de temps me faites-vous suivre, major ?

Zach l'avait escortée jusque chez elle, mais c'est à peine s'ils avaient échangé trois mots durant le trajet.

À présent, il se tenait sur le seuil, son chapeau à la main, et songeait que cette impression de proximité qu'il avait éprouvée au lac Pontchartrain n'était plus qu'un lointain souvenir. La vieille méfiance si familière avait refait son apparition dans le regard et le comportement d'Emmanuelle.

— Depuis vendredi soir, avoua-t-il.

Elle sursauta comme s'il l'avait frappée. C'était le soir du pique-nique au bord du lac. Il lui avait assuré qu'il la croyait, et cependant, le soir même, à peine rentré en ville, il avait ordonné à ses hommes de la surveiller.

Elle se décida soudain à ouvrir l'une des portes-fenêtres et en écarta les volets.

— Dire que je pensais que vous commenciez vraiment à me croire !

— Je vous crois, répondit-il. Sur la plupart des points.

Elle eut un rire sans joie qui blessa Zach plus qu'il ne s'y était attendu.

— Si vous me faisiez suivre pour me protéger, pourquoi ne pas m'en avoir avertie ?

— Parce que je soupçonnais que cela ne vous plairait pas.

La jeune femme parut s'apercevoir qu'elle portait toujours son chapeau et ses gants. Elle s'en débarrassa d'un mouvement impatient et les lança sur un fauteuil.

— Vous aviez raison. Cela me déplaît souverainement.

Zach s'avança vers elle, assez près pour la toucher, ce dont il se garda bien.

— Mais pourquoi, exactement ? Parce qu'il s'agit de tuniques bleues ?

— Je n'aime pas l'idée que *qui que ce soit* me surveille.

— Ce type dans la rue vous surveillait, riposta-t-il d'une voix volontairement dure. Et il vous attendait.

— Je sais, murmura-t-elle en se frottant le front d'un geste qui trahissait sa lassitude.

— Emmanuelle...

Zach cherchait désespérément comment l'atteindre, comment forcer ces défenses qu'elle avait élevées entre eux, depuis le soir de leur première rencontre, dans le cimetière Saint-Louis.

— Si vous avez la moindre idée sur ce qui se passe en ce moment, il faut me le dire, Emmanuelle. Vous comprenez, n'est-ce pas, que je ne peux pas vous aider si vous ne me faites pas confiance ?

Le problème, c'est qu'elle n'avait aucune raison de lui faire confiance, et tous deux le savaient. Quoi qu'il pense, il demeurait son ennemi.

La jeune femme baissa les yeux.

— Vous m'avez demandé un jour si je pensais qu'Henri avait pu être tué par erreur, à ma place... Au début, je me suis refusée à envisager cette hypothèse. Mais depuis la mort de Claire, je ne sais plus que penser. Peut-être s'agit-il d'un fou qui veut nous voir tous morts. Ou, comme vous l'avez suggéré, d'un ancien patient qui veut se venger parce qu'il nous tient pour responsables de ses malheurs.

— Peut-être, fit Zach, dubitatif. Voyez-vous quelqu'un, en particulier, qui pourrait souhaiter votre mort ?

— J'ai beau chercher sans relâche, je ne vois personne.

— Pas même Philippe ?

— Philippe est mort.

— Et si par hasard il ne l'était pas ?

Une petite veine à la base du cou d'Emmanuelle se mit à battre.

— Philippe était médecin. Il sauvait des vies. C'était tout le contraire d'un assassin.

— Pourtant, l'idée qu'il puisse être le coupable vous a traversé l'esprit, n'est-ce pas ?

Elle se détourna pour regarder dehors.

— Je me suis dit… Il avait pu croire que je l'avais trahi et… Mais, non, il n'aurait pas fait cela. Pas Philippe. Avant de s'enfuir, mon agresseur a crié que j'étais folle et qu'il comprenait qu'ils veuillent me supprimer.

— *Ils ?* répéta Zach, soudain tendu. Il a utilisé le pluriel ?

— Oui. Mais je ne suis pas certaine qu'il sache exactement qui l'employait.

— Il doit savoir quelque chose, s'entêta Zach.

Elle paraissait soudain si vulnérable qu'il éprouvait l'irrépressible envie de la serrer dans ses bras pour la réconforter. Au lieu de quoi, il remit son chapeau et tourna les talons.

— Je ne vous ai pas remercié, dit-elle.

Il s'immobilisa et se retourna.

— De quoi ?

— De tenter de me protéger.

Décidément, elle le surprendrait toujours.

— Vous savez que vous êtes une sacrée tête de mule ?

Elle esquissa un sourire.

— Je sais.

Fletcher se triturait la moustache en contemplant le fleuve.

— Comment veux-tu qu'on retrouve un minable Irlandais qui prend de l'opium dans une ville de près de deux cent mille habitants dont pas un n'est disposé à collaborer avec nous ? Autant chercher une aiguille dans une botte de foin.

Fletcher et Zach s'étaient rendus sur le port pour contrôler les papiers d'un cargo à destination de Boston. Mais c'était une inspection de pure routine : la cargaison du bateau – coton et sucre, pour l'essentiel – faisait partie des biens confisqués par Andrew

Butler, le frère du général. Zach n'avait aucun pouvoir d'empêcher le bateau d'appareiller.

— C'est toi le policier, fit-il valoir. Vas-y, donne-moi ton point de vue.

Fletcher haussa les épaules.

— Qu'est-ce qui te fait penser que ce type n'était pas seulement un opiomane à la recherche d'argent pour s'acheter sa drogue ?

— Il lui a lancé que des gens voulaient sa mort.

Fletcher le regarda droit dans les yeux.

— Et depuis quand accorde-t-on foi à ce que raconte Mme de Beauvais ?

— Je suis convaincu qu'en l'occurrence elle dit la vérité.

— Imagine qu'elle ait elle-même embauché son supposé agresseur, juste pour nous faire croire qu'on cherchait à la supprimer ?

— Elle ignorait que nous la faisions suivre.

— C'est ce qu'elle prétend.

— Je veux bien admettre qu'elle puisse être bonne actrice, mais pas à ce point-là.

— Tu veux mon avis ? Eh bien, je trouve qu'elle est un peu trop mouillée dans cette affaire pour être honnête. Réfléchis : l'arbalète se trouvait chez elle avant le meurtre de Santerre. Et après. Et elle sait s'en servir. Il n'y a que toi pour croire à cette histoire d'intrus qui la lui aurait dérobée puis serait mystérieusement venu la remettre dans l'armoire.

— Mais enfin, pourquoi Emmanuelle de Beauvais aurait-elle voulu tuer Henri Santerre ? Pour hériter d'un hôpital tellement endetté qu'elle doit travailler comme une folle simplement pour le garder ouvert ?

— Les gens ne tuent pas uniquement par cupidité.

— Admettons. Quel serait son mobile, alors ? La vengeance ? Mais de quoi, grands dieux ? Henri Santerre était comme un père pour elle.

— Je ne pensais pas à une vengeance, mais plutôt à une précaution. Santerre avait peut-être découvert qu'elle avait trahi son mari.

Au loin, les cloches de la cathédrale sonnèrent pour rassembler les fidèles. Zach secoua la tête.

— Pour l'instant, nous ne savons absolument pas si c'est elle qui a trahi Philippe. Mais à supposer que cela soit le cas, qu'aurait fait Santerre ? Tu crois qu'il serait venu la dénoncer à son tour ?

— Elle a pu le craindre.

— Ça ne tient pas debout. Je ne la vois pas tuer quelqu'un pour une raison pareille.

— Ah ! fit Fletcher, triomphant. Tu penses donc toujours qu'elle en serait capable.

Les cloches sonnaient sans discontinuer.

— Je pense que beaucoup de gens en seraient capables, dans certaines circonstances. Et ceux qui prétendent le contraire se mentent à eux-mêmes.

— Eh bien, elle a peut-être ses raisons que nous ignorons. Je te rappelle que tu n'as cessé de dire qu'elle cachait quelque chose. Même quand moi je la prenais encore pour une veuve fragile.

— Je n'ai pas changé d'avis. Mais je ne la crois pas coupable pour autant.

— Je pense différemment, si tu le permets. Et je compte bien te prouver que j'ai raison.

Des mouettes planaient au-dessus de leurs têtes, leurs cris se mêlant aux roucoulements des pigeons du square voisin.

— Tu peux toujours essayer. Mais retrouve-moi d'abord cet Irlandais.

Deux jours plus tard, les nuages recouvraient toujours la ville, mais aucune goutte de pluie n'était encore tombée.

Zach se trouvait au tribunal, pour régler quelques dossiers sans importance, quand le jeune caporal qui était venu lui annoncer la mort de Claire fit de nouveau irruption, tout aussi essoufflé que la première fois.

— Major, le capitaine Fletcher m'envoie vous dire qu'il a retrouvé l'Irlandais.

Zach se frotta les mains. Peut-être tenaient-ils enfin une piste.

— Où est-il ?

— Le capitaine ? À l'hôpital militaire, major.

— Il est blessé ?

— Il est mort – l'Irlandais, je veux dire. Le capitaine Fletcher a fait emporter son cadavre à l'hôpital.

Zach se sentit blêmir.

— C'est Fletcher qui l'a tué ?

Le caporal secoua la tête avec véhémence.

— Non, major. Il était déjà mort quand le capitaine l'a trouvé. Il veut une autopsie pour qu'on lui confirme la cause du décès, mais il sait déjà à quoi s'en tenir.

Zach eut l'intuition que l'Irlandais n'avait pas été tué par balle.

— Comment est-il mort ?

— Empoisonné, major.

23

Avant la guerre, l'hôpital militaire Saint-James était un hôtel. Sa façade de brique et de stuc ne manquait pas de charme, et l'établissement était réputé pour accueillir une clientèle huppée. Le général Butler l'avait réquisitionné, avec sa rudesse habituelle, dès le début de l'occupation. En l'espace de quelques semaines l'endroit était devenu une sorte de cour des miracles. Chaque jour de nouveaux blessés arrivaient sur des civières et transitaient par le hall avant d'être répartis dans les chambres.

Alors qu'il passait devant l'ancienne réception, dont le lustre était à présent couvert de poussière, Zach songea à l'hôpital Santerre, toujours si scrupuleusement entretenu, et il eut une pensée respectueuse pour la femme qui consacrait toute son énergie à empêcher sa fermeture.

La salle d'autopsie avait été installée dans ce qui tenait autrefois lieu d'office. Zach retrouva Fletcher devant la porte.

— Où l'as-tu découvert ? demanda-t-il d'emblée.

— Derrière un entrepôt, sur les quais. D'après le légiste, il serait mort très peu de temps après avoir agressé Mme de Beauvais.

— Il est là ? Le docteur, je veux dire.

Fletcher hocha la tête.

— C'est le Dr Sinclair. Je l'ai prévenu que tu souhaiterais voir le corps pour l'identifier.

— Allons-y, fit Zach, qui poussait déjà la porte.

La pièce empestait le formol mêlé à d'autres produits chimiques.

— Oui ? fit un jeune homme d'environ vingt-cinq ans, occupé à laver un jeune soldat décédé.

Le Dr Sinclair était de petite taille, avec un embonpoint précoce. Son tablier, qui avait dû être blanc au début de la matinée, était déjà parsemé de traînées sanglantes, tel celui d'un garçon boucher.

— Voici le major Cooper, indiqua Fletcher. Il est venu voir cet Irlandais empoisonné.

— Ah, oui.

Le médecin passa à une autre table et tira légèrement sur le drap qui recouvrait un corps.

— Le voici.

— Seigneur ! ne put s'empêcher de s'exclamer Zach en reculant involontairement.

Le jeune médecin hocha la tête.

— Les empoisonnements à la strychnine ne sont jamais beaux à voir. La mort se fait par convulsion et la rigidité cadavérique intervient presque instantanément. Ce qui explique que les corps restent dans l'état de leur agonie finale, les yeux révulsés et les traits déformés par la souffrance.

— C'est bien lui ? demanda Fletcher, qui semblait pressé d'en finir.

— C'est bien lui, confirma Zach.

— Parfait. Alors, fichons le camp d'ici.

Ils ressortirent sans attendre. La pluie ne se décidait toujours pas à tomber, et l'atmosphère était de plus en plus lourde et moite.

— As-tu pu établir l'identité de ce type ? demanda Zach.

Fletcher avait sorti son mouchoir pour s'éponger le front.

— Non. Nous n'avons trouvé dans ses poches qu'une vieille montre, un peigne cassé qui n'avait pas dû beaucoup servir et cent dollars en petites coupures. Ah, et aussi ça, ajouta le capitaine, qui fouilla dans ses poches pour en tirer une petite fiole. D'après Sinclair, c'est de l'opium. Mélangé à de la strychnine.

Zach prit la fiole et l'observa à la lumière.

— Ce qui signifie que notre assassin a facilement accès aux poisons.

— L'opium et la strychnine peuvent s'acheter dans n'importe quelle pharmacie.

— À petites doses, oui. Et il faut laisser son nom pour la strychnine.

Fletcher soupira.

— Laisse-moi deviner: tu veux que je passe en revue les registres de toutes les pharmacies de la ville ?

Zach le gratifia d'un grand sourire.

— Excellente idée, vieux.

— Très drôle.

Ils marchèrent quelques instants en silence, puis Zach demanda :

— Et cet entrepôt, où tu l'as trouvé, où est-il situé exactement ?

— Pas très loin de l'endroit où ta veuve prétend avoir été agressée.

— Elle *a* été agressée. J'étais présent, rappelle-toi.

Fletcher lui glissa un regard oblique.

— À ta place, j'y réfléchirais à deux fois avant d'accepter de manger ou de boire quoi que ce soit chez elle.

Le clocher de la cathédrale sonna neuf coups, mais la maison de la rue Dumaine était déjà plongée dans l'obscurité quand Zach l'atteignit. Seule la chambre donnant sur la rue était encore éclairée, mais les volets étaient tous fermés. À tout hasard, il frappa à la porte, bien qu'il doutât qu'on lui réponde. Au bout d'un moment, cependant, il entendit un bruit de pas dans l'escalier. Deux secondes plus tard, la porte s'ouvrait sur Emmanuelle.

Elle tenait un bougeoir de cuivre à la main. La flamme de la chandelle projetait des ombres vacillantes sur son délicat visage. Ses cheveux flottaient librement sur ses épaules et elle ne portait qu'un léger peignoir ceinturé à la taille. Zach eut la certitude qu'elle ne portait rien en dessous.

— Vous ne devriez pas ouvrir votre porte dans cette tenue.

— Je savais que c'était vous, répondit-elle avec un sourire énigmatique, avant de tourner les talons.

Après un bref instant d'hésitation, Zach se décida à la suivre et referma la porte derrière lui.

— Je ne pensais pas que vous vous coucheriez si tôt, dit-il en la rattrapant sur les marches. Je suis désolé de vous avoir dérangée.

Il remarqua qu'elle était pieds nus, et que ses hanches oscillaient sensuellement tandis qu'elle gravissait l'escalier.

— Je ne dormais pas. Dominic passe la nuit chez ses grands-parents, et Rose a pris sa soirée. Je m'étais installée dans mon lit pour lire.

Aussitôt, Zach l'imagina nue entre les draps. À une époque où tant d'hommes et de femmes allaient au lit bardés de plusieurs épaisseurs de tissu, Emmanuelle de Beauvais dormait, de toute évidence, sans le moindre vêtement.

Arrivée sur le palier, elle s'arrêta.

— Vous l'avez retrouvé ? Mon agresseur, je veux dire.

— Oui.

Quelque chose dans son expression ou dans sa voix alerta la jeune femme. Elle porta la main à ses lèvres.

— Mon Dieu ! Il est mort, c'est cela ?

Quiconque l'aurait vue à cet instant aurait été persuadé que son chagrin était sincère.

— Il a tenté de vous tuer, lui rappela Zach. Pourquoi compatir sur son sort ?

— Sans doute parce que sa mort me concerne plus ou moins directement. Quoi qu'il en soit, aucune mort ne m'a jamais réjouie.

— Vous êtes probablement la seule personne dans cette ville à éprouver de la peine pour lui. Nous ignorons jusqu'à son nom.

La jeune femme sortit sur la galerie. Elle éteignit son bougeoir et le posa sur une table, puis elle s'accouda à la balustrade et contempla le ciel étoilé.

— Ce qui signifie que vous ne savez pas non plus qui a pu l'engager, n'est-ce pas ? dit-elle au bout d'un moment.

— Non, en effet. En revanche, nous savons comment il est mort. De la strychnine avait été mélangée à son opium.

— Mon Dieu ! Quelle mort horrible.

— Horrible pour lui, assurément. Mais nous avons peut-être là une chance de remonter jusqu'à son assassin. La strychnine ne se procure pas anonymement. Si elle a été achetée dans cette ville, nous découvrirons par qui grâce aux registres des pharmaciens.

La jeune femme agrippait si fort la balustrade que les jointures de ses doigts avaient blanchi.

— Le poison n'a pas forcément été acheté. La strychnine s'obtient à partir de plantes, comme la tanaisie. Si l'assassin savait comment fabriquer le premier poison, il savait probablement aussi fabriquer le second.

Zach s'accouda à côté d'elle. Il était si près qu'à chaque souffle de brise il sentait le pan de son peignoir lui frôler la jambe.

— En dehors de Papa John, qui saurait comment l'extraire ?

Comme elle ne répondait pas, il lui jeta un coup d'œil, et vit la peur dans son regard.

— Dieu du ciel, murmura-t-il, atterré. Vous savez le faire, n'est-ce pas ?

Elle hocha la tête. Son visage semblait un masque pâle dans la semi-pénombre.

— Nous en avons employé tous les trois, Henri, Philippe et moi. À petites doses, la strychnine est très efficace contre les vers intestinaux. Exactement comme la tanaisie.

— Qui savait que vous utilisiez de la strychnine ?

Elle haussa les épaules.

— Je ne sais pas. Charles Yardley, sans doute. Et peut-être aussi Hans. Pourquoi ?

— Parce que mon ami Fletcher est convaincu que vous êtes notre assassin et que cet aveu supplémentaire pourrait lui suffire pour vous traduire en justice.

Sa respiration s'était accélérée, mais elle conserva un admirable sang-froid.

— Et vous, major ? Qu'en pensez-vous ?

Zach lui prit doucement le menton.

— Je pense que celui qui est derrière tout cela est complètement fou. Or, vous ne l'êtes pas.

Un étrange sourire ironique retroussa ses lèvres pulpeuses.

— Je pourrais l'être. Sans que vous vous en rendiez compte.

— Je vous connais, dit-il simplement.

Zach luttait pour ne pas l'attirer dans ses bras. Il brûlait de goûter à nouveau à ses lèvres, d'enfouir les mains dans sa chevelure soyeuse, de plaquer son corps si tentant contre le sien pour en explorer les courbes voluptueuses. Frissonnant, il s'écarta d'elle pour aller s'adosser à l'un des piliers de bois de la galerie. Des éclairs zébraient parfois le ciel, essayant de percer la couche nuageuse. Un vent chaud et humide soufflait en de brusques bourrasques.

— Il y a deux ans, commença-t-il, je me suis trouvé dans un fort – le fort McKenna – où ont eu lieu une série de meurtres. Apparemment, aucun de ces meurtres ne semblait lié entre eux. Le seul point commun entre toutes les victimes – des hommes, des femmes et même un enfant –, c'est qu'elles avaient trouvé la mort de façon non naturelle. Je n'étais que capitaine, à l'époque, mais je me sentais assez fort pour démasquer l'assassin.

Emmanuelle s'approcha de lui.

— Y êtes-vous parvenu ?

— Oui.

« Mais trop tard pour sauver Rachel », songea Zach avec amertume.

— L'assassin était l'un des lieutenants du fort, reprit-il. Il était issu d'une bonne famille du Maryland, sortait de West Point et n'avait même pas vingt-deux ans. Tout paraissait lui sourire.

— Était-il fou ?

Zach poussa un profond soupir.

— Je n'en sais rien. Je ne suis pas médecin. Mais il donnait l'impression d'avoir toute sa raison. C'était d'ailleurs ce qu'il y avait de plus effrayant chez lui. Il paraissait tellement lucide, tellement intelligent, tellement normal... Il m'a fallu du temps pour comprendre qu'il souffrait d'un manque fondamental : la compassion. Il pensait sincèrement que ses désirs importaient plus que tout le reste, plus même que la vie de ses semblables.

— Que désirait-il donc si fort ? Pourquoi tuait-il ces gens ?

Zach se tourna vers la jeune femme et posa les mains sur ses hanches pour l'attirer à lui.

— C'était juste un jeu. Il voulait se mesurer à moi.

La jeune femme ne chercha pas à le repousser, mais ne s'abandonna pas non plus à son étreinte.

— Pourquoi ? Vous le connaissiez ?

— Ce n'était pas un ami, mais oui, je le connaissais.

— Vous voyez ! Vous le connaissiez, et pourtant vous ne vous doutiez pas de ce dont il était capable.

— Je savais qu'il n'aurait pas été peiné par la mort d'un quelconque Irlandais opiomane, rétorqua Zach en enroulant une boucle des cheveux de la jeune femme autour de son doigt. Parfois, je pense que vous êtes beaucoup trop consciente du lien qui vous relie au reste de l'humanité.

Elle rit.

— Je n'en suis pas si sûre. Ces derniers temps, j'ai l'impression de consacrer plus d'énergie à m'inquiéter de mon sort que de celui de mes semblables.

Zach lui prit le menton et plongea son regard dans le sien.

— Vous avez peur, n'est-ce pas ? Vous essayez de ne pas le montrer, mais vous avez peur.

Elle laissa échapper un long soupir.

— Je suis terrifiée, avoua-t-elle sans détour. Dominic a déjà perdu son père. Je ne voudrais pas qu'il me perde aussi... À cause de cet assassin, ou des soupçons du capitaine Fletcher à mon encontre.

Zach lui emprisonna la nuque, son pouce allant et venant doucement le long de son cou.

— Je ne laisserai rien vous arriver de funeste.

— Mais supposez que votre ami Fletcher ait raison. Que feriez-vous, major ?

Il ne répondit pas, mais c'était inutile. Emmanuelle lut la réponse dans ses yeux et sourit. Si Hamish Fletcher avait raison, le major Cooper mettrait un point d'honneur à la déférer lui-même au tribunal pour qu'elle y soit jugée. Et vraisemblablement pendue. Elle le savait, mais trouvait cela normal. C'était d'ailleurs ce qui, depuis le début, pimentait leur relation, la nourrissait : ce mélange de désir, de défi et d'interdit.

Elle souriait toujours quand il enfouit la main dans sa chevelure, lui inclina la tête en arrière et l'attira brutalement à lui. Elle se hissa sur la pointe des pieds, les bras noués autour de son cou, le corps ployant contre le sien tandis qu'il réclamait ses lèvres.

Ce fut un baiser violent, à la mesure de cette passion à laquelle ils avaient trop longtemps refusé de s'abandonner. Il explorait sa bouche avec avidité, elle lui répondait avec une égale ardeur. Elle gémit lorsqu'il glissa le genou entre ses cuisses. Les doigts tremblants, elle s'attaqua aux boutons de sa tunique.

— Je vous veux, murmura-t-il tout contre ses lèvres.

Elle sentit ses mains s'insinuer sous son peignoir, suivre la courbe de ses hanches, tandis qu'il la plaquait étroitement contre son sexe durci par le désir.

— Ici. Maintenant, Emmanuelle, souffla-t-il. Rien ne nous retient.

— Non, rien, se contenta-t-elle de répondre.

Sans attendre, Zach l'entraîna vers la porte-fenêtre qui donnait sur la salle à manger. Il existait une bonne demi-douzaine de raisons qui auraient dû le dissuader d'aller plus loin, mais en cet instant précis, il s'en contrefichait royalement.

24

La salle à manger était à peine plus qu'un théâtre d'ombres irréelles flottant à la limite de la conscience de Zach. Tout juste remarqua-t-il le grand miroir, suspendu au-dessus de la cheminée, qui reflétait un peu de la lumière de la rue. Accrochés l'un à l'autre, ils s'embrassaient à perdre haleine, se caressaient fiévreusement, comme pour rattraper le temps perdu. Il heurta de la hanche ce qui devait être la table, renversa une chaise au passage, et parvint à s'arracher un instant aux lèvres d'Emmanuelle pour l'allonger sur le parquet.

Le peignoir de la jeune femme s'entrouvrit, découvrant les globes parfaits de ses seins. Il tira d'un coup sec la ceinture qui le retenait à la taille tant il brûlait de voir son corps nu. Puis, les yeux rivés aux siens, il s'inclina sur elle et prit entre ses lèvres la pointe rose d'un sein. Elle cambra les reins en gémissant.

— Mon Dieu… souffla-t-elle, tandis que les lèvres et la langue de Zach s'activaient sur chacun de ses seins.

Elle s'agitait sous lui, murmurait des mots sans suite, les doigts enfouis dans ses cheveux pour le retenir contre elle. Zach, qui avait rêvé de lui faire l'amour lentement, avec douceur, sentait ses bonnes résolutions l'abandonner. Il avait quasiment atteint le point de non-retour, et elle avec lui, qui tentait frénétiquement de lui arracher ses vêtements. Il se redressa un instant, tâtonnant pour se débarrasser de son sabre, arracher sa tunique et sa chemise. Déjà Emmanuelle lui caressait avidement le torse, les hanches arquées, le réclamant en elle.

— Maintenant, murmura-t-elle, en même temps qu'elle enroulait les jambes autour de ses hanches. Je t'en supplie.

Zach ne se fit pas prier. Il captura ses lèvres avec voracité, cependant qu'il bataillait avec les boutons de son pantalon. Elle glissa les doigts dans sa ceinture et tira vers le bas. Puis sa main se referma sur son sexe érigé et Zach crut mourir.

— Seigneur ! s'exclama-t-elle, avec un petit rire tremblant, en commençant à le caresser.

Zach lui écarta les cuisses, au bord de l'explosion. Elle lui répondit en le guidant là où il voulait être. Là où elle voulait qu'il soit. Elle leva les yeux vers lui, leurs regards s'aimantèrent. Le temps parut se dilater dans l'intensité du moment, puis Zach plongea en elle, là, sur le parquet de la salle à manger. Il se perdit dans la moiteur brûlante de sa féminité.

Il s'enfonça profondément, lui arrachant un cri étranglé. Elle l'agrippa aux épaules, haletant, gémissant, laissant échapper de petits bruits de gorge voluptueux qui le rendaient fou. Elle ondulait sous lui, l'incitant à se mouvoir en elle. Ce qu'il fit. De puissants coups de reins dont le rythme allait en augmentant. Vite, toujours plus vite.

À demi dressé sur ses bras, il la dévorait des yeux, consumé par un désir sans borne, emporté dans le tourbillon d'un plaisir comme jamais il n'en avait connu. Et soudain il sut, au plus profond de lui-même, qu'au-delà de ce seul moment de plaisir dévorant, il pourrait passer le restant de ses jours à faire l'amour à cette femme, à se noyer dans le lac ensorcelant de ses yeux. Et que cela même ne lui suffirait pas, parce que son désir n'était pas seulement charnel. La force qui l'attirait irrésistiblement vers elle allait bien au-delà de la seule union des corps. Puis la jouissance fit irruption, balayant tout sur son passage telle une coulée de lave en fusion.

Emmanuelle se cramponna à lui, ses doigts se crispèrent sur ses épaules musclées tandis qu'une vague d'une intensité inouïe la secouait toute. Zach la combla d'une dernière et glorieuse poussée, avant de s'abîmer à son tour dans l'extase.

Allongée sur le sol, Zach pesant de tout son poids sur elle, Emmanuelle écoutait le tonnerre se rapprocher, tandis que le vent agitait les branches du bananier, dans la cour, que le battant de la porte-fenêtre claquait contre le mur. Cela faisait une éternité qu'elle n'avait éprouvé un tel plaisir à serrer un homme ainsi dans ses bras. Une éternité qu'elle n'avait connu une telle félicité.

— Je dois t'écraser, fit-il doucement, se déplaçant légèrement de côté tout en gardant le visage enfoui au creux du cou de la jeune femme. Je ne t'ai pas fait mal ?

— Je ne suis pas aussi fragile que j'en ai l'air.

Il leva la tête pour la contempler et elle vit dans ses yeux le reflet de son propre désir renaissant.

— Je le sais bien.

Un éclair déchira le ciel, illuminant brièvement la pièce. Emmanuelle trouvait cet homme si beau, d'une beauté sombre et sauvage qui avait le don de l'exciter et de l'effrayer tout à la fois. Même s'il ne l'avait pas soupçonnée de meurtres, même s'il n'avait pas eu le pouvoir de l'envoyer à la mort, il l'aurait effrayée. Il était trop passionné. Trop entier. Elle savait qu'il ne pourrait se contenter de cette seule union charnelle entre eux, et cela la terrifiait.

Il se pencha sur elle et l'embrassa avec une telle tendresse que la jeune femme en oublia ses inquiétudes pour s'abandonner de nouveau au plaisir des sens.

— J'ai encore envie de toi, avoua-t-il.

Il lui décocha l'un de ses sourires espiègles qui la faisaient littéralement fondre.

— Est-ce que le plancher te fait mal au dos, comme il me fait mal aux genoux ? s'enquit-il.

Elle gloussa, puis laissa ses mains errer jusqu'au creux de ses reins.

— J'ai un lit. Si tu me promets d'enlever tes bottes, je...

Il tressaillit et, à son regard médusé, Emmanuelle comprit qu'il ne s'était même pas rendu compte qu'il les avait gardées. Elle-même, du reste, portait toujours son peignoir, même s'il ne cachait plus grand-chose de son corps.

Zach roula sur le dos en éclatant d'un rire grave et sensuel qui, inexplicablement, serra la gorge de la jeune femme. C'est en entendant ce rire, décida-t-elle plus tard, qu'elle éprouva soudain l'envie folle de rester avec lui pour toujours.

Elle avait laissé de la lumière dans sa chambre. Une simple chandelle, en vérité, posée sur le manteau de la cheminée et qui projetait sur le papier peint de grandes ombres mouvantes. À peine eut-elle pénétré dans la pièce qu'elle s'immobilisa. Zach la suivait, sa tunique et son ceinturon négligemment jetés en travers de l'épaule. Emmanuelle réalisait soudain que ce ne serait pas la même chose de faire l'amour avec lui dans l'intimité de sa propre chambre. Dans la salle à manger, elle pouvait toujours se convaincre qu'elle avait cédé à la passion de l'instant, que ce qu'elle avait ressenti n'était que pure volupté physique dans laquelle les sentiments n'entraient pas en ligne de compte. Mais là...

— Tu as changé d'avis ? lâcha-t-il, observateur. Tu veux que je me rhabille ?

Il ne portait que son pantalon et sa chemise ouverte.

Elle se tourna vers lui et, d'un geste résolu, lui prit sa tunique des mains pour la draper sur le dossier de la chaise qui se trouvait devant sa coiffeuse. Elle eut un moment d'arrêt. La vision en pareil endroit de cet uniforme honni était saisissante. Curieux comme elle avait réussi, en quelques heures, à oublier quel uniforme il portait, qui était le major.

— Cela t'ennuie, n'est-ce pas ? dit-il.

Il la rejoignit et croisa son regard dans le miroir de la coiffeuse.

— Pourtant, il y a encore deux ans, cet uniforme était aussi celui de ton pays. Mon pays et le tien ne faisaient qu'un.

— Nous ne sommes plus il y a deux ans.

Zach posa les mains sur les épaules de la jeune femme et la fit pivoter face à lui.

— Non. Il y a deux ans, ton mari était encore vivant.

Emmanuelle le dévisagea, le cœur battant douloureusement.

— Qui parle ainsi ? Le bras droit du général Butler, ou mon amant ?

Zach fit descendre ses mains le long de son dos et la plaqua contre lui d'un geste possessif.

— Ton amant.

Il l'embrassa longuement, fougueusement, tout en la caressant avec une familiarité nouvelle. Il libéra finalement ses lèvres, le souffle court, et murmura :

— Cette fois, nous allons faire ça dans les règles. Enlève ce peignoir. Je veux te voir en pleine lumière.

Emmanuelle recula d'un pas et s'exécuta.

— Je commence à te soupçonner d'être très sensuel, observa-t-elle, un sourire aux lèvres.

Il la contemplait d'un regard assombri par le désir et elle sentit un délicieux frisson d'excitation la parcourir.

— Mais tu aimes ça, n'est-ce pas ? répliqua-t-il.

Elle fit un nouveau pas en arrière et buta contre le grand lit en bois de rose drapé d'une moustiquaire en partie relevée. Se laissant choir sur le matelas, elle s'appuya sur les coudes, les jambes légèrement écartées, sa chevelure de soie sombre s'évasant en corolle sur la courtepointe de brocart. C'était une pose délibérément provocante, qui aurait probablement déconcerté pas mal d'hommes. Mais pas lui.

Il s'approcha d'elle, si près que ses jambes frôlaient l'intérieur de ses genoux. Son regard était aussi brûlant qu'une caresse.

— Viens, souffla-t-elle.

Il se pencha sur elle avec un sourire carnassier, mais à l'instant où il s'apprêtait à s'emparer de ses lèvres, elle posa la main sur sa poitrine pour l'arrêter :

— Tes bottes, major.

Il se redressa, le regard brillant d'un désir si intense qu'il en était presque effrayant. Sans cesser de la fixer, il se débarrassa de ses bottes puis de ses vêtements. À présent il était entièrement nu, et c'était à son tour, à elle, de le dévorer des yeux.

— Dis-moi, demanda-t-il en la couvrant de son corps, je suis encore ton ennemi sans mon uniforme ?

Emmanuelle eut un pincement au cœur.

— Tu resteras toujours mon ennemi.

— Parce que je suis un homme ?

Elle secoua la tête, consciente de sa virilité qui palpitait au creux de ses cuisses.

— Je sais me débrouiller avec les hommes.

Il cueillit l'un de ses seins au creux de sa paume.

— Alors, pourquoi ?

Elle aurait pu lui répondre qu'il serait toujours son ennemi parce qu'il lui avait fait redécouvrir des sentiments qu'elle avait souhaité ne plus jamais connaître. Ou parce qu'il venait hanter ses nuits et l'empêchait de trouver le sommeil. Ou encore parce qu'elle éprouvait pour lui un désir d'une intensité bouleversante, alors qu'elle s'était juré que plus jamais elle ne laisserait un homme avoir un tel pouvoir sur elle. Au lieu de quoi, elle répondit simplement :

— Parce que tu m'effraies.

Et peut-être était-ce déjà trop.

Un autre homme aurait répondu : « N'aie pas peur », et l'aurait rassurée par de tendres baisers. Mais Zach Cooper encercla ses poignets avec un sourire ravageur et lui cloua les bras au-dessus de la tête.

— Mais tu aimes ça, fit-il.

Et elle ne put s'empêcher de rire.

25

Il reposait à plat ventre dans son lit. Entièrement nu. Lui, son ennemi.

Allongée à ses côtés, Emmanuelle écoutait les premières gouttes de pluie s'écraser contre les volets en éprouvant un étrange sentiment d'irréalité. Elle avait fait l'amour avec cet homme à plusieurs reprises, il avait exploré son corps avec ses mains et sa bouche, et elle lui avait retourné chacune de ses caresses, si intimes fussent-elles. Cependant elle n'arrivait toujours pas à croire que c'était bien lui qui dormait là, et qu'elle avait pu s'abandonner si complètement entre ses bras.

Elle le croyait endormi, mais quand elle effleura impulsivement son épaule d'une main légère, il tourna la tête, et lui décocha un sourire de pur contentement.

— Quelle heure est-il ? demanda-t-il en l'enlaçant pour l'attirer contre lui.

— 3 heures, je crois.

— Nom d'un chien ! Le soldat posté en faction dans la rue m'a vu entrer ici à 9 heures.

— De quelle réputation te soucies-tu ? De la mienne, ou de la tienne ?

Il rit.

— De la mienne, bien sûr.

Elle lui caressa les cheveux, comme elle aurait pu le faire avec Dominic.

— J'ai réfléchi, dit-elle. Les meurtres ne sont pas toujours provoqués par l'arrogance, l'égoïsme ou la cupidité.

Il écarquilla les yeux, interloqué.

— Pendant tout ce temps où tu étais étendue près de moi, dans le noir, tu réfléchissais à des meurtres ?

Elle sourit.

— Disons pendant une partie du temps.

Il se redressa sur un coude.

— Bon, vas-y, raconte-moi tout.

— L'été dernier, l'une des esclaves de Beau Lac, la plantation de mes beaux-parents, a perdu sa fille unique, âgée de huit ans. Tout le monde a d'abord cru que la fillette était tombée de la galerie, à l'étage, et qu'elle s'était fracassé le crâne sur le carrelage de la terrasse.

— Mais ce n'était pas le cas ?

— Non.

Elle coula un regard vers la porte qui communiquait avec la chambre de Dominic et ne put s'empêcher de frissonner en songeant combien les enfants – le sien, et les autres – étaient vulnérables.

— En fait, reprit-elle, la fillette était déjà morte, quand elle a été jetée par-dessus la balustrade. On a fini par découvrir que l'amant de sa mère, un esclave lui aussi, avait abusé d'elle. Voyant qu'elle criait, et qu'elle risquait d'ameuter des gens, il l'avait étranglée, puis jetée du haut de la galerie.

— Autrement dit, il l'avait tuée pour se protéger lui-même, résuma Zach. Et tu ne vois pas là un exemple d'égoïsme ?

— Je ne parlais pas du meurtre de l'enfant. Après avoir appris la vérité, la mère de la fillette s'est suicidée en se noyant dans les bayous. Mais avant de se tuer, elle a préparé à son amant une salade à laquelle elle a mélangé des feuilles de digitale.

— Des feuilles de digitale ?

— C'est un poison mortel.

— Est-ce que l'empoisonnement est une spécialité régionale, ou sont-ce juste les gens que tu connais ? Fletcher m'a bien mis en garde contre ce que tu pourrais me faire boire ou manger.

Emmanuelle leva les yeux au plafond, mi-amusée, mi-agacée.

— Ce que j'essaie de t'expliquer, c'est que ce meurtre-ci a pour origine le chagrin, et la passion.

Zach redevint sérieux.

— Tu penses que c'est à ce genre de mobiles que nous avons affaire ? Des meurtres pour se venger ? Mais pourquoi ? Qu'est-ce qu'Henri Santerre, Claire Latouche et toi auriez donc pu faire pour susciter une telle haine ?

— Je ne sais pas. Mais qu'en est-il si tu as raison ? Si Henri a été tué par erreur ?

— Alors, ma question devient : qu'est-ce que Claire Latouche et toi avez pu faire pour qu'on vous haïsse à ce point ?

Zach lui caressa doucement les cheveux, le regard rivé au sien, et ajouta gravement :

— Si tu le sais, tu dois absolument me le dire. C'est le seul moyen pour que je puisse te protéger.

Elle ferma les yeux pour contenir les larmes qu'elle se refusait à laisser couler.

— Je n'y comprends rien.

— Même si l'assassin était Philippe ?

Elle rouvrit les yeux.

— Philippe est mort.

Zach s'assit brusquement, sans la lâcher.

— Tu ne cesses de le répéter, mais comment peux-tu en être aussi sûre ? Il a été enterré dans les bayous par une patrouille qui n'a pu l'identifier que grâce aux papiers qu'il portait sur lui.

— Hans m'a raconté que Philippe était mort dans ses bras.

— Peut-être. Mais peut-être aussi que Hans a ses raisons pour ne pas avouer toute la vérité sur ce qui s'est passé cette nuit-là. Après tout, il est l'unique survivant de l'expédition, non ?

— Qu'essaies-tu de me dire ?

— Que tu ne peux prendre tout ce qu'on raconte pour argent comptant. Pas quand ta vie est en danger.

Elle s'agenouilla devant lui, les mains jointes comme en prière.

— Tu ne comprends pas. Philippe a fait beaucoup de choses répréhensibles, dans sa vie. De choses que la plupart des gens trouveraient choquantes. Mais ce n'était pas un assassin. Il n'aurait jamais tué quelqu'un de sang-froid. Je l'ai vu sangloter au chevet d'un malade ou d'un blessé qu'il n'avait pas pu sauver. Et puis...

Elle s'interrompit un instant et son silence fut aussitôt couvert par le bruit de la pluie qui crépitait sur le toit.

— Et puis, Philippe n'avait aucune raison de me tuer, acheva-t-elle.

Zach la dévisagea si longuement, d'un regard si pénétrant, qu'elle ressentit un frisson d'appréhension auquel se mêla quelque chose qui ressemblait à de l'excitation.

— Une chose est certaine, Emmanuelle : tu es la seule à le savoir.

Elle crut qu'il allait l'interroger sur les amants qu'elle aurait pu avoir au cours de ces onze longues années où Philippe allait s'amuser ailleurs. À sa place, son collègue Fletcher ne se serait pas gêné. Zach, lui, se contenta de la prendre dans ses bras et de capturer ses lèvres avec une fougue qui ranima aussitôt le désir de la jeune femme.

Ce n'est que plus tard qu'elle comprit qu'il lui avait posé la question, à sa façon. Et qu'elle lui avait en quelque sorte répondu.

Il la quitta juste avant l'aube. Il se glissa sans bruit hors du lit, rassembla ses vêtements et entreprit de se rhabiller. Emmanuelle demeura immobile, pour ne pas lui laisser deviner qu'elle était éveillée et qu'elle l'observait du coin de l'œil. Elle le regarda revêtir son uniforme, boucler son ceinturon, et alors qu'elle aurait dû éprouver de la haine, elle sentait son cœur battre dangereusement. Comment cela avait-il pu arriver ?

La main sur le pommeau de son sabre, il s'approcha du lit et se pencha vers elle pour déposer un doux baiser sur sa joue.

— Il faut que j'y aille, lui chuchota-t-il à l'oreille. Ce n'est pas la peine de te lever.

Elle ne joua pas plus longtemps la comédie du sommeil. Passant le bras autour de son cou, elle l'attira contre elle le temps d'une étreinte furtive, mais poignante. Elle se sentait soudain envahie d'une immense tristesse et du désir absurde de le garder auprès d'elle pour toujours.

— J'ai une réunion avec Butler qui risque de durer. Je ne sais pas à quelle heure je pourrai me libérer. Je te vois dimanche ?

Elle tourna la tête, ses lèvres rencontrèrent les siennes le temps d'un long baiser qu'il eut un mal fou à rompre. Ce dimanche, Emmanuelle avait déjà prévu de se rendre à Congo Square avec Rose et Dominic. Mais même sans cela, sa réponse aurait été identique.

— Je ne peux pas refaire ce que nous avons fait cette nuit, murmura-t-elle sans le lâcher.

Il s'agenouilla près du lit.

— Rien ne nous y oblige.

— Mais c'est ce qui se passera. Tu le sais très bien.

— Je ne tenterai pas de nier que j'ai envie de toi, fit-il avec ce sourire de mauvais garnement qui la bouleversait.

Il n'ajouta pas qu'il l'aimait, mais ses yeux, sa bouche, ses mains parlaient à sa place. Puis soudain, il le dit, avec une assurance tranquille qui coupa le souffle à la jeune femme :

— Je t'aime.

— Non, protesta Emmanuelle, plaquant l'index sur ses lèvres. Je t'en prie.

Il lui mordilla les doigts, lui embrassa la paume, mais son expression s'était durcie.

— Non, quoi ? Ne m'aime pas ? Ou ne me le dis pas ?

Elle secoua la tête.

— Ce que nous avons fait cette nuit n'était pas de l'amour.

Ses prunelles s'assombrirent dangereusement.

— C'était quoi, alors ? De la luxure ? Lorsque je te fais ceci, dit-il en lui caressant les seins, tu appelles peut-être cela de la luxure, mais ne présume pas de mes sentiments.

Il se releva brusquement, tourna les talons et quitta la pièce sans ajouter un mot. C'était ce qu'elle désirait – du moins, le croyait-elle. Mais à peine fut-il parti qu'elle ressentit un effroyable sentiment de solitude et d'abandon.

La pluie avait cessé et le soleil avait fait sa réapparition dans un ciel uniformément bleu. Sous l'effet conjugué de la chaleur et de l'humidité, la ville ressemblait à un bain de vapeur.

En ce début d'après-midi, le bureau du général Butler était étouffant et ses occupants transpiraient tous abondamment.

— À présent, dit le général en fouillant dans une pile de dossiers, abordons le cas de cette Mme Eugenia Philipps, arrêtée pour avoir ri de nos soldats morts…

— Mon général, l'interrompit Zach, qui était debout depuis le début de la réunion et commençait à en avoir assez, d'après ce que j'ai compris, cette dame donnait une réception chez elle pour l'anniversaire d'un de ses enfants. Elle ignorait qu'une procession funèbre passait sous ses fenêtres.

Butler leva les yeux de son dossier.

— Êtes-vous au courant, major, que cette femme a déjà été arrêtée, à Washington, pour espionnage ?

Ce fut Fletcher qui répondit.

— Oui, mon général. Mais l'accusation était sans fondement et elle a été relâchée.

Il jeta un bref coup d'œil en direction de Zach. Ce dernier avait remarqué que quelque chose semblait le tracasser, et il le connaissait assez pour savoir que ce n'était pas la chaleur.

Le jeune Noir chargé d'éventer Butler s'était assoupi. Le général le poussa du bout du pied au derrière, aussitôt le gamin se remit à agiter sa feuille de palmier avec frénésie.

— Cette femme me paraît de toute évidence déloyale, déclara Butler. Elle a refusé de s'excuser sous prétexte qu'il n'y avait pas eu d'offense.

— Mon général, fit valoir Zach, cette femme a neuf enfants.

— Qu'elle doit sans doute dresser à cracher sur notre drapeau. Ils se débrouilleront aussi bien sans elle, décréta Butler.

Trempant sa plume dans l'encrier, il rédigea brièvement un ordre, avant d'ajouter :

— Elle sera conduite à Ship Island.

— Mais, mon général…

— Il n'y a pas de mais, major.

— Bien, mon général.

Zach était persuadé que la sévérité de la sentence avait moins à voir avec une quelconque insulte, du reste totalement imaginaire, qu'avec le fait que le mari de Mme Phillips avait la réputation, à Washington, d'être un meilleur avocat que Butler lui-même. Cette fois, cependant, il jugea préférable de garder son avis pour lui.

— Tu es le nouveau défenseur autoproclamé des femmes sudistes, ou quoi ? lança Fletcher, alors qu'ils quittaient le quartier général, une demi-heure plus tard. D'abord, tu interromps Butler. Ensuite, tu le contredis. Si tu n'y prends pas garde, major, toi aussi tu risques de finir à Ship Island.

Zach soupira. C'était toujours mauvais signe quand Fletcher l'appelait par son grade.

— Tu as quelque chose à me dire, *capitaine* ?

Les moustaches de Fletcher frémirent d'indignation.

— Qu'est-ce que je pourrais bien avoir à te dire, *major* ? Après tout, c'est toi qui m'as demandé de faire surveiller une certaine dame demeurant rue Dumaine ? Ce n'est pas comme si tu ignorais qu'un soldat était en faction devant sa porte. Et puis, qui suis-je pour te donner des leçons de morale ?

Zach soupira à nouveau, plus profondément encore.

— Où en es-tu avec les registres des pharmaciens ?

Fletcher renifla avec dédain.

— Je n'ai trouvé aucun nom qui aurait pu éveiller nos soupçons. Mais la liste comporte quelques médecins. J'ai demandé à deux de mes hommes de vérifier si l'un d'eux n'aurait pas un lien avec l'hôpital Santerre. Cela dit, je n'attends pas grand-chose de cette piste.

— J'ai bien envie de retourner dans les bayous, histoire d'avoir une autre petite discussion avec Papa John, annonça Zach sans regarder son ami.

Il ne savait pas ce qu'il ferait si celui-ci lui proposait de l'accompagner.

Heureusement, ce ne fut pas le cas. Fletcher semblait avoir son content d'alligators et de sorcellerie.

— Bonne idée, commenta le capitaine. Peut-être que ce roi vaudou pourrait te donner quelque chose pour refroidir tes ardeurs et t'empêcher de baisser ton pantalon à la première occasion.

— Je n'y vais pas pour lui parler de ça ! répliqua Zach, furieux.

— Tu as tort. Cette femme est dangereuse, tu as visiblement tendance à l'oublier, *major*.

L'après-midi touchait à sa fin quand Zach atteignit la clairière où se dressait la hutte de Papa John, mais ni la chaleur ni l'humidité n'avaient cédé un pouce de terrain. L'atmosphère était si chargée d'humidité qu'on avait l'impression de respirer à travers une serviette trempée. Au bourdonnement ininterrompu des insectes répondait le coassement des grenouilles. Exténué par sa journée – et sa nuit –, Zach se laissa glisser de selle plus qu'il ne mit pied à terre.

Debout dans l'encadrement de la porte de sa hutte, le vieux Noir lui sourit.

— Je me demandais quand vous reviendriez me voir, major.

26

— Vous savez pourquoi je suis là ? le questionna Zach.

Le vieillard opina du chef.

— Moi, oui. Mais vous ?

Jusqu'à cet instant, Zach aurait répondu qu'il était venu parler de poisons. Et pourtant, il se surprit à demander :

— Parlez-moi de Philippe de Beauvais.

— Chaque homme a ses vertus, ses faiblesses et ses contradictions, déclara Papa John. Que voulez-vous savoir au juste à propos de Philippe ?

— Aurait-il été capable de tuer ?

— Pourquoi ? demanda le vieillard en descendant l'échelle de rondins. Parce qu'il était fasciné par la mort ? Parce qu'il conservait dans sa chambre d'étranges trophées ?

Il s'immobilisa au pied de l'échelle et dévisagea Zach avec une intensité qui troubla celui-ci.

— Et si je vous disais, reprit-il, que Philippe de Beauvais avait libéré tous les esclaves de la petite plantation qu'il avait reçue en héritage de son grand-père, et qu'il aurait fait de même à Beau Lac, s'il avait vécu assez longtemps pour en hériter ? Qu'en penseriez-vous, major ?

— Je vous répondrai que la guerre libérera tous les esclaves.

Papa John eut un geste impatient de la main.

— C'est ce que vous prétendez. Mais la guerre a commencé il y a plus d'un an, et la femme qui a lavé votre chemise est toujours esclave, non ? La seule différence, c'est qu'elle travaille maintenant pour les Yankees.

Zach ôta son chapeau et s'épongea le front du bras. Il était furieux que Butler ait annexé les esclaves des maisons qu'il confisquait en même temps que leur mobilier. Mais le fait est qu'il portait une chemise lavée et repassée par une esclave.

— D'après ce que j'ai pu établir, dit-il prudemment, Philippe de Beauvais aurait été blessé à la tête. À supposer qu'il ait survécu, sa blessure aurait pu lui déranger l'esprit.

— Il arrive que des hommes blessés à la tête deviennent des assassins et qu'ils tuent même leurs amis ou leur épouse bien-aimée.

— J'ignorais que Philippe de Beauvais avait une épouse bien-aimée, ironisa Zach.

Il commençait à réaliser que, quoi qu'il soit venu chercher ici, il ne le trouverait probablement pas. Comme dans certains contes, Papa John répondait à une question par une autre question. En outre, il ne l'avait pas invité à entrer, et Zach se demandait pourquoi.

— Dites-moi, major, reprit le vieillard, avez-vous démasqué la femme qui l'a trahi ?

— Vous savez bien que non.

Papa John s'était dirigé vers un carré de plantes qui poussaient en désordre, dans la clairière. Zach le vit se baisser pour arracher une poignée d'herbes qui dégageaient une odeur étrange, vaguement déplaisante.

— Vous raisonnez avec des œillères, major. Des œillères constituées de préjugés et d'idées préconçues.

— Qu'est-ce que cela est censé signifier ?

Papa John se redressa lentement.

— Je pense qu'il vaut mieux que vous le découvriez vous-même.

Zach soupira.

— Qui serait capable d'extraire la strychnine ? demanda-t-il. Antoine Latouche ? Le docteur Yardley ?

Sa poignée d'herbes à la main, Papa John revint vers Zach, qui était demeuré au pied de l'escalier.

— Je constate que vous n'avez pas amené le capitaine Fletcher, cette fois. Est-ce parce que vous ne souhaitiez pas qu'il entende ce que je pourrais avoir à vous dire ?

Zach esquissa un sourire.

— Je vous ferai remarquer que vous ne me dites pas grand-chose, rétorqua-t-il. Il paraît que vous étiez l'ami d'Henri Santerre. Et pourtant, au lieu de m'aider à démasquer son assassin, vous vous comportez comme si j'étais votre ennemi.

Une lueur brilla dans les yeux du vieil homme.

— Des Noirs combattent et meurent des deux côtés, dans cette guerre, major. Pourquoi devrais-je être du vôtre ? Parce que Lincoln promet de libérer tous les esclaves ? Mais ensuite ? Que deviendront-ils, tous ces anciens esclaves, si personne ne leur donne de travail ni ne s'occupe d'eux lorsqu'ils seront vieux et malades ?

— Au moins, ils seront libres.

— Vous croyez ? Je n'en suis pas si sûr. Un jour peut-être, mais pas avant longtemps. Et plus cette guerre dure, avec son lot de victimes et de haines, pires seront les choses.

— C'est parfois le prix à payer pour qu'elles s'améliorent.

Au-dessus d'eux, dans la hutte, un léger bruit se fit entendre. Ce pouvait être le chat, sauf que Zach venait de l'apercevoir qui poursuivait un lézard, à l'autre bout de la clairière. Papa John ne prit même pas la peine de lever les yeux.

— Dites-moi, major, fit-il en fixant Zach d'un regard de défi, pensez-vous vraiment que parce que vous autres Yankees ne possédez plus d'esclaves, vous valez mieux moralement que les sudistes ? Oubliez-vous dans quelles conditions d'exploitation de la main-d'œuvre vos industriels s'enrichissent ? Cette guerre vous conforte peut-être dans l'idée que vous êtes dans votre bon droit, mais ne commettez pas l'erreur de penser que je suis dans votre camp.

— J'en prends note, répondit Zach.

Il retournait déjà vers son cheval, quand Papa John le héla :

— Hé, major !

Il se retourna. Entre-temps, le vieillard avait grimpé l'échelle de rondins et se tenait à la porte de sa hutte.

— Surveillez vos arrières, lui conseilla-t-il. Et ouvrez l'œil.

Zach haussa les sourcils.

— Pourquoi me mettre en garde si nous ne sommes pas du même bord ?

Un sourire inattendu éclaira le visage du vieil homme.

— Parce qu'Emmanuelle est mon amie.

— Si tu m'expliquais ce que nous sommes venus fiche ici ? grommela Fletcher en évitant un groupe d'enfants noirs qui se poursuivaient en riant.

— Nous débarrasser de nos œillères, répliqua Zach qui parcourait du regard la foule disparate assemblée dans Congo Square.

C'était dimanche après-midi et ils se trouvaient sur ce grand carré de pelouse entouré de sycomores où les esclaves de la ville avaient coutume de se rassembler en fin de semaine pour danser, jouer de la musique, s'amuser et flirter. Tout le monde, ici, n'était pas esclave, toutefois. Il y avait aussi des hommes et des femmes de couleur libres, et même des blancs, attirés en cet endroit par l'ambiance festive.

Fletcher se tourna vers son ami.

— Tu peux préciser ?

— Réfléchis. Sur les cent soixante-dix mille habitants de cette ville, plus de dix mille sont des Noirs libres, et il y a probablement plus de trente mille esclaves.

— Et alors ?

— Le gardien du cimetière Saint-Louis nous a parlé de deux Noirs présents le soir du crime, et tout ce qui nous vient à l'esprit, c'est de leur demander s'ils ont vu quelque chose. On nous explique qu'une femme à l'accent français a trahi Philippe de Beauvais, et nous nous demandons aussitôt s'il s'agissait de sa femme ou de sa maîtresse ?

— Je commence à comprendre où tu veux en venir, mais je ne suis pas d'accord avec toi. Ce jeune lieutenant de Philadelphie n'était peut-être pas une lumière, mais il aurait quand même remarqué si la femme qui venait trahir Beauvais était noire, œillères ou pas œillères.

— Tu crois ? Il nous a expliqué qu'elle portait un voile. Et aucune dame n'est supposée sortir sans gants. De toute façon, cette ville est pleine de métisses dont la peau n'est pas plus sombre que la mienne, et la plupart parlent français.

Fletcher se lissa la moustache d'un air pensif. Sur ce point, Zach avait raison. Les gens, autour d'eux, s'exprimaient majoritairement en français.

— Pense aussi, reprit Zach, à ces femmes qui habitent dans le faubourg Marigny et sont entretenues par des Blancs mariés. Parfois même, elles ont des enfants de leur protecteur. C'est une manière d'institution, ici.

— Qu'insinues-tu ? fit le capitaine. Que Beauvais aurait eu une maîtresse de couleur, et que celle-ci était furieuse contre lui ?

— Ce n'est pas impossible.

— Tu devrais demander à sa femme, suggéra Fletcher, avec un regard malicieux. On appelle ça des confidences sur l'oreiller.

Zach fit un effort pour garder son calme. Après tout, son ami avait une sacrément bonne raison de lui en vouloir.

— Elle n'en sait peut-être rien.

Le capitaine eut une moue sceptique.

— Si son mari entretenait une maîtresse, je la vois mal ne pas être au courant.

Ils arrivèrent à hauteur d'un étalage où une femme vendait de la « bière du pays ». Fletcher s'arrêta pour lui acheter deux bouteilles.

— Cela ne me dit toujours pas pour quelle raison nous sommes ici, reprit-il en tendant une bière à Zach. Nous ferions mieux d'aller jeter un coup d'œil au bal de la Salle d'Orléans. Pour repérer quelle beauté se cherche un nouveau protecteur.

De l'autre côté du square, Zach aperçut soudain une grande femme au port altier et au teint café-au-lait.

— Tiens-moi ça, dit-il en fourrant sa bière dans la main libre de Fletcher.

— Hé ! lui cria ce dernier. Où vas-tu ?

Zach se frayait déjà un chemin dans la foule.

— Me chercher un sandwich, lança-t-il. Je te retrouve tout à l'heure.

Le temps que Zach traverse la pelouse, Rose avait disparu.

Déçu et en nage, il s'approcha d'un groupe qui faisait cercle autour de joueurs de tam-tam. Les sourdes vibrations le traversaient de part en part et il se laissa gagner par ce rythme venu du fond des âges.

— Quelle idée de porter un uniforme aussi chaud par un temps pareil ! fit une voix mélodieuse dans son dos.

Zach pivota. Rose se tenait derrière lui, fraîche et sereine. Elle ne semblait nullement souffrir de la chaleur et il l'envia.

— Vous saviez que je vous cherchais, dit-il.

— Oui.

Zach se demanda pourquoi, après l'avoir évité, elle s'était finalement décidée à l'affronter. Il se fit aussi la réflexion que Rose était une très belle femme, à la grâce féline empreinte d'une discrète mais évidente sensualité.

— J'ai cru comprendre que beaucoup de riches Blancs entretenaient des maîtresses de couleur, dit-il d'un ton détaché.

Rose le dévisagea longuement.

— Beaucoup d'hommes blancs, sans doute. Mais pas M. Philippe, si c'est ce que vous cherchez à savoir.

— Pourquoi pas ? Il n'était pas un modèle de fidélité.

— Vous voyez cette enfant, là-bas ? répondit Rose en désignant une jolie fillette blonde vêtue d'une robe de prix, qui contemplait de ses grands yeux bleus un groupe de danseurs. Regardez-la bien et dites-moi ce que vous voyez.

— Je vois une ravissante petite fille.

— Une petite fille blanche ?

— Bien sûr.

Rose esquissa un sourire.

— C'est parce que vous venez du Nord. Vous ne savez pas regarder. Dès qu'ils voient cette fillette, les gens d'ici ne font attention ni à sa peau claire ni à ses yeux. En revanche, ils remarquent que ses cheveux frisent un peu trop, qu'elle a un long cou et que ses lèvres sont très pleines. Et ils devinent qu'elle n'est pas vraiment blanche.

— Mais elle *est* blanche ! protesta Zach, qui savait ce que Rose entendait par là, mais se refusait à l'admettre. Sa peau est même plus blanche que la mienne.

— Bien sûr. Des quatre grands-parents de cette enfant, trois étaient blancs. Mais le quatrième était noir. Et c'est ce qui fait toute la différence. Cette fillette a beau avoir la peau claire, des cheveux blonds et les yeux bleus, elle reste une enfant *de couleur*.

Alors que Zach l'observait, l'enfant se précipita en courant vers un homme – un Blanc, habillé comme un riche planteur – qui s'agenouilla pour la prendre dans ses bras. La femme qui l'accompagnait était aussi jolie que la fillette, quoique sa peau fût légèrement plus foncée. Ils formaient une sorte de famille, ce riche patricien blanc, sa maîtresse de couleur et leur fillette aux yeux bleus. Mais ailleurs dans la ville, ou sur une plantation, cet homme possédait une autre famille, *légitime* celle-là. Et purement blanche.

— Et vous savez le pire ? reprit Rose. C'est que cette fillette pense aussi qu'elle est noire. Elle a beau se regarder dans une glace et se voir blanche, à l'intérieur, elle sait qu'elle ne l'est pas. C'est comme si tout ce sang blanc qui circule dans ses veines n'existait même pas.

Zach reporta son attention sur la jeune femme, belle et fière, qui lui faisait face. Rose aussi devait avoir du sang blanc dans les veines. Mais aux yeux du monde, et à ses propres yeux, elle était noire.

— Peu de Blancs arrivent à comprendre cela, ajouta-t-elle d'une voix qui avait perdu de sa véhémence. Mais Philippe de Beauvais était du nombre. Il savait qu'un Blanc qui sortait avec des femmes de couleur finissait tôt ou tard par avoir un enfant comme cette fillette. Un enfant qui ne trouve sa place nulle part. Trop noir pour être blanc, et trop blanc pour être noir. M. Philippe ne risquait pas de faire ça à un enfant.

Zach laissa échapper un long soupir.

— Donc, vous ne connaissez pas de femme de couleur, parlant le français, qui aurait pu lui en vouloir au point de souhaiter sa mort ?

Rose éclata de rire.

— C'est peut-être moi. Hein, qu'en dites-vous ? C'est peut-être moi qui l'ai donné aux Yankees ? C'est ce que vous pensez ?

— L'avez-vous fait ?

Rose cessa de sourire.

— Si j'étais capable de tuer quelqu'un, M. Philippe n'aurait pas figuré sur ma liste.

— Qui alors ?

— Qui ? répéta Rose, et cette fois elle rit à gorge déployée. Pourquoi pas vous ?

Zach ne parvenait pas à retrouver Fletcher. Il venait juste de décréter qu'il avait dû partir à la chasse d'un quelconque pickpocket qui aurait offensé sa conscience de policier quand un petit garçon noir se jeta dans ses jambes avec assez de force pour manquer de lui faire perdre l'équilibre.

— Du calme, fiston ! s'exclama-t-il en le rattrapant par les épaules. Ça va ?

Le gamin fixa sur lui un regard affolé avant de s'emparer du colt qui pendait à sa ceinture et de prendre la fuite.

— Hé ! cria Zach, alors que l'enfant disparaissait déjà dans la foule. Rends-moi ça !

Il se lança à sa poursuite, mais le garçonnet avait l'avantage de la taille et se faufilait facilement dans la foule. Cependant, Zach avait pour lui l'autorité de son uniforme, et sa peau blanche, si bien que les gens s'écartaient sur son passage.

Il poursuivit l'enfant à travers tout Congo Square et jusque dans les rues avoisinantes. Plus il s'enfonçait en terrain inconnu, et plus il remarquait que si les passants lui ouvraient toujours le chemin, ils le faisaient avec de plus en plus de réticence. De toute évidence, leur sympathie allait à l'enfant.

Zach suait à grosses gouttes sous son uniforme, sans parvenir toutefois à regagner du terrain sur le gamin, qui l'entraînait à présent vers une ruelle bordée de vieux entrepôts et de petits immeubles en brique. L'enfant s'arrêta au bout de la ruelle, tremblant de peur et d'épuisement.

— Rends-moi gentiment mon pistolet et je ne te ferai pas d'ennuis, lui dit Zach, qui peinait lui aussi à reprendre son souffle.

L'enfant le regardait avec des yeux si exorbités qu'on aurait juré qu'ils allaient jaillir de son visage.

— Je ne vais pas te faire de mal, reprit Zach. Rends-moi juste mon arme.

Le regard de l'enfant s'était déplacé. Il fixait quelque chose – ou quelqu'un – qui se trouvait derrière Zach. Celui-ci se retourna en portant instinctivement la main à son sabre.

Ils étaient huit, peut-être dix. Le visage d'ébène et l'expression féroce. Zach tira son sabre de son fourreau tout en sachant qu'il n'avait aucune chance. Ils étaient trop nombreux. Et celui qui aurait sa peau, c'était le grand type, au fond, qui brandissait une sarbacane. S'il avait encore eu son colt, Zach s'en serait facilement débarrassé, mais il se retrouvait cruellement sans défense. Celui – ou celle – qui avait organisé ce guet-apens avait vraiment tout prévu.

Sauf une chose : l'emploi inusité qu'allait faire une dame d'une bouteille de bière.

27

La bouteille de bière ne se brisa même pas quand Emmanuelle l'abattit sur le crâne de l'homme. Mais le choc fut suffisant pour qu'il lâche sa sarbacane, et c'était tout ce dont Zach avait besoin. Il se rua sur ses assaillants, sabre au clair.

— Ne les tue pas tous ! lui cria Emmanuelle.

La lame du sabre trancha la gorge de l'homme le plus proche. Zach libéra son arme en un éclair et frappa à nouveau.

— Pourquoi pas ? répliqua-t-il, alors qu'il réglait déjà son compte à un deuxième gredin. Ils essaient de...

Il visa un troisième homme qui s'enfuyait et l'atteignit au bras.

— ... me tuer.

Zach s'immobilisa faute de combattant. Ceux-ci avaient pris la fuite sans demander leur reste, jetant des regards affolés derrière eux de crainte qu'il ne les poursuive. Il essuya la lame de son sabre sur les vêtements d'une de ses victimes et le glissa dans son fourreau, avant de lever les yeux sur la jeune femme qui était restée à l'entrée de la ruelle.

— Que fais-tu ici ? demanda-t-il d'une voix rude.

Elle lui rendit son regard, le visage aussi calme et serein que s'ils discutaient de la pluie et du beau temps. Pourtant, la dernière fois qu'ils s'étaient vus, elle était nue dans un lit. Elle était nue, il lui avait dit qu'il l'aimait et elle l'avait envoyé dans les cordes.

— Je t'ai aperçu en train de pourchasser ce gamin, expliqua-t-elle. Et puis j'ai remarqué ces types. J'ai pensé que tu pourrais avoir besoin d'aide.

— Papa John t'avait-il avertie que quelqu'un cherchait à me supprimer ?

Elle secoua la tête.

Zach s'approcha d'elle.

— Mais tu as été lui rendre visite, n'est-ce pas ?

Sans répondre, elle se pencha pour ramasser la sarbacane que l'homme qu'elle avait à demi assommé avait abandonnée dans sa fuite. Une fléchette était engagée à l'intérieur. Elle la sortit délicatement et en renifla l'extrémité.

— C'est empoisonné, je parie ? fit Zach.

Elle exhala un long soupir.

— J'en ai bien peur.

Il tendit la main, lui caressa la joue avec douceur.

— Tu m'as sauvé la vie. Un simple *merci* ne me semble pas suffisant.

Il vit les lèvres de la jeune femme trembler, puis s'illuminer d'un sourire qui lui aurait ravi le cœur, si ce n'était déjà fait.

— Je propose que tu me rachètes une autre bouteille de bière.

Zach n'eut pas l'occasion de lui offrir cette autre bière.

Il avait deux cadavres sur les bras, et la foule commençait déjà de s'amasser à l'entrée de la ruelle. Heureusement, Fletcher arriva sur les lieux, rouge et suant à grosses gouttes.

— Circulez, il n'y a rien à voir ! ordonna-t-il d'un ton rogue, accompagnant ses injonctions de grands mouvements de bras pour repousser les badauds récalcitrants. En arrière, allez ! Il serait bon que vous partiez aussi, madame, ajouta-t-il à l'adresse d'Emmanuelle.

— Bien sûr, capitaine, répliqua-t-elle sans se départir de son expression sereine. Mais je ne saurais trop vous conseiller de boire quelque chose de frais et de vous reposer un peu. Ce n'est pas bon de s'agiter ainsi par une telle chaleur.

Sur ces mots, elle fit demi-tour, laissant Fletcher médusé, la moustache en bataille.

Zach la retint par le bras.

— Tu es certaine que ça va ?

Elle lui sourit – un sourire un peu tremblant – et il songea qu'il avait eu beau tenir cette femme nue entre ses bras et lui avoir fait l'amour passionnément, elle lui demeurait encore un mystère. Une partie d'elle-même lui restait pour l'instant cachée et inaccessible.

— Oui, répondit-elle simplement.

— J'aimerais passer chez toi ce soir, pour m'assurer que tout va bien.

Il entendit Fletcher ricaner dans son dos et, l'espace d'un instant, il crut qu'elle allait refuser. Elle se mit à respirer à petits coups rapides, trahissant une agitation intérieure qu'elle s'était si bien employée à dissimuler qu'il ne l'avait pas devinée.

— Avec plaisir, dit-elle, avant de libérer son bras.

Ce n'est que bien plus tard, quand l'ordre fut revenu et que des soldats avaient été envoyés à la recherche des assaillants de Zach ainsi que de leur jeune complice, que Fletcher s'autorisa à s'asseoir pour savourer une bière. Pas une bouteille achetée à un étal dans la rue, cette fois, mais une vraie chope, dans une taverne des quais, qui servait aussi des assiettes de friture du fleuve.

— Tu dois commencer à sérieusement tourner autour de l'assassin, pour qu'il t'ait ainsi pris pour cible, fit-il remarquer. Il a dû trouver que tu commençais à t'approcher un peu trop près.

— Le problème, c'est que je n'ai pas du tout l'impression de m'en rapprocher, objecta Zach, qui pianotait nerveusement sur sa chope. Nous cherchons quelqu'un qui sache à la fois se servir d'une arbalète et manier le poison. Mais pour l'instant, la seule personne qui réponde à cette description est censée être morte et enterrée depuis trois mois.

— N'oublie pas que ça peut aussi être une femme.

Zach reposa bruyamment sa chope sur la table.

— Bon sang, Fletcher ! Elle aurait pu m'étrangler pendant mon sommeil, si c'était elle.

Fletcher picora distraitement dans son assiette de friture.

— Ouais, ouais. Mais il lui aurait fallu se débarrasser de ton corps, et ça n'aurait pas été du gâteau, avec juste une servante et un gamin de onze ans pour l'aider.

Zach regarda par la fenêtre, qui donnait directement sur les quais. La chaleur n'avait pas diminué, mais la lumière dorée annonçait le crépuscule.

— Dommage que nous n'ayons pas réussi à mettre la main sur ce gosse qui m'a volé mon colt, murmura-t-il, plus pour lui-même que pour son compagnon.

— Il ne nous aurait probablement pas appris grand-chose, objecta Fletcher.

— Non. Mais je crains qu'il en sache suffisamment pour risquer d'être éliminé à son tour.

— Tu as failli y rester à cause de ce môme. Pourquoi te soucier de son sort ?

Zach n'arrivait pas à chasser de son esprit le regard affolé de l'enfant. Il se leva abruptement.

— Il se trouve que je m'en soucie, riposta-t-il.

Et il quitta la taverne.

Emmanuelle était assise sur le balcon de sa chambre, un livre ouvert sur les genoux, un petit éventail à la main, qu'elle agitait mollement. La maison était déserte.

Rose avait tous ses dimanches de libres et Dominic était encore allé dormir chez ses grands-parents. Elle s'était installée là dans l'espoir de profiter d'un peu d'air frais, mais au lieu de s'intéresser à son livre, elle se surprenait à jeter de fréquents regards dans la rue. Il avait dit qu'il viendrait. Et elle le souhaitait. Mais elle commençait à redouter qu'il ne vienne pas.

Elle ne cessait de se rappeler leur nuit de passion, l'abandon avec lequel elle s'était donnée à lui. Nombre d'hommes auraient été effrayés par sa sensualité sans inhibition, au point de s'éloigner d'elle. Mais pas Zach Cooper. Ce qui à coup sûr l'avait éloigné d'elle, en revanche, c'était la façon dont elle avait réagi lorsqu'il lui avait déclaré qu'il l'aimait.

Pour certains hommes, cet aveu était facile, elle ne le savait que trop bien. Parce qu'ils aimaient toutes les femmes. Dans leur bouche, les protestations d'amour étaient toujours sincères, mais elles n'avaient pas grand sens, car elles naissaient de la confusion entre un sentiment voué à être éternel et la passion du moment. Pour d'autres, les mots d'amour n'étaient que des mensonges, employés à dessein pour obtenir des privautés physiques.

Mais il arrivait aussi que des hommes et des femmes, disent « Je t'aime » en le pensant de tout leur cœur, parce qu'ils croyaient à l'amour, et qu'ils croyaient que cela pouvait durer éternellement.

Une fois, Emmanuelle s'était laissé prendre au vertige de l'amour avec une violence et une intensité dont elle ne se serait jamais imaginée capable. Personne n'aurait pu aimer plus fort qu'elle avait aimé. Mais cet amour avait fini par mourir – et dans la désillusion la plus amère. Et c'est ainsi qu'elle avait cessé de croire en l'amour. Non seulement en sa propre capacité à aimer, mais aussi en cette idée que l'amour pouvait durer toute une vie.

Son livre tout à fait oublié, la jeune femme s'éventa plus nerveusement, les yeux fixés sur la rue. Le soleil avait disparu derrière les toits et cependant, la chaleur demeurait suffocante. Où pouvait bien se trouver Zach, à présent ? Elle consulta anxieusement la montre épinglée à son corsage et eut de nouveau peur qu'il ne vienne pas. Et ce lancinant désir qui la taraudait de le voir, d'entendre sa voix, de sentir son corps contre le sien la transperça avec une force renouvelée.

C'était à la fois terrifiant et humiliant de constater qu'il n'était pas nécessaire de croire à l'amour pour en ressentir les symptômes. On avait beau se figurer que ce n'était qu'une illusion, une obsession passagère, cela ne vous dispensait pas de souffrir mille morts.

Il arriva à la nuit tombée, alors qu'Emmanuelle allumait les premières chandelles dans son salon, et que l'air, par bonheur, commençait à se rafraîchir. Entre-temps, elle avait réussi à se convaincre à demi que Zach avait essuyé une autre tentative d'assassinat, réussie cette fois.

Elle dut lutter pour ne pas se précipiter à la porte. Et s'efforça de ne pas trop se réjouir de sa venue, songeant qu'il lui aurait de toute façon rendu visite pour la remercier de ce qu'elle avait fait pour lui. Mais cela n'empêcha pas son cœur de battre si fort qu'elle craignit qu'il ne l'entende.

Il se tenait sur le seuil, haute silhouette en uniforme, le visage noyé dans l'ombre sous le chapeau à large bord.

— Tu vas bien, laissa-t-elle échapper spontanément.

— Tu en doutais ? fit-il.

Il ôta son chapeau, et elle vit qu'il souriait – un sourire railleur qui la remua jusqu'au tréfonds.

— Il est vrai que tu n'étais plus là pour me protéger…

Une irrésistible envie de le toucher la submergea soudain. Elle glissa les bras autour de sa taille et vit la lueur de surprise dans ses yeux avant de presser son visage contre son torse. Il l'enlaça aussitôt, la serra contre lui. Un bref frisson la parcourut tout entière.

— Tu t'inquiétais vraiment ? souffla-t-il contre son oreille. La fierté masculine est une petite chose fragile, tu sais, et la mienne vient d'être sérieusement atteinte.

Elle rit doucement, avant de murmurer avec gravité :

— Je sais combien la mort peut survenir facilement.

Il la prit aux épaules, l'écarta légèrement de lui et plongea son regard dans le sien.

— Dois-je en conclure que tu te soucies de moi, madame de Beauvais ?

En guise de réponse, elle se hissa sur la pointe des pieds et posa ses lèvres sur les siennes. Il lui rendit aussitôt son baiser, explorant sa bouche avec avidité, tandis que ses mains s'enfouissaient dans sa chevelure, avant de descendre le long de son dos. Il la plaqua contre lui pour qu'elle sache combien il avait envie d'elle. Emmanuelle se perdait avec ravissement dans cette étreinte, oubliant le monde extérieur, oubliant tout ce qui n'était pas lui. C'est à peine si elle entendit qu'il refermait la porte derrière eux d'un coup de talon.

— Je croyais que tu ne voulais pas refaire cela, chuchota-t-il en lui mordillant l'oreille avant de déposer une traînée de baisers brûlants sur sa gorge.

Déjà ses mains déboutonnaient son corsage, son souffle se faisait haletant.

— J'ai menti, avoua-t-elle en l'entraînant par la main vers l'escalier.

Ils n'atteignirent même pas l'étage. Zach lui retroussa ses jupes et la posséda là, debout contre le mur. Mais cette fois, il ne lui dit pas qu'il l'aimait, et ce ne fut qu'après, quand leurs respirations commencèrent à s'apaiser, que la jeune femme réalisa à quel point elle souhaitait entendre ces mots, même si elle n'y croyait pas.

Immergée dans un délicieux bain chaud parfumé aux essences de rose et de lavande, Emmanuelle savourait les caresses de Zach, dont les mains solides jouaient tendrement avec ses seins. Elle était allongée entre ses jambes, les épaules reposant contre son torse, si bien qu'elle n'avait qu'à renverser la tête pour trouver ses lèvres.

Après leur étreinte au bas de l'escalier, ils étaient finalement montés se réfugier dans la garçonnière, où ils avaient profité de l'élégante salle de bains et de sa grande baignoire en cuivre. Une bouteille de vin et deux verres étaient posés sur un guéridon tout proche. L'unique chandelle jetait des reflets dorés sur leur peau, tandis que le reste de la pièce restait plongé dans la pénombre. La baignoire s'était révélée largement assez grande pour deux, mais c'était la première fois qu'Emmanuelle la partageait avec quelqu'un.

— Emmanuelle… murmura-t-il, d'une voix rauque qui trahissait la renaissance de son désir.

Elle se tourna entre ses bras, enroula les jambes autour de ses hanches, les seins pressés contre sa poitrine. Elle laissa courir ses mains sur ses épaules et son cou, consciente de son sexe dressé contre son bas-ventre. Sa peau était chaude et douce sous ses doigts, ses muscles fermes, elle adorait leur contact, ne s'en lassait pas. Zach était beau, et jeune, si jeune que c'était forcément une folie de s'imaginer que cela puisse durer, de croire qu'elle le voulait, d'espérer que ce qu'il ressentait pour elle puisse n'avoir pas de fin.

— Quel âge penses-tu que j'ai ? demanda-t-elle subitement.

Il attrapa son verre de vin, en avala une gorgée.
— C'est supposé avoir de l'importance ?
— Oui. J'ai trente ans. Mais toi ? Vingt-six ? Vingt-sept ?
Il ne parut ni surpris ni choqué et se contenta de sourire.
— J'ai eu vingt-cinq ans en novembre dernier.
Emmanuelle sentit son cœur flancher mais elle parvint quand même à rire.
— Mais alors, tu n'es qu'un enfant !
Il la plaqua contre lui d'un mouvement si brusque que l'eau jaillit hors de la baignoire.
— Un enfant bien conformé, commenta-t-il d'une voix basse et sensuelle.
Elle crut qu'il allait l'embrasser, mais il la relâcha et reprit une gorgée de vin sans la quitter des yeux. Elle décida de l'imiter. Mais elle tremblait tellement qu'elle faillit renverser le contenu de son verre. Elle en avala une gorgée si rapidement que l'alcool lui monta aussitôt à la tête et qu'elle se retrouva à demander sans l'avoir prémédité :
— As-tu déjà été amoureux ?
Il soupira. La lueur taquine qui brillait dans son regard s'éteignit d'un coup.
— Non. Mais je suis passé très près.
Emmanuelle se figea.
— Qu'est-il arrivé ?
— Elle est morte.
— Comment ?
— Assassinée.
Elle reposa son verre. À présent, il ne la regardait plus. Il fixait la petite flamme dansante de la chandelle et elle comprit qu'elle venait de réveiller une grande douleur.
— Cela s'est passé dans ce fort dont tu m'as parlé l'autre jour, n'est-ce pas ? devina-t-elle. Le fort McKenna ?

Il hocha la tête, puis glissa la main autour du cou de la jeune femme, pour l'attirer à lui. Elle posa la joue contre son épaule mouillée.

— Son père était le commandant du fort. Il aurait aimé qu'elle rejoigne sa famille, dans l'Est, qu'elle se trouve un mari respectable issu de la bonne société. Mais Rachel avait d'autres idées.

— Elle était amoureuse de toi, devina encore Emmanuelle, qui, à sa grande honte, ressentit une bouffée de jalousie à l'idée qu'une autre femme ait pu l'aimer avant elle.

— Et c'est pour ça qu'elle est morte, résuma-t-il d'une voix étrangement atone, tandis qu'il reposait son verre de vin et enfouissait sa main ainsi libérée dans la chevelure de la jeune femme. Le seul point commun entre toutes les victimes de ce lieutenant, c'était qu'elles étaient proches de moi, d'une manière ou d'une autre. Il y eut ainsi un jeune caporal de ma promotion, une vieille Mexicaine qui me lavait mon linge, une petite fille à qui j'enseignais les échecs... La dernière sur la liste, c'était Rachel.

Emmanuelle lui caressa la joue en un geste de réconfort muet.

Zach lui agrippa la main et la serra avec force.

— L'assassin cherchait seulement à jouer avec moi. Une fois, je l'avais humilié aux échecs, et il voulait me prouver qu'il était plus malin que moi, qu'il arriverait à me faire du mal sans que je devine d'où venaient les coups.

— Mais tu as quand même fini par le démasquer...

— Oui. Mais de justesse. Son régiment devait être transféré en Californie. Il a failli me filer entre les doigts.

— Que lui as-tu fait ? Tu l'as tué ?

— Non. J'aurais pu. J'ai même été à deux doigts de le faire.

— Je ne pensais pas que prendre une vie pouvait te poser un problème.

Il lui saisit le menton, lui renversa la tête jusqu'à ce qu'elle croise son regard.

— Tu fais allusion à la bagarre de cet après-midi, et à ce qui s'est passé l'autre nuit, rue Dauphine, n'est-ce pas ?

Il secoua la tête.

— Je suis un soldat, Emmanuelle. J'ai appris depuis longtemps que si quelqu'un cherchait à vous tuer, c'était lui ou vous.

— Et ce lieutenant de fort McKenna ?

— Si je l'avais tué, ç'aurait été un meurtre de sang-froid, prémédité. Ce n'est pas mon genre.

Emmanuelle porta la main de Zach à ses lèvres. Elle se l'était toujours imaginé comme un homme capable de tuer sans éprouver de remords. En même temps, il lui semblait qu'elle avait toujours su qu'il se battait uniquement pour se protéger, ou protéger autrui, et qu'il avait conservé un profond respect de la vie humaine. Elle s'était simplement refusée à l'admettre.

— Ces hommes, qui ont essayé de te tuer cet après-midi, crois-tu qu'ils étaient envoyés par la même personne qui avait embauché mon Irlandais ?

— Fletcher en est convaincu. Il pense aussi que je ne suis pas loin de découvrir l'assassin.

— Mais ce n'est pas ton avis.

Au grand étonnement de la jeune femme, il se mit à rire.

— Ce que je crois surtout, c'est que la plupart des habitants de cette ville rêveraient de m'envoyer à la morgue.

L'image fit frissonner Emmanuelle.

— Ne dis pas une chose pareille, murmura-t-elle. Ne le pense même pas.

— Eh bien, madame de Beauvais ? dit-il d'une voix amusée. Ta réaction me surprend. Es-tu vraiment sûre de ne pas m'aimer un tout petit peu ?

— Non, ce n'est que du désir, répliqua-t-elle.

Mais alors même qu'elle prononçait ces mots, elle se cramponna à lui, comme si elle était terrifiée à l'idée de le perdre. Et quand il s'empara de ses lèvres pour un long et fervent baiser, elle sentit des larmes lui brûler les yeux.

Il lui fit l'amour avec une infinie douceur, et, cette fois, il lui murmura les mots magiques à l'oreille : « Je t'aime. » Dieu lui pardonne, elle faillit les lui chuchoter à son tour. Elle faillit.

Dans la pâle lumière de l'aube, la grande demeure d'Esplanade Avenue, avec sa façade ouvragée, semblait un peu irréelle. Emmanuelle ne gravit pas le perron. Elle contourna la maison, pour emprunter la ruelle qui conduisait à un petit jardin jouxtant les écuries. À cette heure matinale, elle savait que Jean-Lambert s'y trouverait.

Il était là, en effet, jardinant, comme tous les matins, avant que le soleil ne soit trop haut dans le ciel. Ces quelques arpents de terre amoureusement cultivés croulaient sous les roses et autres fleurs aux vives couleurs.

— Papy, dit Emmanuelle en déposant un léger baiser sur sa joue, j'ai à vous parler.

Le vieil homme tenait un sécateur dans une main et un panier de roses fraîchement coupées dans l'autre. Il haussa les sourcils.

— Qu'y a-t-il, mon enfant ?

— J'aimerais que vous emmeniez Dominic à Beau Lac.

— Et vous vous êtes levée si tôt pour venir me dire ça ? s'étonna Jean-Lambert. J'avais pourtant cru comprendre que vous trouviez trop dangereux de l'emmener là-bas.

— Je le pense toujours.

— Alors, qu'est-ce qui vous a fait changer d'avis ?

Emmanuelle soupira lourdement.

— J'ai peur que quelqu'un n'essaie de le tuer.

28

— Dominic? s'étrangla Jean-Lambert, les yeux remplis d'effroi.

La plupart des gens voyaient en lui un homme d'affaires avisé et l'un des meilleurs planteurs de la région, mais à vrai dire, le monde de Jean-Lambert se résumait à la personne de son petit-fils.

— Qui? Qui voudrait lui faire du mal? Et pourquoi?

— Je l'ignore, avoua Emmanuelle, qui se demandait si elle n'avait pas eu tort de s'ouvrir de ses inquiétudes au vieil homme.

D'un autre côté, si elle voulait que Jean-Lambert assure la sécurité de Dominic, elle n'avait d'autre choix que de le mettre dans la confidence.

— Je ne suis même pas certaine qu'il soit en danger, ajouta-t-elle, mais les événements de ces derniers jours sont troublants.

— Hmm, fit le vieil homme en feignant de s'intéresser de nouveau à ses roses. Vous ne m'aviez pas raconté qu'un Irlandais avait tenté de vous tuer?

Emmanuelle sursauta.

— Comment êtes-vous au courant?

Son beau-père lui jeta un regard par-dessus son épaule.

— La Nouvelle-Orléans est une petite ville, au fond.

Elle se demanda ce qu'il savait d'autre. Était-il au courant de l'attaque de Congo Square? Ou des deux nuits qu'un certain major yankee avait passées rue

Dumaine ? Autrefois, elle s'était souvent demandé ce que Jean-Lambert savait au juste des activités de Philippe. Et des siennes.

— Qu'est-ce qui vous fait penser qu'une menace pourrait peser sur Dominic ?

— C'est juste que...

En dépit de la chaleur qui commençait déjà à se faire sentir, Emmanuelle frissonna.

— C'est juste que trop de gens meurent autour de moi, ces temps-ci.

— Ce major yankee chargé de l'enquête n'a toujours pas d'idée sur le coupable ?

— Non.

— Pense-t-il aussi que Dominic est en danger ?

— Je ne sais pas. Nous n'en avons pas parlé. Mais j'ai besoin de savoir que mon fils est en sécurité.

Jean-Lambert reposa finalement son sécateur dans son panier.

— Et vous, mon enfant ? Nous accompagnerez-vous à Beau Lac ?

— Vous savez bien que je ne peux pas. Mon travail exige ma présence ici.

— Vous ne pourrez plus aider personne, si vous mourez.

Emmanuelle s'entêta.

— Aussi longtemps que je pourrai garder l'hôpital ouvert, je resterai à la barre. C'est mon devoir. Du reste, ils ont détaché un soldat pour me surveiller. Je ne crains rien.

— Hmm, fit de nouveau Jean-Lambert. Je continue à penser que vous feriez mieux de venir avec nous.

— Je vous promets d'être prudente.

— Cela signifie que je ne vous ferai pas changer d'avis ?

Emmanuelle sourit.

— Vous savez bien que vous n'y arriverez pas.

Jean-Lambert sourit à son tour.

— Oh que oui !

Et, lui prenant le bras, il ajouta :

— Venez donc boire une tasse de café. Vous me raconterez comment vous avez réussi à mettre en fuite cet Irlandais avec une trousse de médecine et un parapluie.

Cet après-midi-là, Emmanuelle se trouvait dans le magasin de l'hôpital pour vérifier l'état des fournitures, quand la porte s'ouvrit à la volée.

— Que diable avez-vous fait à ma patiente ? lança Charels Yardley, planté sur le seuil.

Emmanuelle se retourna si brusquement qu'elle faillit lâcher le paquet de compresses qu'elle tenait à la main.

— Oh ! Vous m'avez fait peur !

— La femme avec un ulcère à la jambe, précisa-t-il en s'avançant dans la pièce. Que lui avez-vous fait ?

Revenue de sa surprise, Emmanuelle observa Charles plus attentivement, et ce qu'elle vit la laissa sans voix. Lui qui mettait un point d'honneur à cultiver une apparence de dandy nonchalant avait aujourd'hui les cheveux en bataille, la chemise sale et chiffonnée, et le visage hagard.

— Mon Dieu, Charles, quelle tête vous avez ! Depuis combien de temps n'avez-vous pas dormi ?

Il fourragea distraitement dans ses cheveux.

— Deux jours, je crois, je ne sais plus, marmonna-t-il, avant d'ajouter, le regard noir : Mais pour cette femme que…

— Vous l'avez renvoyée dans ses foyers, lui rappela doucement Emmanuelle. Samedi soir. Elle vous a expliqué qu'elle désirait rentrer chez elle et vous avez donné votre accord. Vous ne vous souvenez pas ?

Il s'adossa au mur et ferma les yeux.

— Bon sang ! lâcha-t-il en se frottant le visage des deux mains. Comment ai-je pu oublier ?

Emmanuelle s'approcha de lui et lui effleura le bras.

— Charles ? Que se passe-t-il ?

Il rouvrit les paupières et la fixa. Il avait les yeux injectés de sang.

— Vous suis-je déjà apparu comme un être fantasque et débordant d'imagination, Emmanuelle ?

— Pas vraiment. Vous êtes l'homme le plus prosaïque – et probablement le plus cynique – que j'aie jamais rencontré. Mais pourquoi cette question ?

— C'est juste que, depuis quelque temps...

Il s'écarta du mur et secoua les épaules, comme pour s'éveiller d'un mauvais rêve.

— Non, ne faites pas attention. Ce n'est rien.

— Racontez-moi, Charles. De toute évidence, quelque chose vous tracasse.

Il lui lança un regard de défi.

— J'ai l'impression que quelqu'un m'épie. Voilà, c'est dit. Allez-y ! Moquez-vous.

Emmanuelle sentit une main glacée lui étreindre le cœur.

— Mais vous avez vu ce quelqu'un ?

— Non. Si c'était le cas, je ne me sentirais pas aussi stupide.

Il eut un rire sans joie.

— C'est juste une... intuition. Rien de concret. Le sentiment d'un regard posé sur ma nuque en permanence...

— Je comprends.

— C'en est au point que, depuis quelques jours, je me surprends à me retourner quand je marche dans la rue. Et lorsque je suis chez moi, je vérifie dix fois que ma porte est bien verrouillée. Je passe mon temps à la fenêtre. C'est comme si je *savais* que quelqu'un m'épie. Je ne le vois pas, mais je sens sa présence. J'en suis arrivé à laisser une chandelle brûler toute la nuit.

— Avez-vous tenté de faire quelque chose ?

— À part ne pas fermer l'œil de la nuit, je ne vois pas bien ce que je peux faire ?

— Vous pourriez vous ouvrir de vos soupçons au major Cooper.

— Pour qu'il me prenne pour un dingue ? ricana-t-il. Non, merci !

— Écoutez, Charles, Henri et Claire sont morts, et il y a quelques jours, quelqu'un a essayé de me tuer, en pleine rue. Si vous avez l'impression d'être suivi, il faut absolument réagir.

De blanc, Yardley était devenu blême.

— Qu'insinuez-vous ? Que quelqu'un cherche à nous supprimer tous ? Mais qui ?

— Je n'en sais rien, hélas !

Yardley la prit par les épaules, la secouant presque.

— Vous devez bien avoir une idée !

— Zachary Cooper pense que ça pourrait être Philippe.

Il la lâcha et recula d'un pas, le visage déformé par la peur.

— Philippe ? répéta-t-il. Mais... Philippe est mort.

Emmanuelle voulut lui étreindre la main, puis elle se ravisa. Trop de mauvais souvenirs demeuraient entre eux pour qu'elle se risque à le toucher, à le réconforter.

— Charles, je vous en prie. Allez trouver le major Cooper et parlez-lui.

Yardley se passa nerveusement la main dans les cheveux.

— Bon, d'accord, dit-il. J'irai. Dès cet après-midi.

Il esquissa un vague sourire.

— À présent, si vous me disiez quels malades restent à voir ?

Emmanuelle se décida à lui presser furtivement la main.

— Allez chez Cooper maintenant, et prenez un peu de repos ensuite.

— J'ai dressé une liste, annonça le général Butler, qui tendit une feuille de papier à Zach par-dessus son bureau. Je veux qu'un de vos hommes se trouve dans chacune de ces églises dès dimanche prochain.

Il tapa du poing sur la table, avant d'ajouter :

— Si ces satanés prêcheurs désobéissent à mes ordres et omettent d'inclure le président Lincoln dans leurs prières, je ferai fermer toutes les églises et arrêter les prêtres.

— Ils revendiquent la liberté de conscience, mon général, fit valoir Zach en prenant la liste. Et plutôt que d'imposer une prière, ils proposent à chacun de prier en silence pour ce qu'ils souhaitent.

— Dont le triomphe de la Confédération ! tonna Butler.

— En tout cas, ils ne le font pas à haute voix.

Butler tira sur son cigare.

— Une fois arrêtés, je veux qu'on les envoie à la prison militaire de New York, ordonna-t-il. Ainsi, ils se tiendront tranquilles jusqu'à la fin de la guerre. Et maintenant, passons à cette feuille de chou séditieuse dont j'ai ici un exemplaire…

Il était près de 17 heures quand Zach sortit du bureau de Butler. Alors qu'il s'apprêtait à quitter le quartier général, un soldat le héla dans le hall :

— Major Cooper !

Zach se retourna.

— Un homme a demandé à vous voir pendant que vous étiez avec le général, major. Il a dit que c'était important, mais comme je sais que le général n'aime pas être dérangé…

— Que voulait-il ?

— Je l'ignore, major. Il n'a pas voulu me le dire. Il avait une drôle d'allure. C'était un Anglais, d'après l'accent. Il m'a seulement expliqué qu'il était médecin, mais il n'avait pas l'air…

— C'était le Dr Charles Yardley, c'est ça ?

— En effet, major, c'est le nom qu'il m'a donné.

— Quand est-il passé ?

— Au tout début de l'après-midi. Il devait être 14 heures. Il m'a demandé de vous informer qu'il rentrait chez lui, faire une sieste, je crois.

Zach prit la direction du faubourg Tremé, là où vivait Yardley. De gros nuages noirs poussés par un vent humide et chaud roulaient au-dessus de la ville, annonçant l'orage quotidien.

Le docteur habitait un petit cottage à la façade parfaitement symétrique, comme on en voyait beaucoup dans ce quartier créole. L'intérieur était conçu avec le même souci de rigueur, si bien qu'on passait directement d'une pièce à l'autre, en s'épargnant la peine d'emprunter un couloir. La porte d'entrée était vitrée. Quand Zach y frappa, il fut surpris de sentir le battant céder sous la pression de ses doigts.

— Dr Yardley ? appela-t-il, tandis que la porte s'ouvrait en grand.

Le silence était total. Dans la rue, derrière lui, Zach entendit passer un fiacre, puis deux enfants qui chantonnaient sur le trottoir. Mais à l'intérieur du cottage, rien ne bougeait. À l'exception d'une feuille de papier que le courant d'air souleva un instant avant qu'elle ne retombe sur le parquet.

29

La porte d'entrée donnait directement sur une petite pièce carrée, aux murs couverts de vitrines remplies de livres. Une table Régence, au centre, croulait également sous les livres et les papiers. Se baissant pour ramasser la feuille tombée à terre, Zach découvrit une lettre datée du jour qui commençait par ces mots : *Chère maman, et chère Agnès…*

Il la glissa sous une bouteille de brandy posée sur un guéridon, à côté d'un verre.

— Dr Yardley ? appela-t-il de nouveau.

Rien. Il s'approcha de la porte qui donnait sur la pièce contiguë. Il découvrit un petit salon aux fenêtres encadrées de lourdes draperies de velours. Un homme était étendu sur le sofa recouvert d'un tissu à rayures. Zach crut d'abord qu'il dormait. Mais sa tête, coincée entre deux coussins, faisait un angle bizarre avec son corps. Un autre coussin traînait sur le sol.

La chaleur était suffocante. Zach sentait sa chemise lui coller au dos et des gouttes de sueur perler à son front. Il s'approcha de la fenêtre, l'ouvrit en grand, et resta planté là quelques instants, avant de se décider à s'approcher du sofa où gisait le corps du Dr Yardley.

— J'avoue que moi non plus, je ne sais pas, déclara Fletcher, qui venait d'examiner le cadavre de l'Anglais.

Une heure s'était déjà écoulée depuis l'arrivée de Zach. L'orage avait éclaté et était terminé, mais la chaleur n'avait pas baissé d'un degré.

— Ça pourrait être du poison, mais il n'a pas l'air d'avoir souffert. En tout cas, il avait bu, reprit-il en plissant le nez.

— Du brandy, confirma Zach, qui s'était adossé au mur près de la cheminée.

Il faisait presque nuit, à présent. Les volets avaient été fermés, pour décourager les curieux, et la pièce n'était éclairée que par deux petites lampes à huile.

— La bouteille est dans l'autre pièce, précisa Zach.

— Il faut envoyer le corps à l'hôpital militaire, déclara le capitaine. Pour pratiquer une autopsie.

— Yardley a cherché à me voir, cet après-midi, au quartier général. Mais j'étais en réunion avec Butler.

Fletcher parut surpris.

— Que te voulait-il ?

— J'étais justement venu le lui demander.

Le capitaine se baissa pour ramasser le coussin tombé par terre et le posa sur un fauteuil.

— Tu as fouillé la maison ?

Zach secoua la tête.

— Je t'attendais. C'est toi le policier.

Il s'était contenté de lire la lettre que Yardley destinait à sa mère et à sa sœur. Il n'y parlait que de la chaleur, difficile à supporter, et de l'occupation yankee. La missive ne lui avait donc rien appris.

Zach laissa Fletcher fouiller le bureau, tandis que lui-même montait inspecter la chambre. Le lit, drapé de sa moustiquaire, n'était pas défait. Cependant, un creux en son centre laissait supposer que quelqu'un s'y était allongé. Allumant la lampe sur la table de chevet, Zach jeta un regard circulaire. Comme le reste de la maison, la pièce était décorée avec élégance mais sans ostentation. Les objets y étaient disposés dans un désordre artistique qui reflétait bien l'occupant des lieux.

Zach ouvrit le premier tiroir de la commode. Il ressentait un vague malaise et se doutait que, de son vivant, Yardley se serait violemment élevé contre une telle fouille. Du reste, Zach ne pensait pas trouver grand-chose ici. De toute évidence, la mort de Charles Yardley ne pouvait avoir de lien qu'avec l'hôpital Santerre et ceux qui y travaillaient – ou qui y avaient été soignés.

Abandonnant la commode, il s'intéressa ensuite au manteau de la cheminée. Charles Yardley n'était vraisemblablement pas très sentimental, car sa maison ne regorgeait pas d'objets vraiment personnels. Des œuvres d'art, oui, comme ces statuettes en ivoire, finement sculptées, ou cette superbe gravure représentant la cathédrale Saint-Paul, à Londres. Ou encore cette flûte en argent posée sur une pile de partitions.

Soulevant la flûte, Zach déchiffra le titre de la première partition : *Le Rossignol amoureux*. Quelqu'un avait griffonné quelques mots en haut de la première page : *Je pense à toi chaque fois que j'écoute ce morceau. À présent, quand tu le joueras, tu penseras peut-être à moi*.

Zach reposa la flûte. Et continua d'inspecter la pièce, à la recherche d'un indice qui aurait pu lui échapper. Cinq minutes plus tard, il l'avait trouvé, sous la forme d'un morceau de papier plié dans la poche d'un pardessus accroché dans la penderie.

C'était un tout petit bout de papier, plié en deux. Quelques lignes avaient été écrites à la hâte :

Viens me retrouver ce soir. Jamais aucun homme ne m'a fait brûler de désir comme toi. Jamais. Ne m'abandonne pas.

L'écriture était la même que sur la partition. Et c'était signé *de B.*

De Beauvais.

— T'as trouvé quelque chose là-haut ? demanda Fletcher, au pied de l'escalier.

— Non, rien, répondit Zach, qui avait déjà enfoui le mot dans sa poche.

Une brume de chaleur entourait la lune et les étoiles d'un halo laiteux. Zach marchait le long du fleuve, le regard rivé sur les eaux noires, en proie à une colère grandissante à laquelle se mêlait une sourde angoisse.

Ce qu'il craignait par-dessus tout se reproduisait. Comme à Fort McKenna. Un crime, puis un autre, et encore un autre, et il semblait qu'il n'y avait rien qu'il puisse faire pour les arrêter. Pour l'instant, son meilleur suspect était un mort, qui pouvait tout aussi bien être lui aussi une victime. Sinon, quoi d'autre ? Un roi vaudou vivant dans une hutte, au fond des bayous, qui devait s'y connaître comme personne en matière de poisons et d'âme humaine ? Un jeune immigrant allemand, qui voulait devenir médecin, mais avait perdu son pied après avoir été trahi – par qui ? Un alcoolique, qui aurait pu tuer sa sœur et l'amant de celle-ci et, pourquoi pas, le vieil homme qui avait laissé s'épanouir leur liaison sous son nez ? Mais Antoine Latouche n'aurait eu aucune raison de vouloir supprimer Charles Yardley – à moins, bien sûr, que ce dernier n'ait été aussi l'amant de Claire. Et puis, Zach ne voyait pas quel mobile aurait pu inciter Latouche à payer quelqu'un pour tuer Emmanuelle.

Et, bien sûr, il y avait Emmanuelle de Beauvais, elle-même.

Zach glissa la main dans sa poche pour s'assurer que le bout de papier trouvé chez Yardley s'y trouvait toujours. À supposer que le vieux Santerre ait été tué par erreur, restaient quatre personnes : Philippe et Emmanuelle, Claire et Charles Yardley. Deux hommes, deux femmes, liés par la passion, et à présent la mort. Quelqu'un avait décidé de les tuer un à un, méthodiquement, sans état d'âme. Quelqu'un – homme ou femme

– qui était convaincu d'avoir une sacrément bonne raison de les éliminer. Quelqu'un qui ne s'arrêterait pas tant qu'il n'aurait pas atteint son but.

Zach ne pouvait s'empêcher de frémir à l'idée que ça aurait très bien pu être le tour d'Emmanuelle, aujourd'hui. Il était terrifié à l'idée de ne pas réussir à la protéger, d'échouer à démasquer l'assassin à temps.

Elle avait affirmé qu'elle ne croyait pas à l'amour. Du moins, à l'amour qui allait au-delà de la simple attraction physique. Mais Zach, lui, y croyait. Il était persuadé que l'amour n'était pas seulement l'union passionnée de deux corps. Qu'il pouvait s'épanouir et se construire dans la durée. À condition de se montrer totalement honnête et sincère l'un envers l'autre, de se vouer une totale confiance.

Le problème, c'est qu'Emmanuelle n'était pas vraiment honnête avec lui. Depuis le début, il savait qu'elle lui cachait des choses – des choses importantes. Cela ne l'avait pas empêché de la désirer, ni de tomber amoureux d'elle – ou du moins, de cette part d'elle-même qu'elle voulait bien lui laisser voir. Mais il commençait à s'inquiéter sérieusement au sujet de ce qu'elle lui cachait, car il avait peur que ce ne soit terrible.

Zach trouva la jeune femme dans la petite chapelle de l'hôpital Santerre. Elle était agenouillée devant l'autel, la tête inclinée, les mains jointes. Le bruit de ses bottes sur le sol dallé lui fit tourner la tête et, après un rapide signe de croix, elle se releva. Elle était pâle et semblait bouleversée.

— Tu es déjà au courant ? fit-il en s'arrêtant devant elle.

Elle hocha la tête. La peur se lisait dans ses yeux.

— Je l'ai appris tout à l'heure. Mon Dieu, mais qui donc est derrière tout ça ?

Zach lutta contre son envie de la prendre dans ses bras pour la réconforter.

— Pourquoi ne m'as-tu pas dit que tu couchais avec lui ? demanda-t-il d'une voix glaciale.

Elle sursauta comme s'il l'avait giflée. Mais elle se ressaisit très vite, et répliqua d'un ton aussi froid que le sien :

— Je n'ai pas pensé que ça te regardait. Je ne me souviens pas de t'avoir demandé avec qui tu avais couché au cours de ces dix dernières années.

— Les gens autour de moi ne meurent pas les uns après les autres.

— Je vois.

Elle prit une profonde inspiration.

— Ce n'est pas mon amant qui me pose la question, mais le bras droit du général Butler. Pardonne-moi mon erreur.

Elle fit mine de le contourner pour sortir mais Zach l'attrapa par le bras.

— Pourquoi ne me l'as-tu pas dit ?

— Parce que je ne pensais pas que c'était approprié, répondit-elle d'une voix neutre – la voix d'une étrangère. Et je ne le pense toujours pas.

— Et Henri Santerre ? As-tu couché aussi avec lui ?

À ces mots, elle libéra vivement son bras et Zach ne la retint pas.

— Comment oses-tu suggérer une telle chose ? Dans deux minutes, tu vas me demander si Claire et moi étions amantes.

— Vous l'étiez ?

Elle se contenta de le fixer sans rien dire, le visage fermé.

— Comment as-tu su ? demanda-t-elle finalement. Pour Charles et moi ?

— À cause de ça.

Zach exhuma de sa poche le morceau de papier découvert chez Yardley et le lui tendit. Après un instant d'hésitation, elle se décida à le prendre. Dans le silence de la chapelle, le froissement du papier qu'elle dépliait parut anormalement bruyant.

— Ça ne lui ressemblait pas de garder ce genre de choses, dit-elle doucement, après l'avoir lu en silence.

— Je doute qu'il en ait eu l'intention. Je l'ai trouvé au fond d'une de ses poches, où il avait dû l'oublier.

Au loin, les cloches de la cathédrale égrenèrent l'heure.

— Tu le voyais toujours ? reprit Zach.

— Qui veut connaître la réponse ? L'homme de Butler, ou mon amant ?

— Je veux savoir.

Elle se détourna et s'approcha de l'une des étroites fenêtres qui donnaient sur la rue.

— Non, répondit-elle finalement. Je ne le voyais plus.

Zach resta là où il était, la main crispée sur le pommeau de son sabre.

— Pourquoi ? Que s'est-il passé ?

Elle haussa les épaules.

— Rien d'extraordinaire. Il avait trouvé quelqu'un qui lui plaisait davantage.

Zach commençait à bien la connaître, désormais. Il savait quand elle ne lui disait pas toute la vérité.

— Et toi ? insista-t-il. Tu *brûlais* encore pour lui ?

Il avait employé ce mot à dessein, parce qu'il voulait qu'elle souffre comme lui-même souffrait.

Elle avait beau lui tourner le dos, Zach la sentit se raidir.

— Je ne l'ai pas tué par jalousie, si c'est ce que tu veux savoir.

Il y eut un silence, puis elle reprit :

— Comment est-il mort ?

— D'après l'autopsie, par étouffement. Son assassin l'a probablement trouvé endormi sur son sofa et lui a pressé un coussin sur le visage.

— Pauvre Charles, murmura-t-elle.

L'espace d'un instant, ses épaules s'affaissèrent. Puis elle se redressa vivement, luttant visiblement pour dissimuler son désarroi avant de lui faire face.

— Il m'avait promis de venir te voir, aujourd'hui. L'a-t-il fait ?

Zach secoua la tête. À nouveau, il mourait d'envie de la serrer dans ses bras, de lui dire qu'elle n'avait pas besoin de contrôler à ce point ses émotions. Il n'y avait qu'au lit, apparemment, qu'elle se laissait aller.

— Il a essayé, répondit-il, mais j'étais en réunion. Et quand je suis arrivé chez lui, il était trop tard. T'a-t-il dit ce qu'il me voulait ?

— Il avait peur. Il pensait que quelqu'un le suivait et l'épiait.

— Il ne savait pas qui ?

— Non. Il n'a jamais vu personne, du reste. C'était juste une sensation. Quelle ironie ! ajouta-t-elle avec un sourire triste. Charles n'avait jamais accordé beaucoup de crédit à tout ce qui était impressions et intuitions.

Zach s'approcha du petit autel tout simple.

— C'était un grand ami de Philippe, n'est-ce pas ?

— Oui.

— Ton mari savait-il que tu couchais avec son collègue et ami ? fit-il en la regardant par-dessus son épaule.

Elle hocha lentement la tête, sans le quitter des yeux.

— Comment l'avait-il appris ?

— Charles lui avait dit.

Seigneur ! pensa Zach. Quel genre de mariage ç'avait donc été ?

— Et il était furieux ? Philippe, je veux dire.

— Non.

— Pourquoi ?

Elle eut un soupir las.

— Parce qu'il était amoureux de quelqu'un d'autre.

Zach fit un pas vers elle.

— Qui ?

Elle croisa à nouveau son regard. Mais ses beaux yeux remplis d'effroi mentaient une fois de plus.

— Je ne sais pas.

— Si, tu le sais, affirma-t-il.

Il tourna les talons et quitta la chapelle à grands pas.

30

Une petite brise agitait les arbres de la cour. Emmanuelle s'adossa au vieux fauteuil de cuir du bureau d'Henri Santerre, qu'elle avait tourné vers la fenêtre, et regarda dehors d'un air absent.

C'était fini. Ils avaient – son père, Henri Santerre, Philippe et elle – sacrifié des années de leur vie à cet hôpital, sans jamais compter leur temps ni leur peine. Et voilà que c'était terminé.

Perdue dans ses pensées, elle n'avait même pas entendu que quelqu'un était entré dans la pièce. Elle sursauta en entendant une béquille sur le sol, l'instant d'après, deux mains masculines se posaient sur ses épaules.

— Je viens d'apprendre la nouvelle, pour Yardley, dit Antoine Latouche en faisant pivoter son siège. Que fichent les Yankees ? Pourquoi ne sont-ils pas capables d'arrêter cette hécatombe ?

Antoine était encore plus pâle que d'habitude et il semblait avoir maigri. Emmanuelle s'obligea à sourire pour le rassurer.

— Ils font tout ce qu'ils peuvent, Antoine. J'en suis persuadée.

Il s'assit au bord du bureau et scruta la jeune femme.

— Et vous ? Comment vous en sortez-vous ?

Elle laissa son regard errer dans la pièce.

— Ce n'est pas facile, d'avoir à fermer cet endroit.

Il lui prit la main et la serra entre les siennes.

— Il n'y a pas moyen de surseoir ?

La jeune femme secoua la tête.

— Cela fait des semaines que je me bats, mais là, c'est le coup de grâce. Je n'ai pas le droit de garder cet hôpital ouvert s'il n'y a pas au moins un médecin diplômé qui y exerce. Maintenant que Charles est mort, je ne vois pas comment je vais le remplacer, avec cette guerre...

— Qu'allez-vous faire de vos malades ?

— J'en ai déjà parlé aux sœurs de l'Hôtel-Dieu. Elles pourront en prendre quelques-uns. Et le Dr Lewis prendra les autres à l'hôpital de la Charité.

Antoine lui étreignit plus fort la main.

— Ce n'est pas votre faute, Emmanuelle. Vous avez fait tout ce qui était en votre pouvoir.

Elle s'efforça de sourire.

— C'est aussi mon avis quand je raisonne. Mais... je n'arrive pas toujours à raisonner...

— Quand la guerre sera finie, vous pourrez rouvrir.

Emmanuelle sentit une boule se former dans sa gorge.

— L'immeuble a été hypothéqué pour payer la rançon exigée par Butler de ceux qui avaient soutenu l'effort de guerre sudiste. D'ici la fin de la guerre, le bâtiment aura été récupéré par ses créanciers.

Antoine se pencha vers elle, le visage tendu.

— Emmanuelle, je ne comprends rien à ce qui se passe en ce moment, mais je sais une chose, c'est que vous êtes en danger. Maintenant que vous n'êtes plus obligée de rester dans cet hôpital, pourquoi ne pas quitter la ville ?

Elle soupira.

— Les parents de Philippe doivent emmener Dominic à Beau Lac d'ici la fin de la semaine.

— Partez avec eux. Il le faut. Ne serait-ce que pour Dominic. Il a besoin que sa mère vive.

— Je sais, mais... il me reste encore tellement de choses à faire.

Antoine attrapa sa béquille et descendit de son perchoir.

— Dites-moi par quoi commencer.

Il était déjà tard et le ciel se parait des dernières lueurs du couchant quand Emmanuelle prit l'omnibus pour Esplanade Avenue. Ces derniers temps, elle avait encouragé Dominic à passer ses journées – et souvent ses nuits – chez ses grands-parents. Elle trouvait le quartier plus sûr que la rue Dumaine, trop proche des quais aux établissements si mal famés. Cependant, alors qu'elle approchait de la grande bâtisse blanche des Beauvais, elle ressentit une tristesse qui n'était pas seulement due à la fermeture de l'hôpital.

Dominic était son fils chéri, le centre de son existence et la lumière de sa vie, et pourtant, depuis la mort de Philippe et plus encore depuis celle d'Henri, elle le voyait de moins en moins. Certes, elle se débrouillait toujours pour prendre son petit déjeuner en sa compagnie et rentrer assez tôt pour partager son dîner et discuter un peu avec lui avant qu'il ne monte se coucher. Elle lui réservait aussi une partie de son dimanche. Mais il lui semblait que ce n'était pas suffisant. À force d'être tiraillée entre ses diverses responsabilités, elle avait le sentiment d'échouer partout: son fils, l'hôpital et elle-même.

Peut-être, tenta-t-elle de se consoler, était-ce un bien, de ce point de vue, que l'hôpital ferme. Ainsi, elle pourrait se consacrer davantage à son fils, qui avait d'autant plus besoin d'elle qu'il n'avait plus son père.

Elle le trouva au jardin, avec son grand-père et Baptiste. Comme l'heure du dîner approchait, Baptise l'emmena se laver les mains et Jean-Lambert en profita pour parler à sa belle-fille.

— Je suis au courant, pour Yardley, lui dit-il. Cette nouvelle mort est troublante, très troublante. Venez avec nous à Beau Lac, mon enfant. Cela me semble indispensable, à présent.

Il y avait une vieille balancelle à l'extrémité de la terrasse. Ils s'y dirigèrent sans s'être consultés. Une fois assise, Emmanuelle leva les yeux pour contempler les étoiles qui s'allumaient une à une dans le ciel.

— Les gens ont toujours besoin qu'on les soigne, fit-elle remarquer.

Cependant, elle se demandait qui ferait encore appel à elle, puisqu'elle n'avait aucun diplôme.

— Les combats se sont ralentis, dans la région, fit valoir Jean-Lambert. Ce qui signifie que l'Hôtel-Dieu et l'hôpital de la Charité seront moins encombrés de soldats.

Les chaînes retenant la balancelle crissaient doucement dans le silence du crépuscule. Emmanuelle songea à Beau Lac, cette majestueuse demeure à colonnades, qui se dressait au bout d'une allée bordée de chênes centenaires. La vision était idyllique, tentante, et elle eut soudain envie de partir, d'abandonner derrière elle la chaleur de la ville, le climat pesant instauré par les Yankees, et ce danger qui semblait désormais la menacer à chaque coin de rue.

Elle se voyait couler des jours calmes à Beau Lac, entre Dominic et Jean-Lambert. Elle ne trouverait pas la paix, là-bas – pas maintenant –, mais du moins une sorte de sanctuaire. Et elle n'était pas orgueilleuse au point de refuser d'admettre qu'elle avait besoin d'un tel refuge. Loin de l'assassin qui la guettait. Et loin de Zach Cooper qui lui murmurait des mots d'amour.

Depuis qu'elle avait appris la mort de Charles Yardley, et ses conséquences, Emmanuelle se sentait comme abandonnée. Sa confrontation avec Zach, dans la chapelle, n'avait fait qu'accroître ce sentiment confus de désolation et de vide.

Elle se reprochait à présent d'avoir laissé sa relation avec Zach évoluer. De s'être autorisé ces nuits de passion dévorante. Comment en étaient-ils arrivés là ? Comment elle, une veuve de fraîche date, loyale à la cause sudiste, quelles que soient les critiques qu'elle formulât par ailleurs, ennemie de toutes les violences avait-elle pu laisser faire cela ? Pourquoi s'était-elle retrouvée dans les bras d'un homme qui avait fait de la guerre son métier, qui était entré dans sa ville en conquérant, qui avait commencé par la suspecter de meurtres, et qui pensait maintenant... Quoi ?

— Emmanuelle, insista Jean-Lambert, tirant la jeune femme de ses pensées, venez à Beau Lac avec nous.

— Je viendrai, s'entendit-elle répondre, et elle ressentit aussitôt une peine si aiguë qu'elle en eut le souffle coupé.

Au sud de la ville, le long du Mississippi, s'était développé un quartier fait de petites bicoques construites à partir de matériaux de récupération – parfois récupérés dans le fleuve –, et dont la plupart ne comportaient qu'une seule pièce.

Zach n'eut aucun mal à repérer la maison qu'habitaient Fra Spears et ses quatre fils. Avec ses volets fraîchement repeints et sa façade impeccable, elle tranchait au milieu des habitations voisines mal entretenues. Zach se demanda ce qui avait bien pu pousser cette veuve à quitter son pays et pourquoi elle avait choisi de s'installer ici, à La Nouvelle-Orléans, avec son climat étouffant, ses fièvres malignes et ses bayous sauvages.

Hans était assis sur le porche, une guitare à la main et une pile de livres à côté de lui.

— *Guten Morgen*, major, dit-il, cessant un instant de jouer pour regarder Zach approcher.

Celui-ci le salua en retour et posa le pied sur la première marche du perron.

— Vous êtes venu me parler de Charles Yardley, reprit Hans, tandis que ses doigts pinçaient doucement les cordes de son instrument.

Ce n'était pas une question.

— Je peux m'asseoir ? s'enquit Zach.

Hans se contenta de hocher la tête.

— Vous le connaissiez bien ? enchaîna le major, le regard rivé sur le visage du jeune homme.

— Pas aussi bien que Philippe, si c'est ce que vous voulez savoir.

La voix était calme, mais Zach vit un petit muscle tressauter sur sa joue.

— Parlez-moi sans crainte. Vous avez peur ?

Hans griffa les cordes de son instrument, provoquant un son discordant.

— Vous voulez dire : est-ce que j'ai peur d'être le prochain ? Évidemment. Vous n'auriez pas peur à ma place ?

— Si.

Le jeune homme posa sa guitare.

— Qui peut faire ça ? Et pourquoi ?

— Je l'ignore, malheureusement.

Zach songea qu'Emmanuelle et ce jeune garçon qui contrôlait si bien ses émotions avaient beaucoup en commun.

— J'ai pensé que vous pourriez peut-être m'aider à y voir plus clair, reprit-il. Réfléchissez : est-ce que vous vous souvenez d'un patient récemment soigné à l'hôpital Santerre et qui en serait reparti mécontent ? Très mécontent.

Hans plissa les yeux pensivement un long moment, avant de secouer la tête.

— Non, je ne vois personne.

— Et que savez-vous de cette querelle survenue en mai dernier, peu avant la mort de Philippe, entre

Claire Latouche et Charles Yardley ? Vous étiez là, n'est-ce pas ?

— Pas au début. Je suis arrivé à la fin, en même temps que le Dr Santerre. Pourquoi ?

— Parce que tous ceux ayant participé ou assisté à cette scène sont aujourd'hui morts. Tous, sauf Emmanuelle de Beauvais et vous.

— Comme si je ne le savais pas ! s'écria-t-il avec un grand geste. J'en ai perdu le sommeil, figurez-vous. J'ai beau essayer de lire, d'étudier, je n'arrive plus à me concentrer sur rien.

Zach jeta un coup d'œil aux ouvrages posés à côté de lui. Il remarqua un cahier ouvert, mais ce fut surtout l'écriture fine et déliée qui attira et retint son attention.

— Qu'est-ce que c'est ? questionna-t-il en se saisissant du cahier.

— Des notes de cours de Philippe, qu'il avait prises lorsqu'il était étudiant. Il pensait qu'elles pourraient m'être utiles. Pourquoi ?

Zach fixait le cahier, médusé.

— Philippe ? C'est l'écriture de Philippe ?

— Oui.

Bonté divine ! songea Zach, tandis que les récents événements se réordonnaient selon un schéma d'une évidente et saisissante clarté.

31

Zach pensait trouver Emmanuelle à l'hôpital Santerre, mais elle n'y était pas. Du reste, l'établissement était désert, à l'exception de l'infirmier sénégalais, qui lui résuma la situation.

— Il n'y a plus personne. Mme de Beauvais ferme l'établissement. Vous n'étiez pas au courant ? Maintenant que le Dr Yardley n'est plus là, elle n'a plus le droit de garder l'hôpital ouvert.

Zach quitta le bâtiment et resta un moment sur le trottoir, à réfléchir. La dernière fois qu'il avait vu Emmanuelle, dans la chapelle, elle ne lui avait pas dit qu'elle s'apprêtait à fermer l'hôpital. Pas plus qu'elle ne lui avait dit la vérité au sujet de ce bout de papier qu'il avait trouvé dans la poche de Yardley. Cela n'empêchait sans doute pas Emmanuelle d'avoir couché avec l'Anglais. Plus Zach y pensait, plus il en était convaincu. Mais le Beauvais qui avait écrit ces quelques lignes enflammées destinées à Yardley n'était pas Emmanuelle, mais son mari.

Philippe de Beauvais.

Zach trouva la grille ouverte et se laissa guider par une voix de femme qui chantonnait jusqu'à la petite cour pavée. L'endroit était encombré de malles, certaines déjà fermées, les autres encore ouvertes et à demi remplies. Rose était agenouillée devant l'une d'elles. Elle se redressa en voyant Zach.

— Que faites-vous là ? fit-elle sèchement. Nous sommes occupées. Nous partons pour Beau Lac vendredi.

— Où est Mme de Beauvais ?

La servante se pencha sur la malle pour remettre de l'ordre dans son contenu.

— Elle ne veut pas vous voir.

Zach se demanda ce que la belle mulâtresse savait des gens dont elle partageait l'existence depuis tant d'années ? Ce qu'elle savait à son sujet à lui ?

— Elle n'a pas vraiment le choix, se contenta-t-il de rétorquer.

Elle releva la tête.

— Ah, fit-elle, avec un sourire qui n'avait rien de chaleureux. Alors vous êtes venu en Yankee. Pas en amant.

— Vous me conduisez à elle, ou je dois me débrouiller seul ? répliqua Zach, la mâchoire crispée.

Il était persuadé qu'elle allait le conduire, mais elle recommença à s'affairer dans la malle.

— Débrouillez-vous. Elle est dans la chambre de Dominic. Vous connaissez le chemin.

Elle l'avait forcément entendu monter, Zach le savait. Cependant, elle ne leva pas la tête lorsqu'il s'immobilisa sur le seuil. Elle était occupée à trier les vêtements de son fils et lui tournait le dos.

— Tu aurais dû me prévenir que tu partais, attaqua-t-il.

— Pourquoi ? Parce que je suis toujours une suspecte ? s'enquit-elle en lui lançant un regard par-dessus son épaule tout en continuant de plier une chemise avec des gestes rapides et sûrs. Ce qui m'importe avant tout, c'est d'éloigner mon fils du danger.

— Est-ce vraiment la seule raison de ce départ ?

Elle posa la chemise pliée sur une pile de linge.
— C'est la principale.
Zach inspecta la chambre du regard.
— Où est-il ? Je veux parler de Dominic.
— Chez un camarade, sur Rampart Street. Pourquoi ?
— Parce que tu m'as encore menti.
Zach la vit se raidir, tandis qu'une lueur inquiète traversait fugitivement ses prunelles. Il vint vers elle, si près qu'il la touchait presque.
— Je devine ce que tu penses : « Lequel de mes innombrables mensonges a-t-il découvert ? »
Comme elle restait muette, il se détourna et frappa la tête de lit du plat de la main.
— Tu sais, je ne serais sans doute pas loin de coincer cet assassin qui te terrifie tellement, si chacune de tes paroles n'était pas un mensonge !
— Si tu m'expliquais de quoi tu me parles ?
Zach alla se planter devant la porte-fenêtre grande ouverte.
— J'ai vu Hans, ce matin. Lui aussi est très nerveux. Si nerveux qu'il n'arrive plus à se plonger dans les cours de médecine que ton mari lui a si aimablement laissés.
— Je ne comprends pas où tu veux en venir.
Zach pivota brutalement.
— Ce mot que j'ai trouvé dans la poche de Yardley. Ce n'était pas toi qui l'avais écrit. Mais Philippe.
La jeune femme le fixa sans ciller, un long moment, puis elle soupira en portant les mains à ses tempes.
— Je ne t'ai pas vraiment menti. Moi aussi j'ai couché avec Charles.
— Quoi ? Vous trois ensemble ?
— Grands dieux, non !
Il esquissa un sourire froidement ironique.
— Excuse-moi. J'en suis arrivé au point où je croirais à peu près n'importe quoi.

Un bruit de cavalcade au rez-de-chaussée les fit sursauter. Puis un cri d'enfant retentit dans l'escalier, auquel fit écho le rire de Dominic. Emmanuelle perdit aussitôt le peu de couleurs qu'il lui restait.

— Prends tes gants et ton chapeau, lui ordonna Zach. Nous allons nous promener.

Ils prirent la direction du fleuve dans un silence tendu. La chaleur était comme une chape de plomb sur leurs épaules.

— Parle-moi de Philippe, fit Zach en scrutant le fin profil d'Emmanuelle.

Elle ne répondit pas immédiatement. Elle marchait les yeux baissés, son ombrelle serrée dans la main. Une ombrelle noire, comme sa robe, son chapeau et ses gants.

— J'avais dix-sept ans, quand je l'ai rencontré. À cette époque, je ne connaissais de la vie que mes livres de médecine.

Elle s'interrompit quelques instants et Zach eut le sentiment qu'elle essayait de se souvenir précisément de la jeune fille qu'elle avait été.

— Peu d'hommes sont à l'aise avec ce genre de femmes, reprit-elle. Il ne m'a pas fallu longtemps pour en arriver à la conclusion que si je voulais être une femme – de celles qu'on désire –, il me faudrait renoncer à devenir médecin. Or, j'étais déterminée à l'être.

— Donc, tu t'étais résignée à être une femme que les hommes trouveraient indésirable ?

Elle eut un petit rire.

— Oui, on peut résumer les choses ainsi ! Et puis j'ai rencontré Philippe.

— Il était différent des autres hommes ?

Emmanuelle hocha la tête.

— Il me disait que j'étais à la fois belle et brillante. Je pense que je l'aurais aimé rien que pour cela. Il voyait en moi à la fois une femme et un homme. Tu comprends ?

— Je crois. Il admirait ton intelligence et ta force de caractère. Ce qui ne l'empêchait pas de te trouver désirable.

Elle écarquilla les yeux, comme si elle était étonnée qu'il puisse comprendre. Que quiconque puisse comprendre.

— C'est cela. Les autres hommes que j'avais rencontrés étaient tous intimidés par mon savoir, ou se moquaient de mes ambitions. Philippe, au contraire, m'encourageait. Il m'aimait et m'admirait. C'était pour moi une expérience déroutante. En plus, il était si beau, si brillant, si passionné. Pas seulement dans le domaine de la médecine, mais en art, en musique... en tout.

— Y compris dans les péchés de la chair, ironisa Zach.

— Oui, fit-elle, avec un petit sourire qui éveilla une déplaisante jalousie en lui.

— Et c'est ainsi que, par amour pour lui, tu as renoncé à retourner à Paris pour faire tes études de médecine. Quelle ironie !

Son sourire s'évanouit.

— Philippe remplissait ma vie. Je craignais que ses parents s'opposent à notre mariage, mais ils ne l'ont pas fait.

Ils traversèrent Sainte Anne Street, passèrent devant une salle de billard où se mêlait une clientèle de Blancs et d'hommes de couleur.

— Tu étais heureuse ?

— Au début, oui. Philippe m'avait ouvert les portes d'un monde dont j'ignorais tout.

— Le monde des sens. Des passions exacerbées où la frontière entre le plaisir et la douleur est si mince.

Ils étaient maintenant arrivés à Jackson Square. Les sycomores oscillaient doucement au gré de la brise. La jeune femme s'arrêta pour lui faire face.

— Oui. Et cela me plaisait. Ça te choque ?

— Non.

Elle le dévisagea.

— Parce que c'est aussi en toi, n'est-ce pas ? Cette ferveur, ce besoin de repousser les limites de ce qui est autorisé.

Zach ne songea pas à nier. Comment l'aurait-il pu après ce qui s'était passé entre eux ?

— Qu'est-il arrivé ensuite, avec Philippe ?

Ils se remirent en route, longeant la vieille grille qui entourait le square.

— Dominic est né.

Elle lui glissa un regard de biais avant de poursuivre :

— Ne te méprends pas. Philippe était ravi à l'idée d'avoir un enfant. Mais il... c'est alors qu'il a commencé à se désintéresser de moi en tant qu'épouse. Au début, j'ai pensé qu'il craignait de faire mal au bébé que je portais. Ou qu'il trouvait mes rondeurs peu attrayantes. Il aimait les femmes très minces, un peu garçonnes.

Des femmes comme Claire Latouche, songea Zach. Des femmes aux hanches étroites et aux petits seins. La naissance d'un enfant avait changé tout cela, bien entendu.

— Je m'étais cependant convaincue qu'une fois que j'aurais accouché, les choses redeviendraient comme avant.

— Mais ça n'a pas été le cas.

— Non. Philippe a commencé à s'absenter de plus en plus souvent de la maison. Au début, je ne me suis pas inquiétée. Il travaillait beaucoup, avec mon père et Henri, à l'hôpital. Et il donnait également des cours à l'école de médecine. Il s'était réinstallé dans sa garçonnière dès les premières semaines de ma grossesse – pour ne pas troubler mon sommeil quand il rentrait tard, m'avait-il expliqué. Après la naissance de Dominic, il est resté dans la garçonnière sous prétexte que les pleurs du bébé le dérangeaient.

Elle s'interrompit un instant. Une mouette passa au-dessus de leurs têtes en criant.

— Une nuit, reprit-elle, je m'étais réveillée et je n'arrivais plus à me rendormir. J'avais tellement envie de lui ! ajouta-t-elle, rougissant légèrement, comme si elle trouvait honteux d'avouer qu'elle désirait son mari. Alors, j'ai décidé d'aller le retrouver. Je savais qu'il avait reçu en début de soirée l'un de ses étudiants, mais je pensais qu'il était parti depuis longtemps. Il était si tard...

— Mais il était toujours là ?

— Oui. Et je les ai trouvés ensemble. Au lit.

Elle tritura nerveusement le manche de son ombrelle, avant de continuer :

— Après le départ du garçon, Philippe m'a expliqué qu'il avait toujours préféré les hommes aux femmes. Ses parents voulaient tellement qu'il se marie qu'il avait finalement jeté son dévolu sur moi, parce qu'il m'aimait bien et qu'il m'admirait en tant que personne. Il m'avait même réellement désirée, au début. Il avait l'espoir que son mariage pourrait le « guérir ». Mais, évidemment, ça n'a pas marché. Et surtout, il a compris qu'il n'avait aucune envie d'être guéri.

La jeune femme regardait dans le lointain, un sourire amer aux lèvres.

— Je me suis sentie affreusement trahie. Je me reprochais ma naïveté. D'avoir cru tout ce qu'il me racontait. Je crois que c'est ce qui m'a le plus blessée, ce manque d'honnêteté à mon égard. De s'être fait passer pour ce qu'il n'était pas. Je me souviens de lui avoir répondu cette nuit-là que je ne pourrais plus jamais être heureuse, et ç'a été le cas.

Dans la bouche de n'importe qui d'autre, ces paroles auraient pu sembler mélodramatiques. Mais pas chez une femme telle qu'Emmanuelle de Beauvais.

— On ne se remet pas facilement d'une pareille déception, conclut-elle. Surtout de la part de quelqu'un à qui vous avez tout donné, tout sacrifié.

— Que s'est-il passé, après cette scène ? voulut savoir Zach.

Elle haussa les épaules.

— Il me promit que cela ne se reproduirait jamais, et j'étais encore tellement éprise de lui que je l'ai cru. Je désirais tant que ma vie redevienne comme avant...

Elle fixait un point invisible, dans le lointain. Zach contemplait son profil si pur. Il avait désespérément envie de la toucher, d'apaiser sa souffrance, mais il se contenta d'observer d'une voix neutre :

— Mais il ne tint pas sa promesse, n'est-ce pas ?

Elle secoua la tête.

— Moins d'un an plus tard, je le surprenais à nouveau. Avec une femme, cette fois. Puis j'ai découvert qu'il y en avait eu quantité d'autres entre-temps. Des hommes et des femmes.

— Beaucoup de femmes l'auraient quitté à ce moment-là ?

— Je ne pouvais pas. J'aurais perdu Dominic. Les Beauvais n'auraient jamais accepté de renoncer à leur unique petit-fils.

— Même si la vérité avait éclaté au grand jour ?

Elle vit volte-face, les yeux écarquillés.

— Parce que tu t'imagines que je pouvais faire ça à Dominic ? Tu sais comment sont les gens. Tu devines comment ils l'auraient traité. Comment ils auraient traité Philippe. Je ne l'aurais pas supporté.

— Ainsi, tu tenais encore à lui ?

— Cela te surprend ?

Les grilles du square étaient grandes ouvertes, ils y pénétrèrent.

— L'amour ne disparaît pas d'un coup, reprit-elle. Il meurt peu à peu, jour après jour, trahison après trahison, déception après déception. Même à la fin, Philippe et moi avions encore des liens, quelque chose qui ressemblait à de l'amitié. Nous partagions un même intérêt pour la médecine, pour notre travail à l'hôpital. Et il y avait Dominic. Je ne veux pas que tu penses que ma vie était misérable, parce que ce n'était pas le cas. C'est juste que... il y avait un grand vide. Et plus le temps passait, plus le ressentiment entre nous grandissait.

Au nord, des nuages commençaient à s'accumuler. Ce n'étaient encore que des nuages légers, très hauts dans le ciel. Mais dans moins d'une heure, l'horizon s'assombrirait.

— Ce dimanche, à Congo Square, commença Zach, Rose m'a assuré que Philippe n'aurait jamais pris une maîtresse de couleur, parce qu'il n'aurait pas voulu infliger à un enfant le fardeau d'avoir des parents de sang différent. Elle prétendait qu'il était capable de comprendre ce que c'était que de ne pas être accepté tel qu'on était, de ne se sentir nulle part à sa place. C'est ce que lui-même ressentait, n'est-ce pas ?

Emmanuelle leva les yeux sur lui. Jamais Zach ne lui avait vu une expression aussi vulnérable.

— Je ne crois pas que ce soit quelque chose qu'il ait choisi, murmura-t-elle. On ne choisit pas qui on désire. Ni qui on aime.

— En revanche, on peut choisir de mettre ou non ses désirs en actes, objecta Zach.

Mais alors même qu'il prononçait ces mots, il était parfaitement conscient de se laisser porter par son désir dès lors qu'il s'agissait d'Emmanuelle, et ce au mépris de toute raison et de toute logique.

Elle secoua la tête, de nouveau un sourire triste aux lèvres.

— Philippe était un hédoniste, comme tu l'avais deviné. Il ne voulait se refuser aucun des plaisirs de la vie.

Ils marchèrent un moment en silence. Le vent qui commençait à se lever agitait les branches des magnolias qui bordaient les allées du square.

— Raconte-moi ce qui s'est réellement passé le jour de cette fameuse dispute, à l'hôpital, reprit finalement Zach.

Emmanuelle cligna des yeux, comme si elle avait oublié la raison de cette conversation et s'étonnait qu'il n'en soit pas de même pour lui.

— Très bien, souffla-t-elle.

Mais il lui fallut encore un moment avant qu'elle se sente capable de reprendre son récit :

— Après que j'ai surpris Philippe pour la deuxième fois, nous sommes convenus d'un arrangement, lui et moi. Nous continuerions d'habiter sous le même toit, de nous comporter vis-à-vis de l'extérieur comme mari et femme. Mais il s'installerait de manière permanente dans la garçonnière et nous serions libres de vivre chacun à notre guise, dès lors que cela resterait discret.

Elle tourna vers Zach un regard fier, comme pour le mettre au défi de la condamner. Voyant qu'il se taisait, elle continua d'une voix sourde, en choisissant ses mots avec soin :

— En vérité, je n'envisageais pas de profiter de cette liberté. Mais à mesure que le temps passait... je ne supportais plus d'être toujours seule dans mon lit. J'avais besoin des bras d'un homme. Cela devenait insupportable. Alors j'ai commencé à me dire que si Philippe trouvait si facilement son plaisir ailleurs, pourquoi pas moi ? Alors, j'ai essayé. Mais je n'ai jamais réellement trouvé la satisfaction escomptée.

Zach ne put s'empêcher de se demander combien d'hommes avaient ainsi défilé dans son lit durant toutes ces années. Et cette pensée lui fut intolérable.

— C'est ce qui s'est passé avec Charles Yardley ? lâcha-t-il d'une voix plus dure qu'il ne l'aurait souhaité.

Elle hocha la tête tout en repoussant une mèche de cheveux d'un geste qu'il trouva curieusement enfantin.

— Savais-tu qu'il était comme Philippe ? demanda-t-il. Qu'il aimait aussi bien les hommes que les femmes ?

— Non. Je l'ai découvert le jour de cette fameuse querelle, à l'hôpital. Philippe était vraiment amoureux de lui, tu sais. Passionnément. On a tendance à penser que de tels sentiments ne peuvent exister qu'entre hommes et femmes, mais c'est un tort.

— Et Claire ? Était-elle au courant que Philippe aimait aussi les hommes ?

— Oui. Elle était beaucoup plus avertie que moi à son âge.

C'était dit si simplement ; Zach s'étonnait qu'elle puisse ainsi parler des infidélités de son mari et de sa vie sentimentale pour le moins agitée. Mais il supposait qu'elle avait eu des années pour s'y habituer.

— Quelle était exactement la raison de cette querelle, alors ?

— Claire connaissait les goûts de Philippe, mais elle s'en moquait. Elle l'aimait de toute façon. Ce n'est que lorsqu'elle découvrit qu'il était amoureux de Charles qu'elle fit cette scène.

— Et Hans Spears ? Avait-il aussi une liaison avec Philippe ?

— Honnêtement, je n'en sais rien.

Le silence tomba entre eux. Le soleil avait à présent disparu derrière les nuages qui noircissaient à vue d'œil. Zach était toujours surpris par la rapidité avec laquelle les orages fondaient sur la ville.

— C'est à cause de cela que tu as cessé de croire à l'amour ? risqua-t-il au bout d'un moment. Parce qu'un seul homme s'est montré malhonnête envers toi ?

— Non, répondit-elle. Quand j'ai rencontré Philippe, j'étais tellement amoureuse de lui que je ne pensais pas que ça pourrait finir un jour. Il me semblait impossible qu'une passion aussi brûlante, aussi intense, puisse tout simplement... disparaître. Et pourtant, c'est ce qui s'est passé.

— Ce n'est pas toujours le cas.

Emmanuelle le regarda, le visage sombre et tourmenté.

— Mais cela peut arriver. Personne ne peut promettre un amour éternel. On peut promettre la fidélité, mais pas que l'amour ne mourra jamais. On ne peut pas plus choisir l'être aimé qu'on ne peut prédire quand cet amour prendra fin.

— Donc, tu crois encore à l'amour.

Elle rit doucement.

— Peut-être. Peut-être que c'est à la pérennité de l'amour que je ne crois plus.

Une première goutte de pluie s'écrasa au sol, suivie d'une autre. Presque aussitôt, une odeur de poussière et de terre humide emplit l'air.

— Dis-moi, fit Zach à brûle-pourpoint, ces autres hommes avec qui tu as couché...

— Il n'y en a eu que trois, l'interrompit-elle. Charles inclus.

— Tu as dit que tu n'avais pas trouvé la satisfaction escomptée. As-tu jamais songé que c'était parce que tu n'étais pas amoureuse d'eux ?

Emmanuelle lui fit de nouveau face. Elle était pâle et tremblante, et pinçait les lèvres comme si elle redoutait de laisser échapper accidentellement certaines paroles. Le vent chaud tourbillonnait autour d'eux, soulevant ses jupes et chahutant les mèches qui s'échappaient de son chapeau. Zach tendit spontanément la main pour en replacer une derrière son oreille.

— Et ces deux nuits que tu as passées avec moi, reprit-il. T'ont-elles satisfaite ?

— Tu sais bien que oui, souffla-t-elle.

Il pleuvait à verse, à présent. Il posa les mains sur les épaules de la jeune femme. Elle lui paraissait si gracile, si délicate. Il aurait voulu l'attirer contre lui et la garder là pour toujours. Et soudain il avait peur – une peur panique – de ne plus jamais la tenir dans ses bras.

— L'amour n'est ni plus ni moins qu'un acte de foi, Emmanuelle. Et cependant, depuis la nuit des temps, des hommes et des femmes n'ont pas hésité à s'engager.

Les yeux de la jeune femme s'emplirent de larmes, mais Zach savait qu'elle ne les laisserait pas couler.

— Je ne peux pas. Pas de nouveau. Je ne m'en sens pas le courage, murmura-t-elle.

— Je n'ai jamais rencontré qui que ce soit, homme ou femme, de plus courageux que toi.

— Mais pas pour ça, assura-t-elle avec un sourire douloureux.

Zach aurait voulu effacer d'un baiser ce sourire triste. Il aurait voulu écraser son corps frêle contre lui et la convaincre de l'aimer. Mais il se contenta de laisser ses mains glisser le long de ses bras en une caresse douce et désespérée.

— Quand pars-tu pour Beau Lac ? demanda-t-il, alors qu'ils reprenaient leur marche sous la pluie.

Ils avançaient côte à côte, sans se toucher et Zach eut soudain l'impression qu'un gouffre s'était creusé entre eux, un gouffre si profond qu'il se demandait comment ils avaient jamais réussi à le franchir.

— Vendredi matin, répondit-elle.

Elle aurait pu déployer son ombrelle et s'en servir comme d'un parapluie, mais elle ne le fit pas.

— Nous resterons jusqu'à la fin septembre, ajouta-t-elle. Les chaleurs seront alors retombées.

« Septembre », se répéta Zach. En septembre, il aurait quitté La Nouvelle-Orléans.

— J'ai décidé de passer outre Butler et de demander directement à Washington d'être affecté dans mon ancienne unité, annonça-t-il. Mais je te promets que je ne partirai pas avant d'avoir démasqué l'assassin.

Elle se tourna vers lui, avec au fond des yeux une myriade d'émotions qu'il ne put qu'essayer de deviner. La pluie ruisselait sur son visage et cela lui rappela cette première fois, dans le cimetière Saint-Louis. Il pleuvait et elle était trempée. Trempée et mystérieuse. Et terriblement séduisante.

— Et si tu ne le trouves pas ? dit-elle.

— Je le trouverai.

32

Fletcher se planta devant le bureau de Zach et y posa bruyamment une pile de dossiers.

— Qu'est-ce que c'est ? s'enquit Zach, intrigué.

— La liste complète des familles dont un membre au moins a été soigné à l'hôpital Santerre – et y est parfois décédé – au cours de ces deux dernières années. Chaque nom a été vérifié.

— Et alors ?

— Rien à signaler.

Une autre pile vint rejoindre la première.

— Et ça ?

— Le rapport sur les registres de toutes les pharmacies de la ville, expliqua Fletcher, qui avait sorti son mouchoir pour s'éponger le front.

— Rien non plus d'intéressant là-dedans ?

— Rien.

Zach se leva et s'approcha de la fenêtre. Son bureau donnait au nord, si bien que le soleil n'y pénétrait pas, ce qui le rendait un peu plus vivable en été.

— Bon, alors, que fait-on à présent ? demanda-t-il, cependant qu'il contemplait d'un œil distrait l'agitation de la rue.

— Je n'en sais fichtre rien, lâcha Fletcher. Nous n'avons toujours pas de suspect. Du moins, de suspect vivant. Depuis le début, l'Anglais ne m'inspirait pas...

Fletcher avait du mal à encaisser ce que Zach lui avait raconté de la relation entre Yardley et Beauvais.

Bien entendu, Zach avait jugé inutile d'entrer dans les détails concernant Emmanuelle. Plus il y repensait, et plus il jugeait qu'elle avait eu raison de garder le secret sur son mariage. L'effet d'une révélation au grand jour de la vie privée de Philippe aurait été désastreux pour Dominic.

— J'y pense ! s'exclama soudain le capitaine en se grattant le front. Et si l'Allemand, Spears, était aussi comme eux ?

— Ce n'est pas impossible. On peut le mettre sous surveillance.

— Tu crois qu'il pourrait être l'assassin ?

— Je l'ignore. Mais s'il ne l'est pas, il risque fort d'être la prochaine victime.

Et, appuyant l'épaule au cadre de la fenêtre, il ajouta :

— C'est tout de même étrange que nous ne nous soyons doutés de rien, alors que nous avions pourtant enquêté sur le passé de Beauvais et de ses amis.

Fletcher se lissa la moustache du pouce et de l'index.

— Il avait intérêt à se montrer très discret. Imagine les répercussions, si ça s'était su : lui, un honorable médecin, catholique de surcroît, issu d'une des plus respectables familles de la ville.

Zach s'écarta de la fenêtre.

— Les secrets peuvent être dangereux. Il arrive que certains n'hésitent pas à tuer pour les conserver.

Il attrapa son chapeau et se dirigea vers la porte.

— Retrouve-moi ce lieutenant qui commandait la patrouille qui a tué Beauvais. Je voudrais l'entendre.

— Que veux-tu qu'il te raconte que nous n'ayons déjà entendu ?

— Peut-être que nous l'avons entendu, mais pas écouté.

Fletcher leva les yeux au plafond.

— Doux Jésus, voilà que tu t'y mets aussi.

Zach haussa les sourcils.

— Je me mets à quoi ?

— À parler par énigmes. Comme ce bougre de roi vaudou.

Dès l'après-midi du jeudi, tous les volets de la maison de la rue Dumaine furent fermés et barrés. Le départ pour Beau Lac étant prévu pour le lendemain à l'aube, il avait été convenu qu'Emmanuelle, Dominic et Rose passeraient leur dernière nuit en ville chez les beaux-parents de la jeune femme.

Debout au milieu du salon plongé dans l'obscurité, son chapeau et ses gants à la main, Emmanuelle se répétait qu'elle n'avait aucune raison de différer plus longtemps son départ. La visite qu'elle avait attendue, espérée, n'avait toujours pas eu lieu. C'était sans doute trop tard, à présent.

— Vous avez vraiment cru que ce Yankee viendrait ? demanda Rose, du seuil.

Le silence d'Emmanuelle était plus éloquent que n'importe quelle réponse.

Rose soupira lourdement.

— Il vous a dit qu'il vous aimait, et vous lui avez répondu que vous ne croyiez plus à l'amour et que vous n'aviez pas le courage d'essayer à nouveau. Qu'espériez-vous, après cela ? Qu'il allait venir pour tenter de vous faire changer d'avis ?

Un faible sourire flotta sur les lèvres d'Emmanuelle.

— Je pensais qu'il essaierait.

Rose secoua la tête, apitoyée.

— Eh bien ! Pour une femme intelligente, vous vous montrez parfois stupide.

Emmanuelle voulut rire. Mais son rire résonna comme un sanglot.

— Vous auriez été prête à changer d'avis ? demanda Rose en la dévisageant.

Emmanuelle noua les rubans de son chapeau sous son menton.

— Honnêtement, je n'en sais rien.

Rose hocha la tête.

— Voilà pourquoi il n'est pas venu, j'imagine.

Le vendredi, à l'aube, les employés municipaux parcouraient les rues pour éteindre les becs de gaz quand Zach quitta ses quartiers et dirigea sa monture vers le fleuve. Quand il déboucha sur Esplanade Avenue, le soleil pointait déjà à l'horizon. La journée serait encore chaude.

Parvenu à une centaine de mètres de la demeure des Beauvais, il arrêta son cheval à l'ombre d'un vieux chêne. Deux chariots chargés de malles attendaient devant la maison. Une voiture sortit presque aussitôt de l'allée.

Zach n'aurait su dire pourquoi ses pas l'avaient mené jusque-là. Ce n'était certainement pas dans l'intention de parler à Emmanuelle. Ou même dans l'espoir de l'apercevoir une dernière fois. Cependant, il demeura à la même place jusqu'à ce que les attelages passent devant lui. Puis il fit volter son cheval en direction des bayous et l'éperonna.

Il trouva Papa John occupé à jardiner dans le carré d'herbes médicinales qui poussait à proximité de sa hutte. Dès que Zach déboucha dans la clairière, le vieil homme se redressa.

— Alors, vous avez appris quelques petites choses, n'est-ce pas ? fit-il, l'air amusé.

— Vous auriez pu me les dire.

— J'aurais pu, en effet.

Zach mit pied à terre et attacha sa jument à un tronc.

— Des types ont essayé de me tuer, il y a quelques jours. Des Noirs.

Papa John ricana.

— Je vous avais mis en garde, rappelez-vous.

Zach le rejoignit.

— Qui les avait engagés ?

— Ça, je ne peux pas vous le dire.

— Il y a du progrès. Au moins, vous n'essayez pas de me faire croire que vous ne le savez pas.

Papa John eut un grand sourire.

— Avouez que ce serait mauvais pour ma réputation, moi qui suis censé tout savoir.

— Je pourrais vous faire jeter en prison, vous savez.

— Je sais. Mais je ne parlerais pas pour autant.

Zach eut un rire bref.

— Je n'en doute pas.

Il repartait déjà vers son cheval. Papa John ne bougea pas.

— Alors pourquoi êtes-vous venu, major ?

— Vous m'avez dit qu'Emmanuelle était votre amie.

— C'est vrai.

Zach grimpa en selle.

— Savez-vous qu'elle est partie pour Beau Lac ?

Le vieillard resta muet, mais Zach comprit à son expression qu'il l'ignorait. Il s'apprêtait à talonner sa monture quand Papa John le rappela :

— Major !

Zach tourna la tête. Le visage du vieil homme luisait de sueur, et dans ses yeux ronds, il crut lire de la peur.

— Quand vous aurez trouvé le nom de la femme qui a trahi M. Philippe, vous saurez aussi qui a engagé ces hommes qui ont tenté de vous tuer.

La main de Zach se crispa involontairement sur les rênes.

— Une femme ? Je cherche une femme ?

— Je n'ai pas dit cela, rectifia Papa John, avant d'ajouter, le regard rivé sur Zach : Emmanuelle prétend que vous êtes différent de la plupart des gens. Elle dit que vous voyez les choses comme elles sont, et pas comme vous aimeriez qu'elles soient. J'espère pour elle qu'elle ne s'est pas trompée.

C'est seulement le mardi matin que le lieutenant Presley, de retour de mission, vint faire son rapport à Zach. C'était un jeune homme blond et maniéré, tiré à quatre épingles.

— Que voulez-vous dire, major ? fit-il, dérouté. Bien sûr, que je puis affirmer que l'homme que nous avons enterré était bien Philippe de Beauvais. Il avait ses papiers sur lui.

— Vous rappelez-vous à quoi il ressemblait physiquement ?

Le lieutenant Presley réfléchit un instant.

— Il était grand, je pense. Et mince. Avec des cheveux blonds et des yeux bleus. D'un bleu très soutenu. Je m'en souviens, parce que c'est l'un de mes hommes qui les lui a fermés alors qu'il était déjà dans la tombe. Il a dit que ça ne se faisait pas de recouvrir de terre des yeux ouverts.

Dominic avait des yeux d'un bleu étonnant, se rappela Zach. Et il était blond.

— Êtes-vous sûr qu'il était mort ? demanda-t-il.

Il avait entendu parler à plusieurs reprises d'hommes laissés pour morts sur un champ de bataille et enterrés à la hâte, qui s'étaient réveillés quelques heures plus tard et étaient parvenus à sortir de terre.

Le lieutenant ricana.

— Évidemment ! La balle lui avait emporté la moitié du crâne.

Son arrogance commençait à sérieusement irriter Zach.

— Qui d'autre avez-vous enterré en plus de lui ?

Le lieutenant haussa les épaules avec indifférence.

— Un nègre. J'ignore comment il s'appelait. Il y avait aussi un troisième type avec eux, mais celui-là a réussi à filer.

Hans Spears. Avec son pied en miettes, il ne devait pas courir bien vite et n'aurait pas pu aller bien loin, mais à voir le lieutenant, Zach s'expliquait mieux pourquoi la patrouille n'avait pas jugé bon de le prendre en chasse.

— J'ai cru comprendre que c'était une femme qui vous avait livré les renseignements à propos de ces hommes ? reprit-il.

— En effet, major.

— Pourriez-vous la décrire ?

— Non, major. Elle portait un voile. Je n'ai pas vu son visage.

— Aurait-elle pu ne pas être blanche ?

— Une négresse ? fit le lieutenant dans un éclat de rire. Ça m'étonnerait beaucoup, major.

À l'énervement, que Zach s'efforçait tant bien que mal de contenir, s'ajoutait à présent la colère.

— Comment pouvez-vous en être aussi sûr, si elle était voilée et, je suppose, portait des gants ?

— C'était une dame, major.

Zach ne s'arrêta pas à cet argument.

— Si vous vous promeniez plus souvent dans le Vieux Carré, vous sauriez que vivent dans cette ville des femmes de couleur vêtues comme des dames, parlant le français et témoignant d'une parfaite éducation.

Le lieutenant, pour une fois, montra un peu d'humilité.

— Vous avez sans doute raison, major. C'était peut-être une femme de couleur. Ce qui expliquerait qu'elle soit si grande.

Zach sursauta.

Rose aussi était grande.

— Vraiment grande ?

— Oui, major. C'était d'autant plus étonnant pour une femme de son âge.

Zach sentit un frisson glacé lui vriller l'échine. Il se souvenait tout à coup des paroles de Papa John lui enjoignant de se débarrasser de ses œillères.

— Que voulez-vous dire, lieutenant ?

— Simplement qu'elle était âgée, major. Ça se devinait au son de sa voix.

Zach se retint difficilement d'attraper le lieutenant par sa tunique et de le secouer comme un prunier.

— Quel âge ? aboya-t-il.

Presley haussa de nouveau les épaules.

— Je ne sais pas. Cinquante ans. Peut-être soixante.

— Vous êtes sûr ?

Deux images traversèrent l'esprit de Zach. Celle de Marie-Thérèse de Beauvais, le dos raide dans son salon d'Esplanade Avenue, lâchant d'une voix dédaigneuse : « Les hommes dotés d'une bonne épouse n'ont pas besoin d'aller se consoler dans d'autres bras. » Et celle d'un attelage passant devant lui dans un nuage de poussière en emportant la femme qu'il aimait vers Beau Lac. Vers la mort.

— En tout cas, elle n'était pas jeune, confirma le lieutenant Presley. Ça, j'en mettrais ma main à couper. Major ?

Mais Zach avait déjà filé.

33

La plantation de Beau Lac était presque aussi ancienne que La Nouvelle-Orléans elle-même. Parfaite incarnation du style colonial français, la maison, qui se dressait au bout de l'allée bordée de chênes majestueux, était à la fois simple et élégante, et d'une blancheur immaculée. Mais c'est à peine si Zach remarqua la beauté de l'endroit. Beau Lac se trouvait à presque une journée de cheval de La Nouvelle-Orléans et il avait faillit tuer sa monture pour arriver à temps.

Un rire d'enfant attira son attention. Dominic lançait des cailloux dans un petit bassin, au centre du jardin. Le chien qui gambadait autour de lui, excité par son manège, finit par sauter dans l'eau.

— Napoléon ! s'exclama-t-il, au comble de la joie, tandis que le chien s'ébrouait.

Zach, qui n'avait cessé d'imaginer le pire depuis qu'il avait quitté la ville, ressentit un immense soulagement. Emmanuelle allait bien. Aucun enfant qui viendrait de perdre sa mère ne s'amuserait d'aussi bon cœur. Il ferma un instant les yeux pour remercier le Ciel.

— Puis-je prendre votre monture, monsieur ?

Zach rouvrit les yeux. Un jeune homme noir, en habit de travail, lui souriait.

— Oui, merci.

Il mit pied à terre et donna une tape affectueuse au grand cheval bai.

— Prenez-en bien soin, s'il vous plaît. J'ai exigé de lui le maximum.

— Ne vous inquiétez pas, monsieur. Je vais le rafraîchir.

Zach entendit soudain des pas dans l'allée. Dominic arrivait en courant.

— Major ? s'écria-t-il, étonné. Que faites-vous ici ?

Zach lui sourit. Une petite brise parfumée lui caressa le visage. Cet endroit dégageait une telle sérénité, une telle quiétude, qu'il se surprit à se demander s'il ne s'était pas fait bêtement des idées. Comment une personne vivant dans un lieu aussi paisible aurait-elle pu commettre tant de crimes aussi violents ?

— Ta mère est à l'intérieur ?

Dominic secoua la tête.

— Non. Elle est allée avec papy dans le bayou.

— Le lac ?

Le chien les rejoignit en aboyant.

— Oui. Maman aime bien pêcher. J'aurais pu les accompagner, mais j'ai préféré rester avec Napoléon.

— Il a l'air très gentil, ce chien.

— Oh non, il n'arrête pas de faire des bêtises ! L'autre jour, il s'est retrouvé enfermé dans les écuries.

Une silhouette apparut sur la galerie du premier étage. Marie-Thérèse de Beauvais, toute de satin noir vêtue. Grande, mince, élégante – et vénéneuse, songea Zach

— Pourrais-tu t'assurer que le garçon d'écurie s'occupe bien de mon cheval, Dominic ? demanda-t-il sans quitter Marie-Thérèse des yeux.

— Oui, major, répondit l'enfant avec enthousiasme, avant de se ruer vers les écuries, son chien sur les talons.

Marie-Thérèse s'était approchée de la balustrade.

— Major Cooper ? Quelque chose ne va pas ?

— C'est le moins que l'on puisse dire, répliqua Zach, qui gravissait déjà l'escalier extérieur. Il se trouve que je n'apprécie pas qu'on tente de me tuer.

Marie-Thérèse feignit la consternation.

— Quelqu'un a essayé de vous tuer, major ?

Zach était parvenu en haut de l'escalier.

— Oui. Vous, madame. Dimanche dernier, à Congo Square.

— Je suis désolée, major, mais je n'ai jamais mis les pieds dans cet endroit.

— Non, bien sûr. Mais les hommes qui m'ont agressé avaient été payés par vous.

Marie-Thérèse redressa la tête, l'air serein et subtilement dédaigneux.

— Ainsi, ces hommes m'ont accusée ? Et vous les avez crus ?

Zach n'avait aucune preuve, bien sûr, et elle le savait. À supposer qu'il mette un jour la main sur ces hommes, ce serait leur parole contre celle de Marie-Thérèse. Autrement dit, la parole de pauvres Noirs, contre celle d'une Blanche. D'une Beauvais, de surcroît.

Le regard de Zach se perdit sur les champs de canne à sucre qui s'étendaient jusqu'à l'horizon, au-delà du parc.

— Dites-moi, madame, votre mari sait-il que vous avez tué votre fils ?

— Je n'ai tué personne, major.

— Non, certes. Vous avez laissé ce soin à d'autres.

— Mon fils a été tué par les Yankees, répliqua-t-elle, sans se départir de son calme. Sa vie n'a peut-être pas été irréprochable, mais du moins est-il mort en héros.

Zach tourna la tête vers elle.

— C'est pour cela que vous l'avez trahi, n'est-ce pas ? Pour qu'il meure au champ d'honneur, plutôt que de continuer à déshonorer le nom qu'il portait par sa conduite ?

Zach réalisa soudain, abomination suprême, que cette femme portait le deuil d'un fils dont elle avait délibérément causé la mort.

— Vous croyez que je n'ai pas pleuré la perte de mon fils ? riposta-t-elle d'une voix vibrante. Vous vous trompez, major. J'ai porté trois fils, et aucun n'a survécu. Tout ce qu'il me reste, à présent, c'est mon petit-fils.

— Et votre mari.

Elle eut un sourire froid qui n'atteignit pas ses yeux.

— Admettons que vous ayez raison, major. Que ce soit moi qui ai trahi Philippe. Pour quel motif m'arrêteriez-vous ?

— Pour les meurtres d'Henri Santerre, de Claire Latouche et de Charles Yardley.

Le sourire glacial demeura plaqué sur ses lèvres tandis qu'elle secouait la tête.

— Je vous ai déjà dit que je n'avais tué personne.

Avec une moue de dégoût, elle ajouta :

— Mais je ne prétendrai pas que leur mort m'a attristée. Claire Latouche avait reçu l'éducation d'une dame, mais elle se conduisait comme une fille des rues.

— Et Charles Yardley ?

À nouveau, la même grimace de dégoût.

— Le monde tournera mieux sans lui. Il était aussi débauché que mon fils.

— C'était aussi un médecin dévoué. De même qu'Henri Santerre.

Zach s'écarta brusquement de la balustrade.

— En tuant tous ces gens, vous pensiez garder secrète la vraie nature de votre fils, mais tout ce que vous avez réussi à faire, c'est d'attirer l'attention sur ces choses que vous vouliez cacher.

— Je ne suis pas stupide à ce point, major ? Je vous répète que je n'ai tué personne. Mais de toute évidence, vous refusez de me croire.

Elle était trop arrogante, trop fière pour s'abaisser à mentir. La preuve : si elle n'avait pas avoué avoir engagé les hommes qui avaient tenté de le tuer à

Congo Square, elle n'avait pas non plus nié. Et soudain, Zach réalisa avec une terrifiante lucidité qu'il s'était trompé. Oui, elle avait trahi son fils. Peut-être aussi avait-elle engagé ses agresseurs. Mais Marie-Thérèse de Beauvais n'avait tué ni Henri Santerre, ni Claire Latouche, ni Charles Yardley. Et ce n'était pas non plus elle qui avait payé l'Irlandais chargé d'éliminer Emmanuelle.

Il se rappela tout à coup les paroles de Dominic, racontant avec fierté que son papy savait plein de choses sur les bayous, leur faune et leur flore. Dominic encore, lui annonçant que sa mère était partie avec son papy pêcher dans le bayou.

Juste Ciel ! Zach empoigna Marie-Thérèse aux épaules et la secoua.

— Où sont-ils ? Où votre mari l'a-t-il emmenée ?

Elle demeura parfaitement sereine.

— Vous êtes arrivé trop tard, major.

Il la repoussa brutalement.

— Jean-Lambert ignorait que c'était vous qui aviez trahi Philippe, n'est-ce pas ? Il a cru que c'était Emmanuelle. Il avait eu vent de cette querelle, à l'hôpital. Il leur en voulait à tous, d'ailleurs. Alors, il a entrepris de les tuer un par un. Pas pour les réduire au silence, mais pour les punir. Et vous… vous l'avez laissé faire. Vous l'avez laissé les tuer. Y compris la mère de votre petit-fils.

Les traits à présent déformés par la haine, Marie-Thérèse répliqua d'une voix basse, venimeuse :

— Je la blâme plus que quiconque de ce qui s'est passé. C'était une rien du tout, la fille d'un médecin sans le sou, et cependant, je lui ai permis d'épouser mon fils. Je pensais qu'elle réussirait à le contrôler, comme moi-même j'avais réussi à contrôler son père.

Voyant que Zach écarquillait les yeux, elle ajouta :

— Oui. Son père avait les mêmes penchants. Mais grâce à moi, jamais il n'a prêté le flanc au moindre scandale. Emmanuelle aurait dû être capable de faire ce que j'avais fait.

— Où sont-ils ? insista Zach.

Il n'était pas trop tard. C'était impossible. *Impossible...*

— Comment puis-je le savoir ? Je ne pêche pas dans le bayou !

— Dominic ! hurla soudain Zach.

— Ne mêlez pas cet enfant à cela ! protesta Marie-Thérèse.

Mais Zach dévalait déjà l'escalier.

— Vous êtes arrivé trop tard, major, lui cria-t-elle, alors qu'il se ruait vers les écuries. Trop tard.

34

Emmanuelle avait toujours aimé pêcher à Beau Lac. On racontait qu'autrefois le Mississippi passait par là, avant de se jeter dans le Golfe. Mais le fleuve avait depuis longtemps changé son cours et il ne restait plus de cette époque qu'un grand lac tranquille, bordé de cyprès et de saules qui se reflétaient à la surface de ses eaux.

La jeune femme était souvent venue pêcher ici, en compagnie de son beau-père. Et jusqu'à présent, elle avait toujours éprouvé une sorte de paix intérieure tandis qu'elle dérivait sur ces eaux sombres. Mais cette fois, bizarrement, ce n'était pas le cas. Sans cesse, son regard était attiré vers ce chenal, à l'est, au bord duquel Philippe avait trouvé la mort. Et où il était désormais enterré, sans la moindre pierre tombale pour rappeler son souvenir.

— J'y pense très souvent, moi aussi, murmura Jean-Lambert, qui avait suivi son regard. Il doit se sentir bien seul, là-bas.

Emmanuelle lui étreignit la main.

— Quand la guerre sera terminée, nous pourrions peut-être envoyer des gens à sa recherche, pour lui offrir une sépulture décente.

— Ce sera trop tard, répondit-il.

Elle n'essaya pas de le contredire. Il avait raison, bien sûr. Sous ce climat, les corps se décomposaient à une vitesse stupéfiante. En deux ou trois ans, il ne resterait plus rien de Philippe.

Une aigrette passa au-dessus de leurs têtes. Elle admira un instant l'oiseau si gracieux, avant de se replonger dans ses pensées. Elle se sentait étrangement proche de Philippe, sur ce lac. Elle en conclut qu'elle avait bien fait de venir ici. Même si elle savait ne pas y trouver la paix, peut-être arriverait-elle à donner un sens à sa vie.

— Pourquoi avez-vous fait cela, Emmanuelle ? demanda soudain Jean-Lambert d'une voix douce. Pourquoi l'avez-vous vendu aux Yankees ?

La jeune femme regarda le vieil homme, et son sang se figea dans ses veines.

— Ce n'est pas moi, papy.

Il soupira. Un soupir de vieillard, usé et malade.

— Alors, c'était Claire. Je savais bien que c'était l'une de vous deux.

Abandonnant sa canne à pêche, il dirigea la pirogue vers le centre du lac.

— Philippe m'avait raconté cette dispute, à l'hôpital, expliqua-t-il, les yeux fixés sur ses mains qui maniaient les rames. À cause de cet imbroglio entre vous, Claire et Yardley, il avait décidé de s'engager dans l'armée. Vous saviez cela ? Après le convoyage de fonds, il comptait remplir d'autres missions. Il espérait se faire tuer au combat. Il était fatigué de vivre dans le mensonge.

Jean-Lambert s'interrompit, et pendant quelques instants il n'y eut d'autre bruit que celui des rames heurtant la surface de l'eau.

— C'était le dernier fils qui me restait, reprit-il. Et il voulait mourir !

Emmanuelle scrutait le visage de cet homme pour lequel elle avait toujours éprouvé une grande tendresse.

— C'est vous ? dit-elle lentement, n'osant encore y croire. C'est vous qui avez tué tous ces gens ?

— Pour Santerre, ce fut un accident, répondit-il, aussi calmement que s'ils discutaient de cuisine ou de pêche. Vous avez trébuché et la flèche l'a atteint. Je regrette sincèrement cette erreur.

— Papy, je n'ai pas trahi Philippe, répéta-t-elle.

Il haussa les épaules.

— Peu importe. Vous étiez de toute façon tous à blâmer. Tous les trois. C'était à cause de vous que Philippe s'était engagé dans cette expédition. Et à cause de vous il a été tué.

Emmanuelle frissonna tandis que la barque continuait sa progression. Ils ne s'étaient jamais aventurés aussi loin.

— Où allons-nous ? demanda-t-elle d'une voix neutre.

— Le lac est très profond, en son centre. Vous le saviez ?

Elle coula un regard vers la berge où Baptiste les attendait, adossé à un chêne. Il semblait assoupi. Emmanuelle songeait à l'appeler, quand Jean-Lambert lui dit :

— Il ne viendra pas à votre aide.

Elle comprit alors comment cela s'était passé.

— Ces deux Noirs venus travailler dans le cimetière. C'était Baptiste et vous, n'est-ce pas ?

Une ombre de sourire étira furtivement les lèvres du vieil homme. Si aucune goutte de sang africain ne coulait dans ses veines, des années d'activités en plein air lui avaient tanné la peau, si bien qu'il aurait presque pu passer pour un métis.

— Personne ne prête jamais attention aux allées et venues des esclaves, dit-il. Il m'a suffi de revêtir de vieux vêtements et de rabattre un chapeau sur mes yeux. Le gardien du cimetière n'a même pas fait attention à moi.

— Et Charles Yardley ? C'est Baptiste, qui l'a tué ?

— Baptiste le surveillait. Et c'est lui qui a versé de l'opium dans son brandy, pour que son sommeil soit profond. Mais c'est moi qui l'ai étouffé avec le coussin. Je n'aurais jamais demandé à Baptiste de faire cela.

— Pourquoi ? Je ne vois pas la différence.

— Il y en a une, rétorqua Jean-Lambert.

Emmanuelle comprit, à l'expression du vieil homme, qu'il avait eu des scrupules à mêler son fidèle serviteur à sa vengeance. Et elle se demanda si Baptiste avait essayé d'arrêter son maître.

— Si j'avais pu, reprit Jean-Lambert, j'aurais laissé Baptiste en dehors de cela. Mais je n'ai plus la force de tout faire par moi-même.

Elle jeta de nouveau un regard vers la silhouette assoupie, sur le rivage. C'était probablement Baptiste qui s'était introduit chez elle pour dérober l'arbalète et qui l'avait ensuite remise à sa place.

— Pour Claire, je n'ai pas eu besoin de lui, poursuivit Jean-Lambert, presque fièrement. Elle était venue se plaindre à moi de migraines à répétition en m'expliquant qu'il était de plus en plus difficile de se procurer du laudanum. Elle savait que je pourrais lui en fournir. Il m'a suffi de lui expliquer que j'y avais ajouté quelques herbes, pour en augmenter l'effet, au cas où elle se serait étonnée de la différence de goût.

Emmanuelle savait que son beau-père se passionnait depuis toujours pour les plantes médicinales. Mais jamais elle n'aurait imaginé qu'il pourrait en faire un tel usage.

— Pourquoi avoir engagé quelqu'un pour me tuer ? demanda-t-elle. Il n'aurait pas été plus simple de m'empoisonner, comme Claire ?

Jean-Lambert secoua la tête.

— Je ne voulais pas courir le risque d'introduire du poison chez vous. À cause de Dominic.

Dominic. Elle sentit son estomac se nouer.

Son beau-père continuait de ramer. Ils ne tarderaient plus à atteindre le milieu du lac.

— Que comptez-vous faire, papy ?

— Nous allons couler, mon enfant. Tous les deux. Ici même.

Le cœur d'Emmanuelle battait si fort dans sa poitrine qu'elle avait du mal à respirer.

— Papy… Pensez à Dominic. Quel sort va être le sien ?

— Ce sera très dur, pour lui, de nous perdre tous les deux. J'en ai bien conscience. Mais il lui restera Marie-Thérèse. C'est étrange, n'est-ce pas ? Elle l'aime plus qu'elle n'a jamais aimé aucun de ses trois fils. C'est au point qu'elle a tenté de faire tuer ce major yankee, parce qu'elle craignait que vous ne l'épousiez, ce qui aurait éloigné Dominic d'elle. Elle croit que je ne suis pas au courant.

— Papy, écoutez-moi, plaida-t-elle.

Ils approchaient du centre du lac. À cet endroit, les courants pouvaient s'avérer très dangereux. Philippe le lui avait expliqué, un jour où il lui apprenait à nager, au tout début de leur mariage.

— Papy, répéta-t-elle, s'agrippant aux rebords de la pirogue. Ne faites pas cela, je vous en supplie.

— Il paraît que la noyade est une mort paisible. À condition de ne pas se débattre et de se laisser tranquillement couler.

Il ne la regardait plus. Ses yeux étaient rivés sur ce chenal au bord duquel Philippe avait été tué, et elle comprit qu'il était prêt à mourir. Il s'y était préparé, et si elle ne réagissait pas très vite, il l'entraînerait avec lui.

De toutes ses forces, elle fit porter son poids d'un seul côté de l'embarcation. La pirogue tangua violemment. Emmanuelle vit le visage stupéfait de Jean-Lambert, l'entendit crier de rage. Puis la pirogue chavira.

Elle sentit son dos heurter la surface de l'eau. Puis elle s'enfonça, et les eaux noires se refermèrent sur elle.

35

Zach avait lancé son cheval au galop sur le chemin que lui avait indiqué Dominic. C'était un raccourci pour rejoindre ce coin de rivage où Jean-Lambert attachait sa pirogue. Par endroits, la piste était si étroite qu'il devait se pencher sur l'encolure de sa monture pour éviter les branches basses.

Soudain, le lac s'offrit à sa vue par une trouée entre les arbres. Nulle trace de l'embarcation sur laquelle avaient pris place Emmanuelle et son beau-père. La peur au ventre, Zach éperonna son cheval.

Quelques secondes plus tard, il débouchait sur le rivage et aperçut la pirogue juste avant qu'elle ne chavire avec ses deux occupants.

— *Emmanuelle !* hurla-t-il.

Les eaux du lac les engloutirent et seule surnagea la pirogue retournée.

Emmanuelle ne s'attendait pas que l'eau soit si froide. Le choc thermique lui fit rouvrir les yeux. Sous la surface, l'eau n'était plus noire, mais étrangement verte, et elle vit sa robe s'évaser telle une gigantesque fleur. Elle refit surface et respira une grande goulée d'air, tout en battant des mains pour maintenir la tête hors de l'eau. Sa main heurta quelque chose et elle réalisa que c'était l'une des rames. Elle l'agrippa et chercha le rivage des yeux.

Elle savait que d'ici quelques minutes, le poids de ses vêtements imbibés d'eau la tirerait vers le fond, et elle craignait que la rame ne soit pas suffisante pour l'aider à flotter. La panique commençait à la gagner quand elle sentit quelque chose s'enrouler autour de sa jambe. Horrifiée, elle comprit que son beau-père tentait de l'entraîner au fond avec lui.

Agrippant la rame à deux mains, elle se mit à le frapper au visage de toutes ses forces, encore et encore, jusqu'à ce qu'il lâche prise. Puis elle se propulsa à la surface et entreprit de nager vers le rivage.

Sa robe pesait de plus en plus lourd, ralentissant sa progression. Elle luttait désespérément pour garder la tête hors de l'eau. En vain. Elle toussait et crachait, et continuait cependant d'avancer, mue par une rage indicible. Elle ne voulait pas mourir. Pas comme ça. Mais elle avait beau se débattre, elle se sentait sombrer, inexorablement.

Et puis, soudain, une poigne de fer la saisit, la hissa hors de l'eau, et elle se retrouva plaquée contre un torse solide et chaud, tandis qu'une voix – une voix à l'accent yankee – grognait :

— Tu recommences encore une fois et je te laisse couler dans ce lac.

Alors, elle ferma les yeux. Parce que c'était une voix qu'elle aimait. Et qu'elle était en sécurité.

Ils expliquèrent à Dominic que son grand-père s'était noyé quand la pirogue avait chaviré, ce qui, du reste, n'était pas un mensonge. Mais un jour, se promit Emmanuelle, elle dirait toute la vérité à son fils. Elle ne voulait plus ni mensonges ni secrets dans sa vie.

On repêcha le corps de Jean-Lambert quelques heures plus tard, ainsi que celui de Baptiste. Avait-il tenté de sauver son maître ? Ou de le rejoindre dans la mort ? À cette question nul n'aurait su – ou osé – répondre...

Tard, ce soir-là, alors que la jeune femme aidait Rose à préparer leurs bagages, sa belle-mère vint la trouver.

— M'autoriserez-vous à revoir mon petit-fils ? demanda-t-elle du seuil.

Emmanuelle se tourna vers elle.

— À l'occasion, oui. Mais pour lui. Pas pour vous.

Les deux femmes se dévisagèrent en silence. Emmanuelle connaissait Marie-Thérèse de Beauvais depuis douze ans, et pourtant, elle lui resterait à jamais une inconnue. Une inconnue pour laquelle, en cet instant, et en dépit du mal qu'elle avait fait, elle éprouvait quelque chose qui ressemblait à de la pitié.

Ils passèrent la nuit dans une vieille auberge des environs. Dès que les autres furent endormis, Emmanuelle et Zach sortirent sur la galerie qui desservait l'étage. La soirée était douce, mais le ciel couvert annonçait la pluie.

— Tu sais, commença-t-elle en s'immobilisant devant la balustrade, plus j'y réfléchis et plus je pense que le choc de la mort de Philippe avait affecté la raison de Jean-Lambert.

Zach se tenait derrière elle. Elle se laissa aller contre lui et il l'enlaça.

— Je dois le croire, reprit-elle. Parce que l'homme que j'avais connu et aimé n'aurait jamais pu faire ce qu'il a fait.

— Sa femme, en tout cas, n'avait aucune excuse, fit remarquer Zach.

Elle se tourna entre ses bras, et scruta son visage à demi noyé dans l'ombre.

— Que comptes-tu faire d'elle ?

— Rien. Au regard du gouvernement des États-Unis, c'est même une héroïne, puisqu'elle nous a permis de mettre la main sur l'or confédéré.

— Elle a essayé de te tuer.

— Je ne peux pas le prouver.

Emmanuelle pressa la joue contre la poitrine de Zach, à l'écoute des battements sourds et réguliers de son cœur. Il lui caressa tendrement les cheveux tout en contemplant la ligne de cyprès, au loin, puis il la prit aux épaules et l'écarta légèrement pour plonger son regard dans le sien.

— Que vas-tu faire, maintenant ?

— Aller à Paris. Et décrocher mon diplôme de médecin.

— Et ensuite ?

— Revenir ici. Tout ce que Jean-Lambert possédait appartient à Dominic, à présent. Et puis, La Nouvelle-Orléans est notre chez nous. Je ne m'imagine pas vivre ailleurs.

— Sauf qu'ici, on ne te laissera pas pratiquer.

— Pas au début, non. Mais à force de se battre, ils finiront bien par céder. Il faut bien que quelqu'un s'attelle à cette tâche.

Le silence tomba entre eux, seulement rempli par le murmure du vent dans les branches.

— Mon français n'est pas très bon, lâcha finalement Zach, la voix rauque. Mais je suis tout disposé à progresser. Cette guerre ne durera pas éternellement.

Emmanuelle retint son souffle.

— Tu ferais ça pour moi ? Me suivre à Paris, et revenir ensuite ici ?

— Je ferais ça, répondit-il simplement. Je t'aime, Emmanuelle, que tu le croies ou non. Et je jure…

— Non, ne jure pas, lui intima-t-elle en posant un doigt sur ses lèvres. Dis-moi plutôt ce que tu m'as caché de pire à ton sujet.

Zach écarquilla les yeux de surprise, puis les plissa tandis qu'il réfléchissait.

— Je t'ai raconté un jour que mon père était capitaine, tu t'en souviens ?

— Oui.

— Ce que j'ai omis de te préciser, c'est qu'il était propriétaire du bateau. En fait, ma famille possède la compagnie entière.

— Je ne vois pas en quoi c'est une mauvaise chose ? objecta la jeune femme.

Zach lui prit la main pour lui embrasser les doigts.

— Cette compagnie a été créée par mon arrière-arrière-grand-père. Il avait fait fortune dans le commerce des esclaves.

— C'est le péché de ton ancêtre. Pas le tien.

— J'ai toujours pensé que tu devais savoir, avant d'accepter de m'épouser.

La jeune femme secoua la tête.

— Tu ne m'as pas demandé ce que je t'avais caché de pire à mon sujet ?

Il se retint de sourire.

— Bon, d'accord. Alors, c'est quoi ?

— Je t'ai menti, confessa-t-elle en nouant les bras à son cou.

— Tu m'as beaucoup menti, fit-il valoir en resserrant son étreinte. À quel mensonge en particulier fais-tu allusion ?

— Je t'ai menti quand je t'ai dit que je n'étais pas amoureuse de toi... Je t'aime, Zach. À la folie. Je ne sais pas si cela durera, mais je le souhaite de toute mon âme. De ma vie je n'ai autant souhaité quelque chose.

— Je ne demande rien d'autre, murmura-t-il en l'écrasant contre lui avant de s'emparer de ses lèvres pour un baiser si tendre qu'elle faillit pleurer.

La vie à deux ne serait sans doute pas toujours facile. Il y aurait des disputes, des frictions. Ils avaient tous deux des caractères entiers et il leur faudrait faire des compromis. Mais quoi que leur réserve l'avenir, Emmanuelle savait qu'elle ne regretterait jamais sa décision.

Parfois, songea-t-elle, il fallait donner sa chance à l'amour.

Épilogue

L'escalier conduisant au grenier de la maison de Saint-Charles Avenue était raide et étroit, mais la fillette le gravissait à toute allure, bondissant presque dans ses tennis. Derrière elle, sa grand-mère progressait plus lentement, en s'appuyant au mur.

Arrivée en haut des marches, la fillette ouvrit la porte et se figea en découvrant le désordre qui s'offrait à ses yeux. Des chaises cassées voisinaient avec des malles couvertes de poussière sur lesquelles trônaient des lampes dépourvues d'abat-jour.

— Là-bas, fit sa grand-mère en désignant une grande malle, dans un coin. C'était à elle.

La fillette, qui s'appelait Emmanuelle, courut s'agenouiller devant la malle.

— On dirait un coffre au trésor. Il a appartenu à des pirates ?

— Non, seulement à ma grand-mère, répondit la vieille dame en se laissant tomber sur une chaise à peu près en bon état. Vas-y. Ouvre-la.

Les charnières grincèrent tandis qu'elle soulevait le couvercle. Elle jeta un coup d'œil à l'intérieur.

— Qu'est-ce que c'est ? demanda-t-elle en sortant un vieux sac en cuir.

La vieille femme s'empara du sac avec un sourire.

— C'était sa trousse médicale. N'oublie pas qu'elle fut l'une des premières femmes médecins de Louisiane.

Sa petite-fille hocha gravement la tête. Elle avait beau connaître toutes ces histoires par cœur, elle ne se lassait pas de les réentendre, semblait-il.

— Elle a aussi été en prison parce qu'elle s'était battue pour le vote des femmes, hein, mamie ?

— Oui. Elle était déterminée à vivre suffisamment longtemps pour voir les femmes voter, et c'est ce qui s'est passé.

La fillette se remit à farfouiller dans la malle. Cette fois, elle en tira une photographie dans son cadre.

— Regarde, mamie. On dirait qu'elle a été prise sur les marches de ta maison. Qui sont tous ces gens ? s'enquit-elle en lui tendant le cliché.

La vieille femme pointa le doigt au centre.

— Là, au milieu, c'est ma grand-mère. Et à côté, mon grand-père. La photo a été prise pour leur cinquantième anniversaire de mariage. Tout autour d'eux, ce sont leurs enfants, petits-enfants et arrière-petits-enfants.

La petite Emmanuelle, qui n'avait que huit ans, écarquilla les yeux.

— Ils sont nombreux !

Sa grand-mère sourit.

— Ils se sont beaucoup aimés.

— Et lui, c'est qui ? demanda la fillette, qui désignait du doigt un vieil homme aux cheveux blancs. Pourquoi il n'a qu'une jambe ?

— C'est oncle Antoine. On l'appelait « oncle », mais en réalité, c'était un cousin éloigné du premier mari de ma grand-mère. Il avait perdu sa jambe à la guerre. Ma grand-mère disait toujours que ses blessures auraient dû le tuer, mais il était trop entêté pour mourir.

— C'était quelle guerre, déjà ?

— La guerre de Sécession, ma chérie.

Avisant un chapeau festonné de jaune, dans la malle, la vieille dame ajouta :

— Et ça, c'était le chapeau de mon grand-père, quand il était officier de cavalerie.

Cette histoire-là, la petite Emmanuelle ne l'avait encore jamais entendue.

— C'était un *Yankee* ?

— Hmm. Mais aussitôt la guerre terminée, il retourna à la vie civile et installa les bureaux de sa compagnie familiale ici, à La Nouvelle-Orléans.

La fillette contempla un long moment la photographie qui représentait cette vieille dame fière entourée de toute sa descendance, la main de son mari reposant légèrement sur son épaule.

— Je suis contente de porter le même prénom qu'elle, dit-elle soudain. Elle a l'air…

La fillette s'interrompit, cherchant ses mots, avant de reprendre :

— On dirait qu'elle a été heureuse. C'était le cas, non ?

Sa grand-mère sourit.

— Oui. Je crois qu'on peut le dire.

Découvrez les prochaines nouveautés des différentes collections J'ai lu pour elle

AVENTURES & PASSIONS

Le 4 janvier

Inédit

Les insoumises - 1 - Audrianna

Madeline Hunter

Pour éclaircir le suicide de son père bien aimé, Audrianna Kelmsleigh répond au mystérieux message paru dans le journal, signé « Domino ». Armée d'un pistolet, elle se rend à l'auberge des Deux Épées. Mais l'homme qu'elle y rencontre n'est pas « Domino » ! Le séduisant lord Sebastian Summerhays a lui aussi été attiré par le même étrange message. Et, quand Audrianna lui tire dessus par accident, la situation prend un tournant inattendu...

Inédit

Les débauchés - Le dernier des débauchés

Loretta Chase

Vere Mallory, le duc d'Ainswood, a tout : le titre, l'argent et les femmes, qu'il séduit d'un regard. Immoral, insouciant et indépendant, le dernier libertin des Mallory court droit à sa perte... jusqu'à ce que son chemin croise la sublime Lydia Grenville. Déterminée à protéger Londres des don Juan débauchés tels que Vere, Lydia affiche clairement son mépris. Mais Vere ne peut résister au défi de conquérir cette beauté blonde indomptée.